This is the End
Stagnation Committee.
逢縁奇演
イラスト
荻pote
こ
停滞委員会。

KEYWORD

終末とは？

KEYWORD01

いずれ宇宙を滅ぼす事象の総称。人型など実体を伴う場合もあれば、現象の場合もある。

その成長段階によって終末ポテンシャルが設定されている。

存在する限り、全ての終末はいずれStage10に到達して宇宙を滅ぼす。

Stage 1	Stage 2	Stage 3	Stage 4	Stage 5
始まり	種まき	成長	活性化	混乱
-Initium-	-Seminatio-	-Crescita-	-Excitatio-	-Turbatio-

Stage 6	Stage 7	Stage 8	Stage 9	Stage 10
動揺	破壊	大火災	大洪水	終焉
-Perturbatio-	-Devastatio-	-Conflagratio-	-Cataclysmus-	-Apocalypsis-

天空都市・フルクトゥス

KEYWORD02

地球の上空に存在する亜空間の都市。

地表の5倍程の面積を持つ。

99%が立入禁止区域で、人型実体が生存出来る場所は稀《まれ》。

人類未探索の地域では、多くの他次元からの来訪者が居を構えている。

終末停滞委員会

KEYWORD04

終末の日を少しでも長引かせるための組織。

『蒼の学園』『Corporations《企業たち》』『カウス・インスティトゥート』の三大学園で主に構成される。多くの反現実組織※と敵対するが、掌握《しょうあく》・解体した敵対組織を吸収し成長してきた歴史を持つ。
※特殊な科学技術を扱う組織（外次元の技術・旧《ふる》い儀式など）

蒼《あお》の学園

KEYWORD03

天空都市・フルクトゥスの第12地区にある、通称『三大学園』の1つ。

最も多い終末無力化件数を誇り、高い技術力と自由な校風が売り。

しかしその分、倫理的配慮や安全性が欠けており、他学園からは非難される事も。

下部組織に情報操作や反現実の研究を目的とする『イルミナティ』がある。

銃痕《じゅうこん》の天使

KEYWORD05

天使を象った石像。『蒼の学園』が擁する終末。『蒼の学園』の生徒に、『銃痕』のギフトを与える。

『銃痕』は人類の扱える最も強い反現実の1つであり、終末との戦闘では必要不可欠。

異次元から来訪し、人類に力を与える存在は、主に『天使』と呼称される。

This is the End Stagnation Committee.

どこまでも行くのだ、この果てしない旅路を。
愛と勇気の鎧《よろい》と盾で。
夢と希望の銃と剣で。
たとえ、宇宙が滅んでも。

プロローグ『船と影』

俺の名前は言万心葉《ことよろずことは》。どこにでも居る普通の高校生だ。

……と言いたい所だけど実は高校には通っていないし、中学を卒業する前にメキシコのマフィアに拉致監禁されて奴隷扱いされ、今は邪魔になったので船に乗せられて、どこかに捨てられようとしている真っ最中だ。『普通』を騙《かた》るのは、流石《さすが》に図々《ずうずう》しいだろう。

《本当にあんな子供が》

《——囁き屋《Susurrador》？》

甲板を掃除している水夫の一人が、足を鎖で繋《つな》がれている俺に怯《おび》えていた。

『Susurrador』。ススラドール。その意味は、『囁《ささや》く者』。

彼ら、サングレ・オクルタ《隠された血》はメキシコで最も大きなマフィアの一つだ。

そんな連中が、俺みたいなクソガキに怯《おび》えてこそこそと様子を盗み見ている。

（クソ。頭が痛い……死にそうだ）

こんな目立つ場所で観衆に晒《さら》されて、否応《いやおう》なしに他人の思念が頭に響く。他人の心は毒だ。

俺の脳みそを掻《か》き回《まわ》して、思考を乗っ取ろうとする。

「心葉《ことは》、悪いな」

背後に、足音が響いた。革靴の音だった。靴音に比べて、その声は小さかった。

「……ラファ。アンタ、来てたのか」

ラファエル・ガルシア。もう40代であるにもかかわらず、酷《ひど》く筋肉質な背の高い男だ。黒いジャケットを着ており、その下には幾つものタトゥーが見え隠れしている。

「エル・ソブリノがゴミ出しか。親孝行だな」

「すまない、心葉《ことは》。叔父を止めようとはしたんだが」

《俺が説得できていれば》

《……しかし、ボスの命令は絶対だ》

なんて実直な男だろう。俺は笑ってしまう。この男はいつだって心と言葉が同じ形だ。

「結局のところ、幹部共はお前が怖くなったんだよ。俺の叔父も含めてな。心葉《ことは》。俺たちのファミリーはこの数年で急拡大した。異常な程に。それにはお前の功績が大きい。大き過ぎたんだよ。お前は誰の秘密も暴いちまう。警察や政治家の醜い願いも、敵対マフィアの弱みも。……そして、ファミリーが隠したがってる数々の秘密も」

当然の結果なのかもな、とは思う。俺は時限爆弾だ。心を盗み見てマフィアに囁《ささや》く悪魔だ。内部崩壊の火種にもなるし、敵対組織に奪われでもしたら一巻の終わりだ。

「……心葉《ことは》。何故《なぜ》、お前は命乞いをしないんだ？」

「え？」

「お前はいつでもそうだった。うちに来た頃からな。いつだって昏《くら》い目をして、不平や不満なんぞ殆《ほとん》ど漏らさず、命令だろうが拷問だろうが無言で耐え続けた。お前は俺の友だと思っているが、お前から『助けて』という言葉を一度も聞いたことがない」

それは。

「何故《なぜ》だったんだ？」

何故《なぜ》か。考えようとすると、頭に鋭い痛みが走った。俺は呟《つぶや》く。

「……希望なんて物に救われた事が、かつて一度も無いからさ」

ラファは一瞬泣きそうな目で俺を見て、すぐに視線を逸《そ》らした。

彼の心の水面に、小さな男の子の顔が映った。10年前に心臓病で亡《な》くなった彼の息子が、今でも生きていたら俺と同い年だと話していたことを、なんとなく思い出す。

「これからもっと暑くなる。これでも食ってろ」

そう言って、ラファは俺の口に大きな飴玉《あめだま》を放り込むと、去っていった。そうだ。あいつはあんな悪人面《あくにんづら》で実際に酷《ひど》い悪人のくせに、笑えるほどに甘党なんだ。

「……あっま」

太平洋の大空の下、奴隷同然に繋《つな》がれた俺は、甘すぎる飴《あめ》を舐《な》め続ける。

「――それ美味《おい》しそうだね。私にもくれない？」

声がして、驚いた。ころころとした女の子の声だ。

「ん、んー……っ。ふわあ、よく寝た」

大きく伸びをしたのは、真っ黒なコートを着た真っ黒の髪で真っ黒な瞳の少女だ。俺と共にこの船に乗せられてずっと気絶していた。てっきり死体なんだとばかり。

「それで、私にもくれる？　あめちゃん」

「くれるって……俺もう食べちゃったし、手錠が邪魔で手渡せない」

「お口の中残ってるでしょ？　あーん」

彼女は雛鳥《ひなどり》のように口を開けて、何かを待っていた。まじか。

（俺の口の中の飴玉《あめだま》を、口移しで食わせてくれって言ってる？）

それは……なんというか、たじろぐ。

（だ、だって久々に見た女の子だし！）

彼女の年も高校生ぐらいだろうか？

（でもこの子……俺よりも厳重に拘束されている）

俺が手足に鎖を付けられているだけなのに較《くら》べて、彼女は拘束着で全身が縛り付けられている。まるで獰猛《どうもう》な獅子《しし》や狼《おおかみ》でも取り扱うかのような慎重さだ。

「ねえ、待ってるんですけどー！」

俺は動揺しながらも、彼女の口に唇を近づけた。

彼女の心の中に、悪意のような物は全く無かったからだ。恐ろしい程に、何も無かった。

「ン……れろ」

舌先で転がすようにして、砂糖の塊を彼女の口に注ぐ。

唾液を伴った飴玉《あめだま》が、彼女の前歯に当たって、カラン。と小さく音を立てた。

それが俺のファーストキスだった。

「ンー！　あま！　はぁー♡　生き返るーっ♡　助かったよ、ありがとー♡」

「……いや。俺も。最後に、『良《い》いこと』が出来てよかった」

その言葉がどういう意味なのかさえ尋ねずに、彼女は笑う。

(綺麗《きれい》な子だな)

シルクのような肌。柔らかそうな唇。黒曜石のような瞳。

(俺も、本当はこういう子と……)

なんてね。

「それで君は、どうしてこの船で捕まってるわけ？」

「いろんな秘密を知りすぎた。だから、遠くの国に捨てられるんだ。ていうか、売買されるんだろうな。なんでも俺は、20億ドルで売られるらしい」

「わお！　それはすごいねえ」

ありがたやー。と彼女はなむなむ呟いた。俺はなんか笑ってしまった。

「そっちは？」

「色んな所で恨みを買っちゃってね。ヘマしちゃったのさ」

「……何？　アンタもマフィアなのか？」

「ううん。私はただの――魔王」

魔王。黒の少女は綺麗《きれい》に笑った。俺にその意味は分からなかったが、別にどうでもよかった。

「ぺろぺろ。……んー。回復した。あんがとね。飴玉《あめだま》返すから、口開けて」

「いや、もうちょい良《い》いよ。食っとけって」

「ダメダメ。見た感じ、君、頬ゲッソリコケてて、今にも死にそうだし」

そうだったのか、と思った時には彼女の顔が俺に近づいていた。口を開くと、さっきよりほんの少し小さくなった飴玉《あめだま》が、微《かす》かな粘液と共に、俺の中へと流し込まれていく。

「……流石《さすが》にちょっと照れるね」

顔を真っ赤にしてヘラヘラ笑う彼女を見て、急激に頬が熱くなるのを感じた。

……いやいや。そんな、青春っぽいことしてる場合じゃねーから！

「それで君――逃げないの？」

魔王と名乗った少女は、恐ろしい程に澄んだ視線で俺を見つめた。

「逃げられるもんなら逃げてるさ。でも見ろよ。足には鎖。何十人ものマフィアに囲まれて。

第一ここは太平洋のど真ん中だ。どう考えても無理だよ」

「でも、頑張るしかなくない？」

彼女は笑った。青空が似合わない女の子だな、と思った。

「無理だと思ってても、殆《ほとん》ど可能性は無いとしても、頑張らないよりは頑張ったほうが『マシ』でしょう？　数字で考えよ。0か。0.000001なら、後者の方が大きいんだから」

「……無責任だ。酷《ひど》い、暴力みたいな言葉だ」

「でも、私はそうするよ」

強い決意を伴った視線を向けられて、笑ってしまう。だってこんなに終わってるのに。

「私にはどうしてもやりたいことがあるからね。下らない絶望や袋小路《ふくろこうじ》なんかで、物語を終わらせるつもりは無いんだよ」

「やりたいこと、ねえ」

「君には無いの？　人生で、絶対にやってみたいこと」

俺は考えた。やりたいことなんて、メキシコの広い屋敷《やしき》の狭い地下室で2年間も家畜扱いされてきた俺が考えるにはあんまり眩《まぶ》しい概念だった。――だけど妄想ぐらいなら。

「やりたいこと……さっきもう、少しだけ叶《かな》っちゃったんだよ」

彼女はキョトンとして見返す。

「俺さ。長い事監禁されてたんだけどさ。まあ仕事とか頑張ったら、テレビとかは見せて貰《もら》えてたんだよね。そんで、深夜にさ、日本のアニメがやってるの。普通の高校生が主人公で、学園に通ってて、女の子と出会ったり、ちょっとした問題を乗り越える、日常のお話でさ」

「うん」

「……俺もこういう風になりたいな。ライトノベルの主人公みたいに。青春がしたいなって」

「へぇー」

「馬鹿みたいかな？」

「……ううん。分かるよ、そういうの」

『分かるよ』と言われて、俺は何だか妙に納得していた。だってこの真っ黒の少女は、どう考えたってまともなわけないもんな。きっと同じ穴のムジナなんだろう。

「なるほど。つまりー」

彼女は少しだけ視線を逸《そ》らしながら、恥ずかしげに。

「私、ヒロイン役しちゃった？」

「少しだけね」

女の子と飴《あめ》を交換。ファーストキス。若干特殊だが、青春だ。

それが俺の夢。唯一の夢。でも夢なんて物は届かないから夢って言うんだろ？

「もったいないよ。私なんかのブスとちょっと口移ししただけで満足するなんて！」

「……いや、君は相当可愛《かわい》いと思うけど」

「ぬあっ」

彼女は大仰に飛《と》び退《の》いてから。

「そ、そんな事ないと思うけど……もじもじ」

もじもじしていた。

「とにかく！　勿体《もったい》ないよ！　君は青春したいんでしょ⁉　友だち作って！　彼女作って！　夏の思い出とか！　ほろ苦い恋とか！　そういうのをしたいんでしょ⁉　だったら、諦めたらダメだよ！　――夢と希望を捨てたら、終わりだよ」

ガキの頃に聞いたJ-POPの歌詞みたいな事を言う人だな、と思った。

残酷で、恐ろしい人だな。

「希望なんて持つのは間抜けだけ。期待した分、痛めつけられるだけ。そういう運命なんだ」

「運命？　君は運命の奴隷なの？」

「奴隷？　どうかな。サンドバッグぐらいが分相応かな」

彼女は悲しそうな目で俺を見つめた。

「そう信じて、自分を護《まも》るしかなかったんだね。キミは」

「……じゃあ、アンタの『やりたいこと』って何なんだよ？」

どうせもう出来る筈《はず》も無いけどさ。無意味な、価値の無い三文《さんもん》話さ。

けれど彼女は――黒の魔王は、一点の曇りも無い笑みを浮かべた。

「──宇宙の滅亡！」

瞬間、蒼《あお》い光が網膜を焼いた。

それは、彼女の『影』が放つ燐光《りんこう》だった。

「な……に……？」

「私ね、世界を滅ぼしたいんだ。宇宙が鬱陶しくてたまらないんだ。生きているもの全部がなくなってしまったらどんなに最高だろうか！　って思うんだ！　だから私はそのために、一生懸命頑張るって決めてるの。たとえどれだけの絶望に後ろ指を指されても！」

彼女は何を言ってるんだ？

《飴玉《あめだま》を貰《もら》えて良かった。この微《かす》かなエネルギーがあれば》

《私はまだ、がんばれる》

俺は、彼女の心の声を感応した。それは、酷《ひど》く恐ろしい、真っ黒の狂気じみた感情だった。こんなに純粋な黒を感じさせる人間の心は初めてだ。……いや、この人は……人間なのか？

「だってね、私は信じているんだよ！」

彼女の影が巨大に膨らむ。それはやはり蒼《あお》い光を放つ。いや、それだけじゃない。あれは幾何学模様だ。彼女の自在に動く影には今まで見たこともないような模様が刻まれていた。

「――夢は、いつか必ず叶《かな》うって！」

瞬間、蒼《あお》い影が閃光《せんこう》のように甲板を駈《か》けた。

「ぐぅ……っぎっ」

影の駈《か》けた先に居たのは、水夫の男だ。男の影が蒼《あお》く光り始める。瞬《また》きの間に、蒼《あお》い影はその持ち主の体をミシンで縫うように貫き始めた。血しぶきが甲板を赤く染める。

「ぎゃあああああああ‼」

赤髪の水夫が叫んだ。彼は蒼《あお》の影に口から肛門《こうもん》までを一直線に貫かれて死んだ。

「やめろッ！　やめろッ！　やめろぉおおおおおおおッッ‼」

長い髭《ひげ》の水夫が悲鳴をあげる。彼は巨大な蒼《あお》い影に押し潰された。トルティーヤみたいになる。

「なん……だよ、これ。なんだ……」

船は酷《ひど》い惨状だった。無差別の処刑場のような光景だった。

何十人もの死にゆく人々の思念が、否応《いやおう》なしに俺の心に侵食する。死にたくない。死にたくない。死にたくない。怖い。助けてくれ。痛い。嫌だ。気持ち悪い。死にたくない。死にたくない。死にたくない。

俺は思わず、叫び続けた。喉が嗄《か》れるまで叫び続けた。

「かわいそうに」

不意に、俺の頭を何かが覆う。それは——彼女の腕だった。魔王と名乗った少女の。

「……そう。君は私とおんなじだったんだね。化物仲間だったんだね。人間になれなかったもの。人間に憧れたもの。強い指向性。いつか終末を迎えるもの」

「なん……なんだよ……。一体、どういう事なんだよ……」

「ねえ、笑わないとダメだよ。私達みたいな奴《やつ》は、必死に死ぬ気で努力して、やっとほんの少しだけ報われるんだ。例え何を犠牲にしても。どれだけ痛めつけられても」

彼女は俺を優しく抱きしめる。

「アンタは……何者、なんだよ……ッ」

彼女は笑った。煌《きら》めく星々のような満面の笑みで。

「我は魔王也《なり》！　世界と相対《あいたい》する者也《なり》。決して敗北せぬ者也《なり》。光に屈さぬ、ますらを也《なり》！」

光が。

太陽の光が、雲によって覆われた、瞬間に。

「な——」

――巨大な影の化物が、海を二つに割っていた。昔に映画で見た怪獣よりもずっと大きな影だった。水平線の彼方《かなた》まで広がる視界一面の怪物だ。世界よりも、影の方が大きく見えた。

「私は！　私の夢を諦めない！　決して希望を捨てたりしない!!」

巨大な怪物が世界を切り裂いて、跪《ひざまず》く。その小さい真っ黒な魔王のために。

少女は怪物の腕に乗ろうとして、その前に俺の足かせを腕力だけで引きちぎった。

「――私はそうする。――君はどうする？」

ころころとした声で、彼女は笑う。

（どうする？　どうするか？　だって？）

だって。俺はさ。必死に諦めて来たんだよ。

希望なんて持った所で無駄だって。どんなに頑張っても救われる事は無いんだって。

どうせ勝てないなら、したり顔して、やり過ごしたほうがマシだって。

（なのにこの子は、ものの10秒で）

俺が毎日歯をガタガタ言わせて怯《おび》えていた連中を、片付けた。同じ穴のムジナだと思っていた少女が。俺とおんなじ、負け犬だと思っていた少女が。

（本当は。俺だって）

頭の中では彼女みたいに、戦っていた。

けれど、怖かった。怖かったんだよ。

「クソ……クソ……クソ…………ッ！」

「どうして泣くの？」

「わ、わかんねえ……わかんねえけど……クソぉ……ッ‼」

俺の心を占めているのは、怒りだ。それが何故《なぜ》かは分からなかった。

「……だって……俺は……弱いんだよ……」

言い訳じみた惨《みじ》めったらしい言葉が口から漏れて、俺は頬がカーっと熱くなるのを感じた。

「だから強くなるんだよ」

彼女の笑みをとても綺麗《きれい》だと思った。真っ黒で、混じりけのない、全てを塗り尽くしてしまうその色に、触れたいと、一瞬感じた。ああ、俺は――彼女に惚《ほ》れてしまったんだ。

「夢、叶《かな》うと良《い》いね」

俺は何かを考える余地もなく、ただこくんと頷《うなず》いていた。

頷《うなず》いてしまった。それがどんな意味を持つのかさえ深く考えずに。

「君が青春にたどり着くか、私が終焉《しゅうえん》にたどり着くか、競走だね」

黒の魔王が、優しく笑った。

「だったら私達、敵同士だ！」

――影の化物の腕が、船に巻き付く。バキバキバキ！　と鈍い音を立てながら、船がゆっくりと倒壊していく。俺は縦になった船の甲板で必死に手すりを摑《つか》まえていた。

「ばいばい。それじゃあね。がんばろうね。お互いにだね」


俺はへらへら笑う彼女に何かを言ってやりたかった。けれど、明確な言葉は出てこなかった。

彼女は影の化物に乗って去っていった。俺は荒波によって空中に放り出される。

(わけわかんねえ)

心の底からそう思った。

(ふざけんな)

何もかも分からないけど、そう思った。

分かる事はこのままだと俺は海の藻屑《もくず》になることだ。

(だとしたら、どうするんだよ)

今までみたいに、必死に昏《くら》い顔をして、運命に顔面を殴られ続けるのか？

(それは、いやだ)

俺だって。

(俺だって本当は、あの魔王みたいに)

闘いたかったんだ。

(俺だって本当は——夢を叶《かな》えてみたかったんだ)

ずるいよ、と思った。

（ああ、俺——生きなきゃ）

海に落ちると同時に、気がついたんだ。これからすべきこと。これから戦うべき相手。

『運命』。俺はそいつをタコ殴りにしなければいけない。

あの魔王が顔色一つ変えずに、世界を滅ぼそうと邁進《まいしん》するように。

「あぁあああああああああああああああああ……ッッッ!!」

俺は叫びながら、泳ぎ始めた。

（なんて惨《みじ》めなんだろう。なんて格好悪いんだろう？）

今ここにあるのは、俺と、海だけだ。清々《すがすが》しいぐらいに、俺の敵は一人だ。

海水を掻《か》いて、蹴り飛ばす。漂流する材木を見つけて、体を預ける。

「俺は……っ！　サンドバッグなんかじゃ……ない……ッ！　生きてる！　生きるんだ！」

多分無理だ。だって太平洋のど真ん中だ。誰にも見つからずに死ぬだろう。

けれど、天命に身を任せるのは飽き飽きだ。全部が嫌になってきた。偉そうな運命とやらにヘコヘコしながらやってくのなんて、もう、ゴメンだ。

（俺だって……夢を叶《かな》えるんだ……）

普通の高校生みたいに友人を作りたい。

普通の高校生みたいに学校に通いたい。

普通の高校生みたいに恋がしてみたい。

(――ライトノベルの、主人公みたいに)

俺は決心して――『ソレ』を視界に入れてしまった。

「…………」

うそだ。

「…………あ……あ……」

うそだ。

「あああ‼ ちっくっしょおお‼ ふざけんな‼ ふざけんな‼ ふざけんなよ‼ マジでなんなんだ、テメエは‼ 笑ってんのか⁉ 楽しいのか⁉ 満足なのかよ、これで! なァッ‼ おい! ふざけろ、答えろ、ボケ!」

俺は海水を蹴り上げた。圧倒的な質量の海。怒りに身を任せて蹴り続ける。

目的物まで辿《たど》り着《つ》いた俺は『ソレ』を脇に抱えて摑《つか》み、元の浮きまで戻る。

「ぷはっ」

『ソレ』――ラファエル・ガルシア。筋肉質な彼は泳ぎが苦手なのか、絶え絶えな呼吸を繰り返しながら、薄い板に摑《つか》まった。

「く……っ」

この板じゃ、二人分の体重は支えられない。船の残骸は、とっくに遠く。他の浮きになりそうな物を探すなら、リスクを背負うことになるだろう。

あるいは、ラファを見捨てる、という手も当然あった。

一人分——俺だけなら、この板に摑《つか》まっていられるだろう。

(あ。俺、そういう事できる人間じゃ、ねーんだな)

そうか。俺はこういう状況になった時、他人を優先して助けることが出来るような奴《やつ》なんだな。知り合いを放っておいて、自分が助かるなんて、普通に嫌で、最初から選択肢に入っていない。やるじゃん、俺。

それは救いだ。涙が出るほどに、救われた。

「待て！　心葉《ことは》！」

背後で板に摑《つか》まっているラファが叫んだ。俺は振り向きもしない。

「俺は……俺は、お前を見捨てたんだッ！　本当は、俺がお前を救わなければいけなかったんだ！　俺しかいなかったんだ！　それなのに俺はッ！　怖くて、勇気が出なかったんだ！　俺は……俺は……お前に救われる権利なんて、無いんだよッ！」

いつも小さな声の彼が、必死に叫んでいた。俺は少しだけ笑った。

(なんだよ、ラファ。俺たち、同じだったんだな)

……なあ、俺はもう、そんな事はしないよ。

例え神様だろうが運命だろうが。

必死で藻掻《もが》いて、ぶん殴って、きっと夢を叶《かな》えるよ。

「ラファ。アンタがよくくれたカルネ・アサダのタコス。美味《うま》かった」

「……心《こと》……葉《は》……」

「いつか、レシピを教えてくれよ」

「……っ」

俺は大海に挑む。それは運命との戦いだ。

背後から必死で響いていたラファの声も、巨大な海の音に掻《か》き消《け》される。

辺りには、何もない。

生きて、生きて、生き抜いて、絶対に夢を叶《かな》える。

次第に、体力の限界が訪れ始める。

指先に力が入らなくなる。

海水を大量に飲み込んで、肺が正常に動かなくなる。

手を伸ばしたが、空に届かなくなる。

浮上する体力も、いつの間にか失くなっていく。

(生きる……生き、る……ん、だ……)

俺は、夢を目指して泳ぎ続ける。

不意に、――ぷつん、と糸が途切れるように視界が閉じて。

(ちくしょう……死んで、たまるか……)

(しんで……たま……る、か……)

(し……)

…………………。


そうして、俺は死んでしまった。

■

ガキの頃。俺は寺に預けられていた。

あの頃、俺は目に見える全員が敵に見えていた。だって人の心が見えてしまうっていうのは、人の悪い部分が見えてしまうっていうことだ。

思春期の誰にも愛されなかった子供が、人の悪意だけに晒《さら》されて、歪《ゆが》まないわけがない。

「おう、ガキ。ボロボロだな。また喧嘩《けんか》に負けたンか」

「うるせえ、ジジイ」

俺の面倒を見てくれていた住職は、近所の悪ガキとか上手《うま》く社会に適応出来ない子どもたちを集めて、一緒に暮らしている物好きな爺《じい》さんだった。

「ジジイ。もっと教えてくれよ、ボクシング」

爺《じい》さんは若い頃やんちゃしていたが、プロボクサーになってそういう事から卒業したらしい。尤《もっと》も、結局才能が無くて実家の寺を継ぐことになったわけだが。

居間には誇らしげに当時の白黒写真が飾られて、格好良いと思わないこともなかった。

「おれ、強くなりてえんだよ、もっと」

「……強くなって、どうする？」

「だって、知ってるだろう。ジジイ。みっちょんをいじめてる連中。いじってるとか言うけど、ランドセルをゴミ捨て場に放り込んだり、給食にチョーク混ぜたり。最低だよ。みっちょんが喋《しゃべ》れないからって」

「そうか」

「喋《しゃべ》れねえけど、泣いてるんだぜ。本当に、ずっと泣いてるんだ」

みっちょんは俺より3つ年下の、俺より少し後にこの寺に預けられた女の子だ。言葉を上手に喋《しゃべ》れなくて、皆に笑われるのが怖くて、いつも口を閉ざしている。すごく優しい子なのに。

俺に、道端のへびいちごを届けてくれるような女の子なのに。

「良《い》いさ。ガキ。人の殴り方ぐらいなら幾らだって教えてやるさ」

「……！　ああ」

「でも、お前が本当に知りたいのは……」

ジジイは俺の頭を撫《な》でた。グローブみたいに分厚い掌《てのひら》だ。

《子どもたちよ。お前が幸福になるためなら、おれは何でもするよ》

《どうか神様。お願いだから。これ以上こいつらから何も奪わないでくれ》

――いつだってジジイは、酷《ひど》く大きな悲しみを背負いながら俺たちを見ていた。嘘《うそ》はつかない人だった。そんな大人は初めてだった。

「ガキ。お前はこれから苦労するよ。普通の人よりも、うんと苦労するだろうよ」

「……だから、なんだ？」

「だから強くなるのには賛成だ。けれどいつか、どんなに拳を鍛えたって勝てないような、目を見張るぐらいの化け物が、お前の行く手を塞ぐ時が来るだろう」

そんなの、全然ピンと来なかった。

だってジジイが、俺の知ってる世界で一番強い人だったから。

「だから……その時は……」

ジジイはニカっと笑った。しわくちゃの笑顔だった。

「――いいヤツで、居なきゃだめだぜ」

「……どういうこと？」

「人は苦しく辛《つら》い時、どうしたって嫌なヤツになっちまうのさ。自分が辛《つら》い分、相手を苦しめようとか、誰かのせいで自分が辛《つら》いんだと信じて、誰彼構わず殴りかかっちまうもんさ」

「……うん」

「でも、お前は。いいヤツで居なきゃだめだ」

酷《ひど》い話だ。何で、俺だけ？　と思った。ジジイは笑う。

「だって、誰かがその連鎖を止めねえとさ……終わらねえだろ？」

「オセロみたいに？」

「そう。どんなに黒に挟まれても、白で居なきゃいけねえのさ。俺や、お前みてえな奴《やつ》は」

どうして、ジジイはそんな風に思うんだろう。でも俺は、ジジイと同じくくりに入れられたのが少しだけ誇らしくて、何となく、こくりと頷《うなず》いてしまっていた。

「わかった。よくわかんないけど。うん。わかったよ」

そうか、とジジイは笑った。俺はこの人みたいになりたいと思った。いいヤツになりたい。なりたいと思ってたんだ。思ってた筈《はず》なのに。


捨てられて、殴られて、鞭《むち》で打たれて、地べたに何日間も放置されて。

俺は、いいヤツじゃなくなってしまったんだよ。

クソッタレマフィアの便利な道具になってしまってたんだよ。

俺のせいで沢山の人が苦しめられて、傷つけられたんだよ。

きっとその中には、みっちょんみたいな子どもたちも居たんだろう。

なあ、ジジイ。俺が地獄に落ちたら、アンタはどんな顔するかな。


ごめんな。おれ。約束まもれなくて。ごめんな。

■

「……きて」

誰かに体を揺すられている。

「起きて」

俺は海の藻屑《もくず》になって死んだ筈《はず》だ。だったら俺を呼ぶのは地獄の悪魔だろう。

「起きて。言万心葉《ことよろずことは》クン」

——ふりふりのカチューシャ。目を開けて、視界に飛び込んだのはそれだった。

「あっ。おはよーございまーす」

眠っている俺を見下ろして笑っていたのは、だぼっとした水色ジャージに真っ白のエプロン、フリフリカチューシャを付けた年上のお姉さんだった。

「言万《ことよろず》クン。お体の具合はどーですかー?」

どこか気だるげな視線。目元を微《かす》かに赤く塗ったメイク。バチバチに耳に開けているピアス。まともな状態の俺だったら、怖くて話しかけられないタイプの女の人だ。

いや待て。事態に頭が追いつかない。

(ここはどこだ……? 少なくとも、地獄って感じじゃない。むしろ……天国?)

俺は辺りを見渡す。そこは荘厳《そうごん》な神殿だった。見たことのない宗教の絵画が天井を覆っている。屋久《やく》杉みたいに大きな乳白色の柱が天井を支えている。

「まあー……良かった。お元気なようで安心っすわー」

ジャージメイドさんはフリルを揺らしながらほっと息を吐いた。

《はぁー。だる。蘇生《そせい》には成功して良かった》

《色々文句付けられるの、めんどいしなー》

事情がありそうだなと思いつつ、正直彼女の内心に目を向けられる程の余裕が俺にない。

「……ここは、どこなんですか?」

「ここは……えと、なんだっけ。たしかあ、『運命と転生の女神・ペルシオーネ様の神殿』だったかな? アタシ馬鹿なんで、あんま知らないンですけど。あなたはなんか、ペルシオーネ様に呼ばれて、謁見する栄誉を頂けたとかそれ系です」

「女神って……」

それは何というか、随分突拍子の無い話だ。俺は笑いそうになってしまって。


「──目覚めたようですね、人間よ」


腹の底から震える、オペラ歌手のような声だった。

（うお……まじか）

視線を神殿の奥に向ける。翠玉《すいぎょく》の髪の女神が立っていた。女神？　いや、わかんないけど。多分があれがそうだろうって程度には迫力のある人だ。

「びっくりさせてごめんなさい。私達はあなたを見ていました」

「見て……って」

「船が転覆した事、残念でしたね。しかしあなたは良い行《い》いをしていた」

それは、ラファを助けた事を言っているんだろうか？

「あなたは確かに死にました。この度その魂を、私が招喚させて頂いたのです。どうかお願いです。その輝かしき勇気で、この世界に救いの手を差し伸べてくれませんか？」

女神が呟《つぶや》いて、指を振る。すると天井から一枚の石版が降ってきて、それには妙に鮮明な、とある世界の様子が映し出されていた。それは中世のような光景だったが、人々の中に獣人やエルフ、魔法使い風の冒険者などが混じっている。

「き、聞いたことあるかも。もしかしてこれ……異世界転生ってやつですか？」

「最近の若者は物の分かりが早くて助かります」

「中学の時、よく読んでいたんで……」

隣のクラスの佐竹《さたけ》くんが、よくオススメのウェブ小説を教えてくれた。俺は結構ライトノベルとかのラブコメ派だったんだけど、楽しく話していた事を思い出す。

待て。本当に？　そんなものが存在するのか？　そんなラノベみたいな？

「では素敵なスキルを授けましょう」

「だから、そんなラノベみたいな！」

「何でもありますよ。超経験獲得・不老不死・肉体強化に無限魔力。スキル吸収・進化適応。時間操作に全属性魔法・治癒の手に強化融合・会話翻訳・無敵の盾・モンスターテイムや領域支配・万能錬金術・召喚の達人。ああスキルの複製なんかもいいですね。空間移動？　透明化？　えっちなのが好きなら催眠なんか。重力制御も便利ですが……」

「……。ちょっと考えさせてください」

俺は少しだけ深呼吸してから。

「これは夢？　それか、走馬灯の亜種みたいなやつ？」

ジャージメイドさんに尋ねた。

「ほっぺ引っ張りましょうか」

「お願いします」

「むに〜」

ジャージメイドさんがほっぺを引っ張ってくれた。

「ふふ、へんなかお。かわいいね」

「……」

超近距離でお姉さんに笑われて、恥ずかしくて顔真っ赤になった。

いや違う。ほっぺが痛い。大事なのはそっちだ。集中しろばか。どうもこの状況は夢では無いようだ。確かに辺りの質感や存在感は妙にリアルだ。

(……もう一度、チャンスを与えられたということか？　異世界転生で？)

——俺は、ラファにかつて投げられた言葉を思い出していた。

『砂漠に落ちてる宝には、蛇が潜んでいるもんさ』

そうさ、こいつの言ってる事はあんまり虫が良すぎる。

(女神の心を盗み見すべきだな)

俺は自分の心臓の辺りに集中する。深く、相手の心を読もうとする時に想起するイメージだ。

女神の内側の音を、色を、盗み見るように観察する。

「……」

女神の心は――優しさや慈愛に満ちていた。

本気で俺のことを案じ、幸せにしようとしているようだった。

俺のくそったれな境遇を知り、次の生では楽しく過ごせるように本気で案じていた。

「ご満足いただけましたか？」

女神は優しく笑った。俺に心を盗み見されるのも、分かりきっていたようだった。

俺は思わず、自分を恥じてしまった。

「……すいません。もっといろいろ教えてくれませんか？　その、異世界転生？　について。スキルとかについても、色々」

女神は笑って、俺に沢山の話を聞かせてくれる。

■

女神から話を聞き終えた俺は、頭を整理するために神殿の外を歩いていた。

（……俺が思っていたよりも、世界はとっても複雑らしい）

首を上に傾けると、空にあるのは見たこともないような形の銀河だ。女神曰《いわ》く、俺の立っている半径５ｋｍほどしかない惑星は地球から19万２００光年は離れた銀河系にある、多次元を繋《つな》げる基地局の一つだそうだ。

『輝かしき勇気』を持つ死んだ人間の良き魂をリサイクルするために活動しているらしい。

（輝かしき勇気、ねえ……）

「あ。心葉《ことは》クン。居た」

「ええと……あなたは」

「……ン？　アタシ？　Ｌｕｎａ。まあ使用人っていうかメイドさんっていうか奴隷っていうか……、まあここで働いている人的なヤツ」

ジャージメイドさんが妖しい目つきで笑う。何だかやっぱり怖そうな人だな、と思った。まるで蛇や猛禽《もうきん》類のように強者な生物の風格を漂わせている。

「こちら、どぞー。お腹《なか》減ってるんじゃないですかぁ？」

「……！　いただきます」

Ｌｕｎａさんから受け取ったのは梅のおにぎりだった。まさか久しぶりの日本食を天国で食べるハメになるとは。まあ死ぬまで食べられないのはだいぶ覚悟してたけど。

「おいし？」

「うまいっす」

彼女は笑って、タバコに火をつけた。吸っている銘柄はセブンスター。昔母親が吸っていた銘柄と同じだ。気怠《けだる》い目つきのジャージメイドさんに、重めのタバコは妙に似合う。

「この神殿って、よく人来るんすか」

俺が尋ねると、Ｌｕｎａさんは少し考えてから。

《おっと、どうしようかな。そういうの興味ある感じ？　いや、世間話か》

《そうだ。心の中。無心にしなきゃ。この子は心を覗《のぞ》くンだっけ》

タバコの煙を吐き出しながら、呟《つぶや》く。

「そうですねぇ。月に4、5人ぐらいですかねぇ。あの女神サン、あれでけっこー人を選ぶ方だから。『輝かしき勇気』なんてモンを持ってる人、そーそー居ないから」

「はは。俺も。自分にあるとは思えねーっす」

思わず乾いた笑いが出てしまった。だってそうだろ？　俺はマフィアに居て、一度も勇気を出して戦おうなんて思えなかった人間だ。奴《やつ》らに殴られたくなくて、必死に従ってきた人間だ。

「俺、人の心が見えるんですよ。だから……まあ、尋問とかが超上手《うま》いわけですよ。はは。だからさ。その……嘘《うそ》とか暴いてさ……。そういう役割を、よくやらされてたんです」

「うん」

「組織の情報を警察に流してる幹部を探せって。だから俺、暴いたんです。……その人の娘、誕生日だったのに。5歳ですよ？　5歳の……誕生日だったのに……し、知らなくて」

Ｌｕｎａさんが、二本目のタバコに火をつける。

「俺が……俺が嘘《うそ》を暴いたせいで……。れ、連中は……武装した車で……パーティーの会場に……。他の、子どもたちも……居たのに。ピエロも……お母さんたちも……お構いなしに。

……ニュースで現場を見ました。あ、あれは……本当に……酷《ひど》くて……酷《ひど》くて………」

囁き屋《Susurrador》。殴られるのが怖くて、必死に誰かを売り続ける男。自分がこんな地獄に居続けられる事が信じられなくて、必死にアニメを見て現実逃避していた男。

「だから俺、輝かしき勇気とか無いです。だって神様が居たら、良い行《い》いをしたから救われるとか言われても、全然ピンと来ないです。だって俺って絶対地獄行きじゃないですか？」

だからなんか、少しだけ。幸せになっちゃダメなんじゃないかな、とも思う。

「仕方がないよ。だって、ガキじゃん」

Ｌｕｎａさんは俺の頭に掌《てのひら》を置いて――優しく撫《な》でた。

「あんま悲しいことばっかり考えてちゃ、いけないンだよ」

ぶかぶかのジャージの袖が額に触れる。俺は少しだけ泣きそうになる。

俺は、ジジイのくちゃくちゃの笑顔を思い出していた。Ｌｕｎａさんみたいな美人とは似ても似つかないけど。それでも、妙に懐《なつ》かしい気持ちになっていた。

《……悲しい子。まだ、大人にハグされてないといけない年のくせに》

《ああ……アタシは、こんな子供を……イヤ、だめだ。考えるな》

彼女の心の中は、何だか妙に悲しげだった。俺と同じか、それ以上に。

俺はなんだかこれ以上彼女に悲しい気持ちになってほしくなくて、ポジティブな話題を振る。

「異世界転生……俺、実はめちゃめちゃ楽しみです」

「そーなんですか？　ふふ、なにが？」

「だって、次こそいいヤツになれるチャンスじゃないですか……。俺、いいヤツになりたいんです。普通のいいヤツに。泣いてる子供を笑わせる事が出来るぐらいのヤツに……。今まで酷《ひど》いことしてきた分……ありったけ、いいことがしたいんです……」

そういうのが良《い》いな。そういう、誰にでも胸を張っていられるような青春が良《い》いな。

俺も異世界で頑張ったら、少しはそんなヤツになれるんだろうか？

「……すぱー……」

彼女は紫煙を吐き出す。

「酷《ひど》いことしてきたんじゃない。させられてきたんでしょ？」

「同じことです」

「全然違う！　ぜんぜん違うよ……！」

彼女の表情は歪《ゆが》んでいた。泣きそうな顔で、俺をじっと見つめていた。

「君は……君は……」

Ｌｕｎａさんは何かを言いかけて、必死に言葉を呑《の》み込んだ。

「……くす。ほんと子供だね」

「ひどいっ」

Ｌｕｎａさんは、タバコを踏み潰した。

《考えるな考えるな考えるな考えるな考えるな考えるな考えるな考えるな考えるな》
彼女は必死に何かを隠していたんだ。今にも泣きそうな少女のように。

■

「お世話になりました、女神さま」

俺は神殿に戻ると、女神さまと話を詰めていた。

「……本当にそれで、良《い》いのですか？」

俺は彼女から何の能力も貰《もら》わないことにした。次の人生では、自分の特殊性に何ら左右されずに、普通の人間として、普通の良《い》いやつとして――

「俺は普通の青春がやりたいだけですから」

俺の『囁《ささや》き屋』の能力も、異世界に行けばなくなってしまうらしい。ありがたい話だ。

「それでは、……――扉よ！」

女神さまが呟《つぶや》くと、神殿の奥に巨大な『扉』が現れた。絢爛《けんらん》たる彫刻と神秘的な光で覆われた扉だ。そこに描かれるのは、かつて存在した勇者の物語なのだろうか？

「あれは?」

「次元の扉!」

その扉は数多《あまた》の異次元に続いている、知恵と輪廻《りんね》の扉だそうだ。たしかにそれは明らかに異質で、酷《ひど》く人間に反した存在なのだろうと本能的に理解する。

「いってらっしゃい、言万心葉《ことよろずことは》さん。——素敵な第二の人生を!」

扉が開くと、蒼《あお》い絹のような光が部屋に漏れた。俺は、強い『希望』の気配を感じた。

——それ以上に強い『罪悪感』の気配と共に。

《ああ、また行っちゃう》

《アタシには……何も出来ない》

泣きそうな感情の色。感情の主はLunaさんだ。彼女は必死に俺から目を背けるように立って、脂汗を滲《にじ》ませている。さっきまでの優しい笑みを微《かす》かにさえも浮かべずに。

「あの」

俺は足を止めて、女神さまを見つめた。

「もう一度聞いていいですか。この扉の先には、何があるんですか?」

「この先であなたは、王国の勇者として転生することになるでしょう。美しい大自然に囲まれた広大な土地にある国です。緑豊かな森や平和な村、雄大な山々で構成されています。あなたが何を選び何を求めるか、それはあなた次第です」

「……そうなんですか」

俺は、Ｌｕｎａさんを見つめた。彼女は、ビクリと震えた。

《この先にあるのは、境界領域商会の……》

「境界領域商会？」

「……っ」

Ｌｕｎａさんは顔を真っ青にして、口を噤《つぐ》んだ。

「言万《ことよろず》さん。プライバシーは大切にしないといけませんよ」

「……女神さま。境界領域商会ってのは、何なんです？」

「なんでも良《い》いじゃありませんか」

そんなわけがない。

「一つお約束しましょう。あなたはこの扉を潜れば、きっと素敵な未来にたどり着ける。幾許《いくばく》かの試練や困難が待ち受けているかもしれませんが、最後には必ず幸福な結末を迎える。それが世界の法則なのですよ。私は心の底の善意から、あなたに扉を潜る事を勧めます」

――それは彼女の本心だった。嘘《うそ》偽りは決して無い。

俺は、メイドさんを――Ｌｕｎａさんを見つめた。

「俺は……どうしたらいいですか……」

「ア、アタシは……アタシは……何も、知りません……」

彼女の心の中を、強い恐怖のイメージが覆う。

《どうせ何も変わらない。痛めつけられる傷が増えるだけ》

《だったら、きっと、この子だって。何も知らないまま——》

彼女の強い恐怖に、思わず吐きそうになってしまう。俺は必死に堪えて、彼女を見た。

「……何も知らないのは、嫌です」

「えっ——」

「俺はもう……運命に痛めつけられて、ヘラヘラ笑いながら赦《ゆる》しを懇願したくない……」

Lunaさんの目が泳ぐ。顔がだんだんと青くなっていく。汗も交じる。

怯《おび》えていたんだ。泣きそうになっていた。体は小刻みに震えていた。

「あのね……」

Lunaさんは拳をぎゅっと握って、深呼吸をした。

「……心葉《ことは》クン。アタシまだね。君のこと。殆《ほとん》ど知らないンですけどねえ」

「はい」

「いいヤツになりたいって、素敵だね。アタシもそれになりたいな」

「え？」

「君の言うとおりだ。やらされてるのと、やってるの。おんなじだよねえ……」

彼女の心の形に、一瞬、酷《ひど》く優しい色が交じる。

《……この子、やっぱり、ガキだもん。大人が護《まも》ってあげなきゃさ……》
《こんな何もない子供……誰かが救ってあげなきゃね……アタシみたいな、雑魚《ざこ》1人でも》
彼女はきゅっと唇を結んで――人差し指を、俺の背後に向けた。

「早く。……逃げ……て……」


巨大な石版が、Ｌｕｎａさんを押し潰した。

「……………………え？」

それは、天井から突如落ちてきた石版だ。

「Ｌｕｎａったら。何度やっても学習しない子ね。だから愉快で側に置いてるのだけれど」

ぐちゃり、と嫌な音がした。彼女は腰から押し潰されて、鼻につくオイルの臭いが辺りに充満した。彼女の口から微《かす》かな苦悶《くもん》が漏れた。人が死ぬときの、嫌な気配。

「言万《ことよろず》さん」

女神が笑う。

「――私を信じて下さい」

俺は全力で駆け出した。――ああ、俺はなんて馬鹿だったんだろう。

（彼女は、俺とおんなじだったんだ）

Ｌｕｎａさんは何かに強く怯《おび》えていた。それは女神の力に対してだ。Ｌｕｎａさんは――自分が女神に従わなければ、すぐに排除される程度の存在だと、知っていたんだ。

（あの人もまた、俺とおんなじだったのに！）

Ｌｕｎａさんに、頭を撫《な》でて貰《もら》ったのを思い出していた。

小さな手だった。あのグローブみたいに大きな手とは、似ていないのに、よく似ていた。

「どこにも逃げ場はありませんよ、言万《ことよろず》さん」

ぐじゅり。

ぐじゅり、ぐじゅり、ぐじゅり、ぐじゅり。ぐじゅり、ぐじゅり、ぐじゅり、ぐじゅり。

肉が這《は》いずるような音。音の方向の先にあったのは、あの転生の扉だ。

「なん……だよ、あれ……」

――『肉の塊』がそこに居た。

《あはは。あはは。あはは。あはは》

女神が運命の扉と呼んでいた扉の奥から、巨大な肉の塊が膨張していた。

《楽しいな。嬉《うれ》しいな。怖いな。楽しいな》

肉の表面には、幾つもの人間の顔が張り付いている。それらは全て、笑顔だった。

『彼ら』は本当に幸福だった。俺にはそれが、誰よりも分かってしまった。

《幸せだな》

肉の塊の正体に気がついて、ゾっとした。

(あれは、何百、何千もの人々の、肉団子だ)

あいつは待っていたんだ。俺が『異世界転生の扉』を潜るのを。

あの扉に入ったら、俺は、あの肉団子と1つになっていたんだ。

魂だけを生かされながら。『異世界で冒険する』夢を永遠に見ながら。

《きみも一緒に》

反動で——跳ぶ。

《僕たちと、幸せになろう》

肉の塊が空中で高速で伸びた。それは全力で駆ける俺の足を一瞬で捕らえた。

「ぎあっ!!」

囚《とら》われた瞬間、俺の肉が溶けていく。それだけじゃない。溶けた肉が、同化していくのだ。

あいつらは俺を、肉の塊に取り込もうとしているのだ。

「離れろ！　離れ——ッ!!」

左足をくるぶしまで溶かされながら、俺は扉の方へと引っ張り込まれる。

「大丈夫。私を信じて。人には平等に、幸福になる権利があるのですから」

女神は優しく笑っていた。俺のことを、本気で幸福にしようとしていた。

「ぐぅッッ……ィ……ッ‼」

扉の奥には、肉と顔がみちみちと詰まっていた。それら全てが幸せそうにニコニコ笑って、見果てぬ夢を堪能《たんのう》していた。永遠に続くハッピーエンドを享受している。

俺は必死に藻掻《もが》く。殴る。蹴る。噛《か》みつく。こんな化け物に、なってたまるか！

「最後に良《い》いことを教えてあげましょう」

女神が、あんまり必死で惨《みじ》めな俺を見かねて呟《つぶや》いた。

「運命というのはね——決して変えられないから、運命と呼ぶのです」

もしそうだとしたら。

俺は、苦しんで泣くためだけに生まれてきたのかよ？


「——ライト！　カメラ！　アクション‼」


だからこそ。

運命が強大な化物だからこそ。

必死に抵抗しているちっぽけな人々が居た。

分不相応な希望を目指して、笑いながら邁進《まいしん》する戦士たちが居たんだ。

今から始まるのは、そんな連中の物語だ。

どれだけ強い怪物が相手でも、死にぞこないながらゲラゲラ笑う、とんでもない大馬鹿野郎共の物語。


「運命とは私！　私自身が宇宙のサダメ！　天上天下唯我独尊！」

――銃声。


「……ぇ？」

銃弾が俺の足に絡《から》みついていた肉塊を引き剝がして、俺は慣性のまま壁に叩《たた》きつけられる。

「さあ、ショー・マスト・ゴー・オンと行きましょうか！」

俺は思わずあっけに取られる。だってその桜色の少女には、スポットライトが当たっていたんだ。それは比喩でも幻覚でも無い。何もない筈《はず》の空から、彼女に光が当てられていた。

「ミュージック！」

ガチャガチャしたロックンロールの音楽が流れ出す。それは10年前のウルトラヒットソングだ。バキバキの爆音。流れるようなベースライン。馬鹿みたいな歌詞の羅列。

「ダンスはお得意？　へたっぴだったら吹っ飛んでいけ！」

桜の少女が振りかぶったのは、ギターだった。もちろん、ただのギターじゃない。大きなジエットエンジンの付いた馬鹿みたいな形のレスポールで、赤い炎をごうと吐き出しながら、マッハ3の速度で女神をぶん殴った。

「……あら人間。随分安っぽい音楽がお好きなのね？」

女神は欠けてすらいなかった。桜色の少女は、別角度から伸びる肉の塊に足を取られる。

「きゃっ」

「——援護します」

もう一度、銃声がした。銃弾は桜色の少女の足に絡《から》みつく肉の塊を撃ち抜いていた。

「隊長《リーデル》。1人で突っ走らないで下さい。ほんとうに馬鹿ですね」

「ごめんごめ……今隊長の事、馬鹿ってゆった？」

神殿の奥の遥《はる》か先に、黒髪で褐色の少女が立っていた。彼女は小型の恐竜ぐらいに大きい銃器を持って、それを軽々と振り回すと、桜色の少女の援護を始める。

「隊長。色素識別・Category-PURPLE《人為的反現実》。ポテンシャルは成長《Crescita》」

「了解。つまりあれが、霊魂アキュムレータ™ね！　ゴーゴーゴー！　殲滅《せんめつ》開始！」

号令と共に、鮮やかな銃を持った少女たちが神殿に突入する。その数は、10か20と言ったところだろうか？　彼女たちは洗練された動きで、肉の塊と女神への狙撃を始めた。

（一体……なんだよ……？　あの連中は——）

「そこの民間人の方！　お怪我《けが》は無いですか？」

藤紫色の髪をツーサイドアップにまとめた少女が俺を見下ろす。小さくてかわいい、小動物系の女の子だった。俺は自分の、酷《ひど》く痛む足をチラリと見つめた。

「ぎゃあ！　足！　溶けてる！　ぐろい！　ぶくぶくぶく……」

小動物系女子は、泡を吹きながらも足首の治療を始めてくれる。

「あなた達は、一体、誰なんだ……？」

少女は笑った。

「――終末停滞委員会。終わってる世界を護《まも》り続ける、馬鹿な物好きの集まりです！」

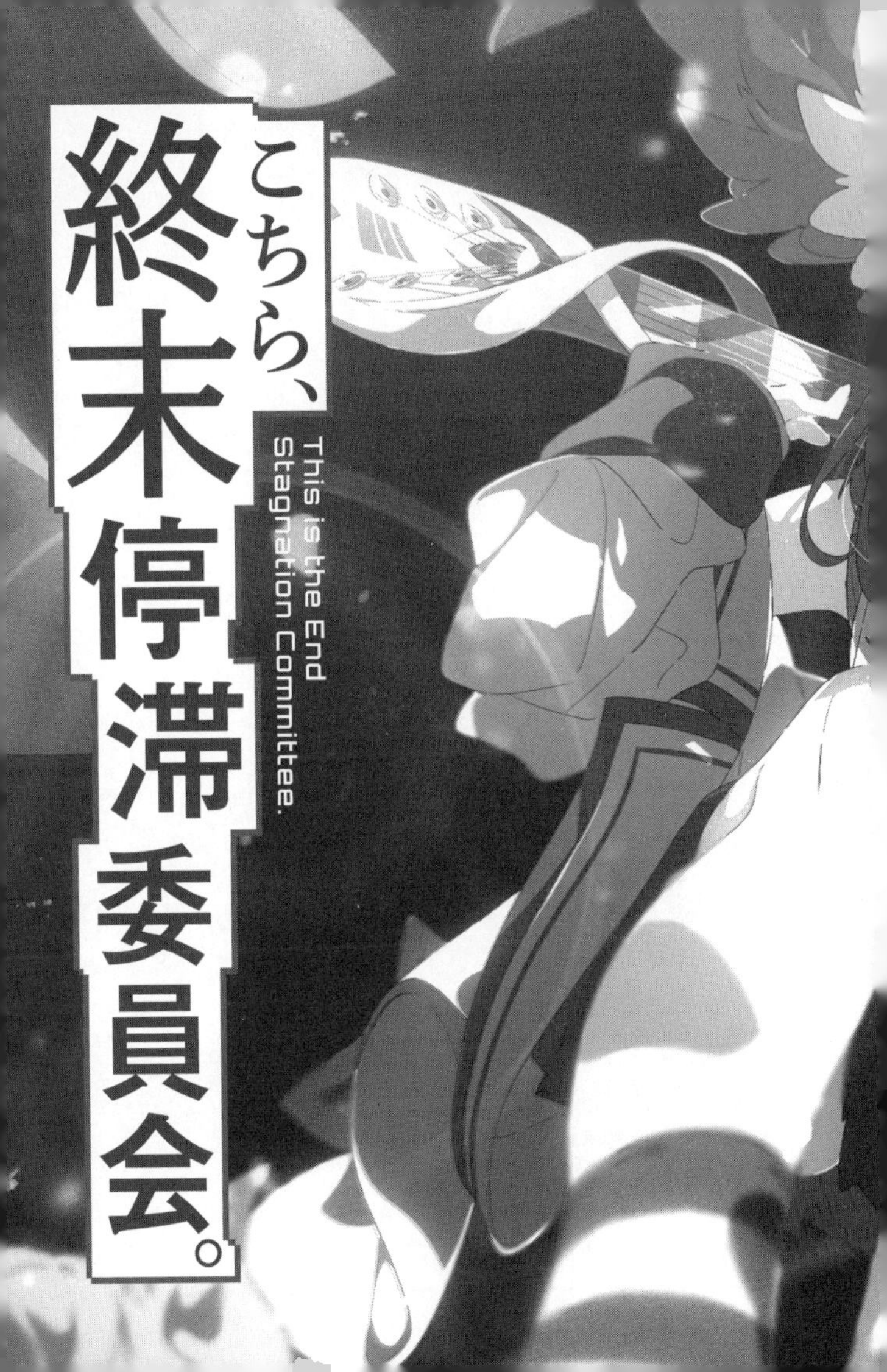
こちら、
終末停滞委員会。
This is the End
Stagnation Committee.

デザイン:タレメタル

霊魂アキュムレータ™

反現実組織『境界領域商会』が販売・流通する終末。

人間から魂魄流動体《こんぱくりゅうどうたい》を集めて保存するための道具。

女神が言葉巧みに人類を『門』へと誘い、『門』は人類の肉を溶かし、魂魄流動体のみを保全する。

魂魄流動体を活性化させるために、捕獲した人間に『異世界で冒険する』夢を見せている。

This is the End Stagnation Committee.

（こいつ、意外と固くて面倒くさいのだわ）

私――恋兎《こいと》ひかりは、ジェットエンジンのGをいなしながら『女神』を睨《にら》む。

【No.3922『霊魂アキュムレータ™』】

○性質――死霊操法《ネクロマンシー》・反現実機械工学

○詳細――『境界領域商会』が制作・販売している商品。女神が言葉巧みに魂を奪い、門扉《もんぴ》の内側でそれを保全する。魂（魂魄《こんぱく》流動体）は肉体から分離すると5分前後で劣化するため、門《もん》扉《ぴ》の中で『望む世界で活動を続けさせる』事によって鮮度を保つ。

１９５０年の英国で初めて確認される。今までに２８４台が確認されている。

霊魂アキュムレータ™――もとい女神が私を見て、酷《ひど》く優しい笑顔を浮かべた。

「分かってるんですよ。あなたも幸せになりたいんでしょう？」

それは母親のように心の底からの慈愛に満ちた笑みだ。

「こっちにおいで！　あなたも皆と一緒に、素敵な世界に行きましょう！」

「お生憎様《あいにくさま》！」

私は叫んで、ギターのヘッドを上空に向けた。

「私は私！　完璧で最強な美少女！　素敵な世界ですって？　はん！　この現実よりも美しい場所なんてありゃしないわ！　だって、私が存在する世界なんだもの！」

肉の塊が何十mもある槍《やり》のように伸びて、宙を駆ける私を追いかける。なんて眠い速度！

私は軽く避けながら──女神の真上まで躍り出た。

「隊長《リーデル》！　そいつには、物理耐性が──」

私の可愛《かわ》い褐色の副官、メフリーザ・ジェーンベコワが叫ぶ。もちろん承知！

「ニャオ！　メフ！　皆を守って！」

「へ？　たいちょ──」

藤紫色の髪をツーサイドアップにまとめた少女、小柴《こしば》ニャオ。小さな彼女はあっけに取られていたけれど、私の爛々《らんらん》と輝く視線に気がついたのか、焦《あせ》って拳銃を取り出した。

「隊長《リーデル》！　馬鹿ッ！」

メフが叫ぶ。私は内心でごめんねと舌を出しながら、女神に向かって急降下を始めた。

「──おいで。私の元へ」

女神が笑う。私も笑った。

「うるせえええええ!!　死ねええええええええええええ!!」

ギターを握って、力の限り叩《たた》きつける。轟音《ごうおん》と共に大地が揺れた。恐ろしい程のショックウエーブが神殿の内装を破裂させた。それでも女神の体は微《かす》かに欠けただけだった。

「人の力で、神に害を為す事はできません」

ギターを思いっきり握って、振り下ろし続ける。

「私は人間を超越した最強の美少女・恋兎《こいと》ひかり！　神様ごときが、頭《ず》が高いのだわ！」

壊れろ。

「……っ、これはっ」

壊れろ。壊れろ壊れろ壊れろ壊れろ壊れろ。

「ぐっ……あっ、や、やめ……っ！　何？　これは。これは。何!?」

「らぁあああああああああああああああああッ！」

壊れろ壊れろ壊れろ壊れろ壊れろ壊れろ壊れろ壊れろ壊れろ壊れろ！

「——ぶっ壊れろ。星屑《ほしくず》みたいに」

ぎゃん！　とギターが一際《ひときわ》高く鳴いた。そのあまりのエネルギー量に、一瞬だけ重力が歪《ゆが》む。

まるで超新星のような爆発が、辺りを一瞬、真っ白に染めた。

「……ぎゃんっ」

いてて。着地に失敗しちゃったのだわ。最後まで華麗に決めるつもりだったのに。

「——とはいえこれにて、一件落着！」

私は背後にある、上半身が粉微塵《みじん》になった女神像を見つめた。我ながらよくぶっ壊したなあ。

「えーと。皆は？　平気？」

神殿はとっくに全壊していた。皆、無事だと良《い》いのだけれど。

「…………」

え、全然返事ない。

「ぎゃっ。もしかして私、やっちゃった⁉」

「この馬鹿ぁ！」

突如頭を背後から叩《たた》かれた。ぺしっとね。

「メフ！　良かった、生きてたのね！」

「この馬鹿隊長。あんぽんたん隊長。考えなし隊長。脳筋隊長。ばかばかばかばか」

メフの背後にはニャオが半泣きで立っていて、ぷるぷると震えながら彼女の拳銃——『シャムシール』を握りしめていた。彼女が皆を守ってくれたのだろう。

「隊長。今回の作戦はあくまで捕獲作戦であり、反現実実体の無用な損壊は——」

「仕方がないのだわ。今回は民間人も居たわけだし」

「その民間人を巻き込む威力で突っ込んだ理由をお伺いしてもよいでしょうか？」

「勝負の世界は、いつだって全力！」

メフは何かを言いたげにパクパクと口を動かして、すぐにこれ以上の議論は無駄だと思ったのか大きな（本当に大きな！）ため息を吐いて、肩を下ろした。

（メフは優秀な副官だけれど少し慎重過ぎね。今回の作戦は難度の低い物だったし、隊員達にも余裕があったのだから、連携の実戦練習ぐらいで考えるべきなのに。それに捕獲作戦なんて、ラボの連中を喜ばせても仕方がないのにね）

本当にヤバい連中と戦う時、この程度の衝撃じゃ済まないんだもの。今回は新人さんが多かったし、良《い》い刺激になったと思うんだけど。いや、そりゃあ少しはやりすぎたけどさ。

「あー、めちゃめちゃ気持ち良かったのだわー！」

能天気に笑う私を、もっかいメフがチョップした。半泣きのニャオもそれを見て少しだけ笑ってくれて、ちょっぴりだけ一安心です。

「それじゃメフ。事後処理よろしく！　私、あっちでお紅茶でも飲んでようかしら」

「…………了解しました」

この手の処理に、私はできるだけ口を出すべきではないだろう。私は戦闘。メフがそれ以外。そういう役割分担で、私達のチームはギリギリ運用出来ているんだもの。

（それにしても、あの子）

私は『彼』を見つめた。黒の魔王に気に入られ、命懸けで友人を救おうとした少年を。

「あ、あんたら一体何者なんだよ!?」

少年が叫ぶ。とっても混乱しているようだ。私達からしたら、彼こそ一体ナニモンなんだろ？　って感じなのだけれど。うちの組織の民間人への対処法は、基本的に1つだ。

「ニャオ」

メフがニャオを呼ぶと、彼女は待ってましたとばかりに注射器を構える。

「あいあい！」

ニャオは少年の首筋に――即効性の麻酔をぶちこんだ。

■

目が覚めた。という事実に、驚いた。

(……あれ？)

俺は、女神の神殿で死にかけてた筈《はず》だ。確か、注射を打たれて……。

(ここ……どこだ？)

そこは清潔な空間だった。真っ白な室内。ここはきっと、病室だ。

「……頭……痛ぇ……」

俺はよろよろと立ち上がりながら、病室の窓を開けた。

「なんだこれ……――蒼《あお》っ」

あったのは――一面の蒼《あお》だった。つまりは青空だ。上から下まで、全部が蒼《あお》だ。まるで飛行機の窓から空を眺めた時のように。

「嘘《うそ》だろ？　こ、こんなの有り得ねえ！」

俺は病室から身を乗り出して、地面を見下ろした。だが地面すら無い。あるのは、幾つかぽつぽつと空を漂っている、真っ白の雲だけだった。雲が窓よりずっと下にあるだって？

「やぴっ。もう起きてる！」

背後の扉から、藤紫色の髪の――確か、ニャオと呼ばれている小動物系少女が現れる。

「まだあんま、動いちゃだめですよう！」

彼女はパタパタと俺の元に来ると、気遣うように背中を撫《な》でながらベッドまで誘導してくれた。ちょっといい匂いがした。じゃなくて。

「……ごめん。マジでわかんない。ここはどこ。これはなに。俺は正気？」

「正気の定義によります。小柴《こしば》は多様性を重んじるので！」

偉いけど、今そういう余裕ないから、俺。あと小柴《こしば》って誰。この子の名字なのか？

「ここは天空都市・フルクトゥスの第12地区にある、『蒼《あお》の学園』の保健室です」

「て、てんくう……？」

「そう。お空を浮かんでいます。あはは、地上の人たちはびっくりしますよねえ」

びっくりする。どころじゃない。信じられない。いや、信じるしかないのか？　少なくとも、そう簡単に飲み込めないのは確かだった。

「すいません。うちの規定で被災者・及び捕虜を連れて帰投する場合は、鎮静剤で意識を失わせなければいけないというものがありまして。混乱しちゃいましたよねぇ」

どうやら、俺は女神の神殿にて鎮静剤で気絶させられて、この空飛ぶ『蒼《あお》の学園』まで運ばれて来たらしい。……はは。なんだこの一日。盛り沢山にもほどがある。

「お体の具合はどうです？　言万《ことよろず》さんが回復し次第、連れてきてと言われてて」

「……どこに？」

「えっと、なんだっけ。会議室？　みたいなとこ？　あの、まんまるに椅子がいっぱいあって、皆でおしゃべりするところです。えっと、名前忘れちゃったな」

この子、ちょっと抜けているのかもしれない。

「なんですかその目は」

「いや……小柴《こしば》さんってちょっと、抜けてるのかなって」

「なんですか。勝負しますか」

小柴《こしば》さんは両手を指スマの形にした。なんでだ。ＩＱで勝負しようとしているのか。

「い、いや。今は良《い》い。それより行かなきゃいけないトコあるんだろ。そっちに行こうよ」

「ふふふ……。では不戦勝で小柴《こしば》の勝ちですね」

勝ち誇っていた。微妙に悔しかった。

『蒼《あお》の学園』と呼ばれる建物の内側は、一見するとただの洒落《しゃれ》た校舎に見えた。しかし俺がよく知る日本風の建築ではなく、どこか地中海風の、白と蒼《あお》を基調とした内装だ。

「ここです。どうぞお入り下さい。小柴《こしば》は来ちゃだめってゆわれてるので」

ニャオさんはニコニコと笑いながら立ち止まった。

真っ白な廊下の突き当たりに、妙に荘厳《そうごん》な扉があった。その扉の隣には天秤《てんびん》や四足の化け物が描かれた真鍮《しんちゅう》のプレートに『異端審問室』と書かれている。

「――話……違くね？」

「何がですか？」

「『会議室』っってたじゃん！　皆でお喋《しゃべ》りするとこって言ってたじゃん！」

『異端審問室』って、なんか、全然ニュアンス違くない？　だって言ってるじゃん異端って。異端を審問する部屋でしょ？　もう俺、異端扱いじゃん。これ魔女狩りだったらどう足掻《あが》いても殺されるパターーンなんですけど？　え。異端審問室？　その響き怖すぎるマジで。

（い、いや。名前は昔のままなだけで、実は小柴《こしば》の言う通りアットホームな雰囲気の場所なのかもしれん。恐れるのは未《ま》だ早すぎるよな？）

俺は少しだけ深呼吸して、小柴《こしば》に案内の感謝を伝えると異端審問室の扉を開いた。

妙に重厚な扉で、ギギギと丁番《ちょうつがい》が軋《きし》む。なにこれ。バイ○ハザードの扉でしか知らん。

「――それでは、判決を言い渡す」

扉の奥は、円形の部屋だった。壁には階段状に椅子が並べられていた。

そこに座っているのは、見たことの無いような角と牙、巨大な瞳を持つ、木製の仮面を被《かぶ》った、何十人もの人々だった。彼らは入室した俺に、一斉に視線を向けた。

（――怖すぎる）

知らない類の恐怖なんだよ。怖すぎるよ。あのお面なんだよ。アジアンテイストな何かなのはわかるんだけど。何十もの木彫りの視線と静寂に晒《さら》されて、俺は思わず固まってしまう。

「あれ？　あの子は」

静寂を破ったのは、酷《ひど》く能天気な声だった。

「やっほぉ～」

ひらひらと俺に向けて手を振るのは、円形の審問室の中央奥、一際《ひときわ》高くて目立つ場所に座っている、桜色の髪の女の子だった。ギターを持っていたあの子。

正直喋《しゃべ》ったことも無いから知人面出来るほどではないのだけれど、一応少しでも見知った顔があるのに若干安堵《あんど》した。――いや、それだけではなかった。

「こほん。それでは改めて判決を――この生徒会長、エリフ・アナトリアが言い渡す」

桜色の少女の隣には二人の人間が座っていた。

一人は背の高いひょろりとした、気の弱そうな男性だ。長い髪を頭の後ろで結んでいる。

一人は『生徒会長』と名乗った小さな女の子だった。色鮮やかな帽子を被《かぶ》って、手首や首元にじゃらじゃらと美しい宝石を纏《まと》っている。桜色の少女と、背の高い男性に挟まれて偉そうに座っていた。まるでこの場における決定権をすべて持っていると言わんばかりだった。

「異端者――Lunaよ」

俺はその時、やっと気がついた。この円形の部屋で、誰が審問されているのか。木製の仮面を被《かぶ》った人間たちは誰の罪を問うているのか。俺はそのことに、一番に気がつくべきだった。

「……はい」

薄い水色のジャージを着たメイド服のお姉さん――Lunaさんが俯《うつむ》いていた。彼女はこの異端審問室の中央に居て、明らかにこの場における中心的な人物だった。

「Lunaさん……っ」

――生きていたんだ。

俺が思わず泣きそうになると、袖をくいっと引っ張られた。

「静かに。ここは神聖な審問室です」

知らない少女の声だった。大きく瞳を見開いた、鬼のような風貌のマスクを被《かぶ》っている。俺は思わず口を噤《つぐ》んだ。しかし、黙っていられるのは少しの時間までだった。

「――君に、即刻の廃棄処分を言い渡す」

生徒会長のエリフ・アナトリアが呟《つぶや》いた。その瞬間、木のマスクを被《かぶ》った人々は立ち上がって、歓声に沸いた。裁判モノのドラマでよくある光景みたいに。

（……廃棄……処分……？）

待てよ。それ。何が？　何を？　処分するって、言うんだよ？

《当然だろうな。『商会』のあんな型落ちの玩具に、今更研究する価値もない》

《あの反現実性なら、ラボの破砕機で十分だろう。問題なく粉々に出来るはず》

周りの人間の心を読む。彼らが何を言っているのか、俺には半分も理解できなかった。けれど曖昧な感情の形そのものが、彼らがＬｕｎａさんをどうしようとしているのかは明白だった。

（こいつら……Ｌｕｎａさんを殺すつもりだ！）

どうしよう、とさえ思わなかった。それよりも先に、体が動いていた。

「……え？」

俺は階段を飛び越えて、Ｌｕｎａさんの前に立ちふさがった。

「ほお」

面白そうに、生徒会長が呟《つぶや》いた。

「あら？」

少しだけ驚いたように、桜色の少女が首を傾《かし》げる。

「……」

長身の男性は俺の方を見すらせずに、忙しく手元の書類を捲《めく》っている。

「君は確か、言万心葉《ことよろずことは》クンだったかな。Ｌｕｎａクンの調書で聞いてるぜ。確か、霊魂アキュムレータ™の被害者だったとか。大変だったね。でも今は忙しいから退いてくれるかい？」

小柄な少女――エリフが呟《つぶや》く。どこか尊大な、けれど余りに彼女に似合いなその声色は、傲慢さを微塵《みじん》も感じはさせなかった。小さいのに、ラファの叔父にも引けを取らない迫力だ。

「今……アンタ……Ｌｕｎａさんに何するって？」

「壊すんだよ。破砕機で粉砕する。影も形も残らないようにね」

まるで昼食の献立を話すみたいな、平坦《へいたん》なトーン。

俺は、眼《め》の前《まえ》が真っ赤になるのを感じた。

「お前たち……何様のつもりだよ……。命を……俺たちを……なんだと……」

「うん？」

「……何故《なぜ》だ？　何で、Ｌｕｎａさんを壊そうとしている？」

面倒くさそうにエリフが答えようとする。それより先。背後で、凜《りん》とした少女の声が響く。

「――我々が、終末を停滞させるモノだからだ」

先程俺の袖を引っ張った、鬼のような仮面をつけた女の子。驚くほどにハキハキとした、騎士のような声色で、彼女は続ける。

「彼女――Ｌｕｎａはブラックリストの一つ『境界領域商会』によって作られた反現実実体だ。次元の終末を引き起こす可能性『終末ポテンシャル』はStage3:『成長《Crescita》』。我々は次元を安定させるため、早急に破壊する必要がある」

ハキハキと語り終えると、彼女は役目を果たしたとばかりに自分の椅子に座りなおす。

「まあ、つまりは……」

エリフが呟《つぶや》いた。

「そのメイドさんは、化け物なんだよ。だから殺す。簡単な話じゃやぜ」

化け物。その言葉が、妙に胸の奥にずんと響いた。

(化け物だって？　――それは俺だ)

俺がガキの頃に、バカの一つ覚えみたいに言われ続けた言葉だ。化け物だから殺すだって？　ふざけるな。そう思った。強く強く拳を握った。

「それにそのメイドさんは、霊魂アキュムレータ™……あの女神に協力して、今までに数百名もの魂魄《こんぱく》を収集しているらしいしね。それだけでも十分に重罪だよね」

「Ｌｕｎａさんは、女神に脅されてたんだ。実際、俺を助けようとしてくれていた！」

審問室が、ざわざわと俄《にわか》に騒がしくなる。エリフが少し興味深げに瞳を開く。

「ほー、そうだったんだ」

「ああ。だから——」

「だったら、何故《なぜ》それを言わないわけ？」

「えっ」

「君に聞いているんだぜ。Ｌｕｎａさん」

エリフが鋭い視線をＬｕｎａさんに向けた。Ｌｕｎａさんは興味なさそうに視線を逸《そ》らして、ため息を吐いてから、淡々とした口調で喋《しゃべ》り始めた。

「……どーでもよかったから」

Ｌｕｎａさんは俺と視線を合わせて、ふっと少しだけ優しく笑った。

「ありがと。言万《ことよろず》クン。でもいーんだよ。アタシさ、もー、ヤなんだよね。なんてゆーか、ほら。いろいろ。君なら、わかるでしょ？　君だけは、わかってくれるでしょ？」

「……っ」

わかるよ。だってＬｕｎａさんは俺に逃げろという時、泣いていたから。

この人はもう、生きていたくないんだ。疲れ切ってしまったんだ。終わらせたいんだ。

わかるよ。俺にはそういうの、本当にわかるよ。でもさ。

「でも、だめだよ……」

「え？」

「だって、Ｌｕｎａさんが言ったんだろ……『あんま悲しいことばっかり考えてちゃいけない』って。俺に、あんたが言ってくれたんじゃん……」

Ｌｕｎａさんは一瞬だけ呆気《あっけ》にとられて、すぐにまた笑った。

「ごめんね。あたし、やっぱばかだね」

淡々とした声色で。けれど、喉の奥に泣きそうな気配を隠せないままで。

はあ、と長身の男性がため息を吐いた。

「はい静粛に静粛にー。もう結論は出ているんだ。今更どうしたって仕方が無いよ。ほら、騎士団の皆さん。早くこの子を連れて行って——」

「させない」

木製の仮面を付けた連中が立ち上がって、Ｌｕｎａさんを取り囲もうとする。俺は両手を広げて、それを遮った。

「駄目だ！　やめろ！　そんなこと、させない！　絶対に、させない！」

「させないってねえ……まあいいや。皆、この子を退室させて——」

木製の仮面を被《かぶ》った騎士が、俺の肩を摑《つか》もうとする。

俺には、その動作がわかっていた。

「しっ」

腕を躱《かわ》して、鳩尾《みぞおち》を強く殴りつける。仮面の騎士は油断していたのか、一発で膝をつく。

「やってみろ」

俺は拳を握って、軽く脇を締めた。ジジイから教わった、アップライトスタイルだ。

「本気？」

エリフが笑った。

「この人数相手に、素手でどうにかなるって思ってるの？」

そんなことは関係ないんだよ。きっと、あんたらみたいな奴《やつ》にはわからないんだろう。

「俺はもう。——諦めることは、諦めた」

自分より強いやつの言いなりになって、大切な何かを失うなんてゴメンだ。

それだけだ。それだけは絶対に、譲ったら駄目なんだ。例え他のすべてを失《な》くしても。

「やめて」

Ｌｕｎａさんが震える声で、俺の袖を摑《つか》んだ。

「行くぞ」

冷静に仮面の騎士たちが木製の長い棒を持って、俺を取り囲む。

(分かってる。お前たちの動きは。お前たち以上に、お前たちを理解する——)

心を見る。心を識《し》る。俺は俺を流体にする。魂を同化させる。

「らぁあああああッ！」

騎士が棒を振り下ろす。俺はその光景を知っている。避けて、懐《ふところ》に入ると仮面の下から顎を殴り飛ばす。低い体勢のまま、一番近くの騎士の足をとって転がす。肘で首を強打する。

全く同時に、棒で肩を強く殴られた。鎖骨は折れてしまっただろう。構わない。俺はその代わりに、騎士の懐《ふところ》から一丁の拳銃を頂戴していた。

「――……」

道が見えていた。人の流れの道だった。俺は壁の階段を蹴り上げて、高く飛んだ。目指す先は一つだった。喧嘩《けんか》の常道。戦うときは、頭を狙う。それもジジイに教わったことだ。

「ほお」

銃口を向けられた生徒会長、エリフ・アナトリアは感心したように笑った。

「それが、君の終末か」

「……なに？」

「さしずめ、未来予知《いかい》とでも言った所だろう」

その言葉に驚いたのは、俺ではなく、エリフの両隣に座っていた二人だった。

「エリちゃん、マジでゆってんの？」

桜色の少女は目をまんまるにさせていた。

「……会長。そういうこと何で隠すんですか……ああ、また書類が増える」

長身の男性は泣きそうな顔で呟《つぶや》いた。

「ど、どういうことですか⁉」

そして叫んだのは、木の仮面を被《かぶ》った、ハキハキとした声の少女騎士だった。

エリフ・アナトリアは愉快そうに笑ってから。

「この子の名前は言万《ことよろず》心葉《ことは》。終末ポテンシャルはStage4:『活性化《Excitatio》』」

「ステージ４⁉」

騎士たちが動揺して、ざわめき始める。

（な、なんだ……？）

俺には状況がわからない。俺が、終末？　どういうことだよ？

「言万《ことよろず》クン。君はこのままだといつか世界を滅ぼすんだって」

桜色の少女が、申し訳無さそうに笑った。

「だから私たち、君も破壊しないといけないみたい」

「……なっ」

確か、Ｌｕｎａさんは Stage3 と言っていた。俺は Stage4。もしかして危険度だけなら、俺のほうが高いのか？　俺なんて、誰かの心を覗《のぞ》き見るだけの、薄汚いことしか出来ないのに？

「──総員。発砲を許可します」

凛《りん》とした声がした。きっとここには重要人物が居たから、発砲は禁じられていたんだ。けれど俺の危険度が判明したから、ここからは本気で戦おうとしているんだ。

（クソ。銃の使い方なんかわかんねえけど――ッ！）

やるしかない。俺は拳に力を入れる。

「話が違う」

ひゅん、と何かが風を切った。それは、銀の鉄糸だった。


「なっ」

銀色の鉄糸は弾丸のような速度で宙を駆けると、ハチドリのような優雅な軌道でぐにゃりと曲がった。それは一瞬で、木製の仮面を被《かぶ》った騎士の一団を一纏《ひとまと》めに縛り上げる。

「……Ｌｕｎａ……さん？」

水色ジャージを着たフリフリのメイドさんは、俺の背中を守るように鉄糸を構える。

「それは話が、違うんよ」

鉄糸は、Ｌｕｎａさんの右手首から伸びていた。いや、そうじゃない。彼女自身が、鉄の糸だったんだ。彼女の体は、鋼鉄の糸で造られていた。

「――アタシだけならいーんだよ。あー、まーね。そンだけの事はしてきたし、未来なんてお先真っ暗で、希望の灯火《ともしび》一つ見えたりしないからね。だから、アタシを壊すのは良《い》いんだよ」

彼女の左手首からも糸が伸びる。それはくるくると捩《ねじ》れると、瞬《また》く間《ま》に銀色のレイピアに形を変えていた。俺は背中越しに、恐ろしい程の怒気を感じた。

「でもこの子は違う。ただの子供なの。今まで大変な目にばかりあってきたの。これから幸せにならないと駄目なの。それを邪魔するなら、許さない」

目頭が熱くなって、歯を食いしばった。……誰かに想《おも》って貰《もら》えるのだなんて、いつ以来だろう？　最後に子供扱いなんてされたのは、いつだった？

俺は本当に、心の底からこの人のことが好きになってしまった。

「あっはっはっはっはっは」

不意に脳天気な笑い声。張り詰めていた神経を叩《たた》く。

「二人とも、素敵なのだわ。ナイスな根性ね」

桜色の髪をした、キラキラな目をした女の子だった。彼女は子供のようにコロコロ笑う。

「それは、つまり」

瞬間、圧力が。

「――私とやり合う心算かしら。相当気合い入ってるわね」

ずん、と空気が重くなる。まるで巨大な鉄球で体を押し潰されるような重圧感。桜色の髪の少女は、わずかに囁《ささや》いただけだ。それなのに、立っていられなくなるほどの恐怖を感じていた。

(なんだ、こいつ)

人間に残された僅かな野生の本能が、懸命にアラートを響かせていた。この少女は格が違う。有象無象《うぞうむぞう》の百鬼夜行《ひゃっきやこう》とは比べ物にならない、正真正銘本物の化け物だ。

「ちょ、ちょっと待ってくれ！　こんな所で君が暴れたら、損害が計り知れない！」

長身の男性が冷や汗を流しながら叫んだ。

「野暮な事言っちゃ、やーだ♡」

「これは重大な規約違反だ！」

「あら♪」

桜色の少女は、深窓の令嬢ように華麗な笑みを浮かべた。

「――それが何？　誰が私に罰を与えるつもりなの？」

長身の男は、思わず口を噤《つぐ》んでいた。きっと彼らには彼女を止める手段が一つも無いんだ。あの少女は強すぎて、この組織でも諸刃《もろは》の剣《つるぎ》なんだろう。

《賢く立ち回れ》

誰かが強く、心のベクトルを俺に向けていた。

それは生徒会長、エリフ・アナトリアの物だった。

《十全に使いなさい。君の終末を。君の絶望を。君の指向性を》

どういう事だ？　何故《なぜ》、目下の敵である彼女が俺にアドバイスしようとしているんだ？　だが少なくとも確かに、俺とLunaさんの二人きりじゃ、あの桜色の少女に敵《かな》う事は無いだろう。

（そうだ。考えるんだ。生き残る方法を。Lunaさんを護《まも》る方法を――）

今まで見聞きした情報の中に、重要な物はなかったか？　きっと何かあるはずだ。最後まで諦めない。全部を使って、必ず――

（あっ）

――ある。一つだけ、違和感が在る。そうか、もしかして。エリフ・アナトリアは……。

「……一つ、聞かせてくれ」

「ん、なあに？」

桜色の少女が笑った。俺は彼女にぶつける。彼女たちの、矛盾を。

「アンタ達は、世界を護《まも》るために『終末』と闘う組織なんだよな？」

「ええ、そうね」

「……おかしくないか？」

彼女は、小動物のようにこくんと首をかしげた。

「だって……――アンタの使ってたギター。あれは、何だよ」

「！」

驚いたのは彼女ではなく、長身の男性だった。彼は明白に動揺していた。

「私のギター？　あれは良《い》いの。悪いモノとかじゃないから」

「あれだって『終末』なんじゃないのか？　まともじゃないのは確かだ」

そうだ。俺の『囁《ささや》き屋』のような異常を終末というのなら、彼女の『空飛ぶギター』だって立派な異常だ。科学では説明出来ないものだ。終末とはそういうものなんじゃないのか？

「え？　私あんまりそういうの知らない。興味ないから。そうなの？　フォン」

「ええっ。急に僕に振らないでくれよう」

長身の男は、はあ、とため息を吐いた。

「そうだよ。アレは終末――『銃痕の天使』に与えられたギフトだ。アレは破壊方法がまだ不明な点と、我々にとって利益が多い点から破壊命令が下りていないのさ」

「へえー。そおなんだ」

「……何でこんな一般常識を知らない奴《やつ》が組織のナンバー2なんだ」

そうか。だったら話は簡単だ。

「だったら――俺も、それになります」

「ぬっ？」

こいつらは、終末から人々を護《まも》る組織だ。例え終末を使ってでも。

「俺がアンタたちに協力する。代わりに、俺たちの命を保証してくれ」

長身の男――フォンと呼ばれた男が呆気《あっけ》に取《と》られる。桜色の少女はくつくつと笑う。生徒会長は静かな視線で、じーっと俺たちのことを見つめていた。

「こ、言万《ことよろず》くん。何を――」

「……Lunaさん。これしかないんです」

腹をくくるしかない。決意する俺を尻目に、桜色の少女が口を開いた。

「あなたに何が出来るのよ？　ただの民間人Aのくせに――」

「俺を利用したマフィアは数年で麻薬ルートを急拡大させて、年商2000億ドルを稼いだ」

「私達に絶対必要な人材！」

桜色の少女の目がドルマークになっていた。意外と拝金主義らしい。

「で？　具体的には何が出来るの？」

俺が口を開く。

《心が覗《のぞ》ける事は秘密にしなさい》

強い思念。それはやはり、生徒会長から届いた物だった。

《奥の手は最後までとっておくものさ》

何故《なぜ》だ？　その具体的な所までは分からない。だがここは従ったほうが良《い》いように思えた。

「俺は……未来を予知する事が出来る」

「えーっ。そんな便利な終末があるの？　そりゃあ確かにそんな強力な能力があるなら、私達にとって値千金ではあるのだけれど。……本当に？　終末のくせに？」

訝《いぶか》しむ少女を見て、生徒会長が静かに口を開いた。

「未来の予知。全ての未知を既知とすること。即《すなわ》ち心の平穏じゃぜ。指向性としては、かなり真っ当な部類に入ると思うけれどね」

やっぱり、あの人は俺をフォローしてくれている。何でだ？　俺の味方なのか……？

「そーかしらー……？」

けれど桜色の少女は未《いま》だに怪しんでいるようだった。

「そうだ！　ジャンケンをしましょうよ！　未来が読めるならその全部に勝てる筈《はず》」

彼女の提案に、長身の男は眉根を寄せた。

「待て。彼の終末が具体的に何であるかは不明だ。未来予知では無く、精神汚染や肉体操作の終末であるかもしれない。その方法では――」

桜色の少女は笑った。

「――あら。そんな物が、私に効くと思っているの？」

効かねえのかよ。もしかして物理攻撃最強で搦《から》め手《て》も無効なのか？　最強すぎるな……。

「この神に愛されすぎた最強美少女・恋兎《こいと》ひかりに勝てるかしら？　じゃーんけーん！」

とは言え速攻で6連勝させてもらった。

「むにゃあ！　全然勝てない！　ソシャゲでSSR引く確率並に勝てない！」

「……これで分かって貰《もら》えました？」

「待った次こそは勝てる！　未来はこの手で切り開く！　あと100連！　100連だけ！」

マジで100連勝させられた。

「ぐす……っ。ひぐ……っ。や、やるじゃないっ。悔しくなんてないんだからっ。ぐすっ」

最強美少女は負け慣れていないので、悔しさを抑えきれず半泣きだった。

さて、と小さな生徒会長が息を吐く。

「我が両翼、ボクはどうするべきと思う？」

先に答えたのは、桜の少女だ。

「もちろんリクルート一択でしょ！　こんなの最高だわ！」

フォンはしかめっ面《つら》の表情で答える。

「勿論《もちろん》、反対です。人型終末は不安定で予測が難しい。彼らを信頼する理由がありません」

つまんないヤツ、と桜色の少女が呟《つぶや》いた。フォンは無視している。

「ふむ。意見はわかった。それでは最終決定を下そう」

生徒会長は、ジャラリと手首の宝石を鳴らして、俺たちに指を向けた。

「――君たちを蒼《あお》の学園の体験入学という事で、迎え入れよう」

彼女の決断に喜んだのが桜色の少女。頭を抱えたのがフォン・シモン。そして怒気を孕《はら》ませていたのが、木製の仮面を被《かぶ》った騎士の一団だった。
《また終末を仲間に迎えるだなんて》
《3学園の緊張が高まっているのは分かるが》
《終末停滞委員会の名が廃《すた》る》
生徒会長は続けた。
「フォン。君が彼らの監視をしなさい」
フォンは何かを言い返そうとしてパクパクと口を動かしてから、ため息を吐いて頷《うなず》いた。
「異端審問を終了する。これ以上異議のあるものは、地獄で悪魔に囁《ささや》くように」
生徒会長がパチンと指を鳴らす。その瞬間光は意味を失って、世界は闇に支配されていた。

もう一度パチンと音が鳴ると、視界は光を取り戻した。

「え、ここは……どこ……⁉」

さっきまで俺が居た異端審問室は影も形も無い。そこは妙に整頓された大量の書物やバインダーに占拠された、狭い事務室の一角だった。

「……はあ」

俺の眼《め》の前の、大きな机に座っている長身の男——フォン・シモンがため息を吐く。

「今のは、終末『異端審問室』の性質だよ。審問を開始すると学園内に居る審問会のメンバーを招集し、終わりを宣言するとそれぞれをそれぞれが居るべき場所に帰す」

「……今のも……終末……？」

終末って、そんなに便利な物なのか？　聞くだに恐ろしげな名前で呼ばれてるくせに？

「そういう事。終末停滞委員会とか言ってはいるものの、実際に僕たちは様々な面で終末を利用している——まあ、悪習とも言えるし合理的とも言えるね」

それでは改めて、と眼《め》の前の男は告げた。

「初めまして。僕の名前はフォン・シモン。この蒼《あお》の学園で『イルミナティ』の支配人をしている。どうか、これから宜《よろ》しく頼むよ」

■

蒼《あお》の学園の外に出た時には、空はすっかり暗くなっていた。

「んーっ」

俺の隣で、Ｌｕｎａさんがグーッと伸びをする。だぼついたジャージが縦に伸びて、意外と大きい彼女の胸が強調された。俺は思わず視線を逸《そ》らしてしまう。

「なんかアレだね。とりあえず生還？　おめでとーってな感じ？」

フォン・シモンが行ったのは極めて事務的な書類の処理だけだった。俺とＬｕｎａさんは『蒼《あお》の学園』に協力するのを条件に、ここでの最低限の暮らしを保証された。

「……生きた心地、しませんでしたよ」

俺の言葉に、Ｌｕｎａさんはヘラヘラと笑う。

「でもさ、駄目だよ。――アタシなんか助けたら」

彼女は薄く笑いながら、俺の事をジッと見ていた。

「自分の事を一番に考えて。アタシなんてただの機械なんだよ。本当の人間じゃないの。悪人ではあるけどね。ほら見て、これ。糸――この糸で造られているんだよ」

そう言って、彼女は自分の手首から糸を伸ばした。

「アタシは境界領域商会に造られた、機械人形。だから、助けなくて良いの。わかった？」

Ｌｕｎａさんは、俺の頬を両手でぎゅむっと包むと、小さく笑った。

「……無理ですよ、俺には」

「何で？」

「だって、機械だからとか。悪人だとか。そんな理由で恩人を見捨てるような奴《やつ》は……『いいヤツ』じゃないでしょ？　俺はそんな風にはなれないですよ」

　Ｌｕｎａさんは一瞬だけ目を丸くしてから。

「そうだね。君はそういう子だね」

　悲しげに笑った。それが何故《なぜ》なのかは分からなかった。

「とりあえず、当面は運命共同体っぽいし、これからよろ？　ま、死んだらそれまでってワケで気楽な感じで。ぷは。まーいっちょやってこ」

　彼女は煙草《たばこ》を吸って、やっぱり笑う。俺はそれを見ただけで、頑張ったかいがあると思った。

「それじゃあ、行くね」

「へ？」

　フォンさんに、仮の住まいを指定されている。一緒に行くと思ってたんだけど。

「うーん。連中、あんまり信用できないし。テキトーにその辺で泊まろうかなって」

「大丈夫なんですか？」

「こんなん全然よゆー。アタシ、世界を救ったこともあるんだから」

　何かのゲームの話だろうか？　変な冗談だろうと思って、俺は何だか笑ってしまった。

《……それに》

《これ以上一緒に居たら、変な情が湧いちゃう》

　一瞬、Ｌｕｎａさんの心を強い悲しみが覆った。俺はそれにアテられて、思わず顔が歪《ゆが》んでしまう。俺の様子に気がついたのか、彼女は唇を尖《とが》らせた。

「また覗《のぞ》いたな。えっち」

「ぎゃっ。い、いやすいません。そんなつもりは……っ」

彼女は笑って、近くの手すりに足をかけた。

「また明日。良かったね、ギリギリ学園モノになりそうで」

Ｌｕｎａさんは手首から糸を伸ばすと、近くの高い建物に引っ掛けて、振り子の要領で飛んで去っていった。まるでハリウッドの蜘蛛《くも》のヒーローみたいに。

「……」

夜の街を見た。第12地区と呼ばれるこの場所は、白い建物と青い屋根で統一された、美しい場所だった。夜の黒に今でこそ濡《ぬ》れているが、青空の下で見たらもっと綺麗《きれい》だろう。

「はは……」

一人だ。夜の街で、一人だ。

「……自由だ」

いや、そうじゃないさ。俺の身元は『蒼《あお》の学園』に預けられている。連中の不利益になると分かれば、すぐに殺されてしまうかも知れない。

「空だ……一人だ……俺は……俺は、やっと……自由だ……」

見張りも居ない。狭い天井もなければ、手足に付けられた枷《かせ》もない。

「く……っ……ぐすっ……ぐすっ……」

わけがわからないぐらいに、涙を零《こぼ》した。きっとバケツ一杯分ぐらいは泣いて、泣きまくって、ようやく落ち着いたときに、やっと俺は前を見上げた。

「頑張ろう」

——青春をやるんだ。ライトノベルの主人公みたいに。それまでは。

「頑張ろう！」

俺は拳をぐっと握ると、一人で歩き出す。


第12地区の東側にある、既にヒト気の無いバザールを抜けると、寂れたトタン屋根の廃屋の並んだ微《かす》かな電灯のみが照らす道を抜ける。広い山道を20分程進んだ。

（……——遠ッ）

この奥に、フォンの紹介してくれた学生寮があるはずだ。それにしても遠い。遠いし暗い。あと怖い。遠くから野犬の遠吠《とおぼ》えとかガッツリ聞こえてるし。

「ここが……学生寮？」

それは、小さな一軒の戸建てだった。窓からぼんやりとした灯《あか》りが漏れている。暗くて分かりづらいが、大きな鶏小屋とトラクターが並んでいる。あ、ヤギも居る。
「お、おじゃましまーす」
学生寮の中に入る。靴が適当に脱ぎ散らかされた玄関が、寮のらしさを感じさせた。
《次の作戦では、足手まといにならないようにしないと》
《隊長《リーデル》はいつ戻ってくるんだろう》
心の声がした。やっぱり誰かが居るみたいだ。新参者としては、筋は通しておきたい。まずは礼のこもった挨拶が常道だろう。俺は心の声が聞こえた扉を開く。
「失礼します。今日からお世話になる、言万心《ことよろずこと》――」

――長身で褐色な少女の、一糸まとわぬ姿があった。

澄んだカフェラテのような色のシミ1つ無い肌が、熱いシャワーの水を玉にして弾いている。瑞々《みずみず》しい果実のように実った大きな両胸には、桜色のつぼみが恥ずかしげに立ち尽くす。凜《りん》とした吊《つ》り目が真ん丸に開いて、俺の顔を見つめていた。

「……へ？」

「……なっ」

呆気《あっけ》にとられていた彼女は、すぐに理性を取り戻して淡々とすべきことを始めた。

「——侵入者と遭遇《エンカウント》。戦闘態勢に移行」

「ちょっ、待って、俺は——」

褐色の少女は、両手を開いた。

「来なさい。八脚馬《チャルクイルク》ッ！」

瞬間、何もなかった彼女の手の中に、小型な恐竜程の大きなライフルが現れた。

『——行くぜい、メフッ。正義・執行ッ！』

野太い武士じみた声色で、ライフルが叫んだ。

「俺は、ここでお世話になる——」

ライフルは巨大な光を携えた。

「障害を排除します」

引き金が下りる。銃口が唸《うな》る。凄《すさ》まじい衝撃が辺りを覆った。

「ぎやあああああああああああああ!!!!」

（ちょっとラノベっぽいじゃん）

俺は人差し指・小指・親指を立てながら、お空の彼方《かなた》にぶっ飛ばされる。

第2話『ようこそ、イルミナティへ』

「いやそれはラノベじゃなくて、80年代ラブコメ主人公のリアクションでは」

明朝。俺とLunaさんは、蒼《あお》の学園前で集合していた。どこかこざっぱりとしているLunaさんに比べて、攻撃から退散してヤギと野宿した俺は随分とボロっとしている。

「Lunaさんは昨日、どうしたんです？　野宿したって感じじゃないですけど」

「んー？　まあ、ちょっと体を使ってね」

「えっ」

「そんじゃ、フォンさんだっけ？　のトコ、行きましょっかー」

Lunaさんはスタスタと歩き出す。俺は思わず固まっていた。

(体を使ってって——何を使って？)

それはつまり、女の武器的なアレなんだろうか。その、泊まらせてもらう代わりにふにゃふにゃっていうかそういう感じのやつ。大人の世界過ぎてガキの俺にはわかんないけど。

(……な、なんで俺がショックを受けてるんだ……？)

フリフリと揺れる大きなリボンを見つめながら、一瞬立ち尽くす俺なのだった。

「ようこそ、イルミナティへ」

蒼《あお》の学園の廊下を歩きながら、フォン・シモンが薄く笑った。相変わらず長身で、妙に自信なさげに笑う青年だ。目元のクマが、日々の激務を物語っている。

「イルミナティって……あのイルミナティ？」

俺が尋ねると、フォンは苦笑いしながら頷《うなず》いた。

イルミナティ——それは地上の世界でも有名な、陰謀論などで語られる秘密結社である。世界を裏で牛耳っているとか、人々を操っているとか、荒唐無稽《こうとうむけい》な噂《うわさ》が絶えない組織だ。

（そんなモノ、存在しないと思ってたんだけど——）

フォンが言うにはイルミナティは蒼《あお》の学園の持つ組織の1つで、彼が管理しているらしい。

「蒼《あお》の学園の活動で、地上を混乱させるわけにはいかないからね。僕たちは主に、目撃者や被害者の記憶の管理と、実働部隊が動きやすいように政治的な処理を行っている」

蒼《あお》の学園の廊下を歩いていると、大きなガラス張りの部屋に見たことのある人物が会議しているのを見つけた。

「ちょ、ちょっと待って。アレってリチャード大統領!?　現行アメリカ大統領の——」

リチャード大統領の両隣に居る白衣を来た男たちが、大統領の頭を取り外すとプラグに繋《つな》いで、何かのメンテナンスを始めた。俺は口をあんぐりとさせる。

「ああ、そうだね。経済的主要国の8割は、僕たちのヒューマノイドによって国家元首をすげ替えさせて貰《もら》っている」

「な……ぇ……な……へ？」

「あんまり、他人に話しちゃ駄目だよ？」

フォンは苦笑いした。いや、そんな笑っている場合だろうか。

「こんにちは、管理人。よい一日を！」

そう言ってフォンに手を振ったのは、明らかに人間ではない——どう考えたって頭がトカゲの、スーツを着た怪物だった。フォンはそれに軽く応える。

「い、い、い、いまのは……」

「余り、人を見て露骨に態度を出すのは感心しないな」

「だって、トカゲ人間でしたよ⁉」

「差別的な発言はよしなさい。彼らは、レプタリアンだ」

そうだ、聞いたことがある。トカゲ人間《レプタリアン》たちは人間社会に溶け込んで、裏から人々を操ってるとか、そんな陰謀論を。

「あばばばばば」

そりゃあ、普通じゃないって思ってたよ。『蒼《あお》の学園』なんてさ。女神をぶっ飛ばして、お

空の上に暮らしているような連中だ。でも、だからって、限度ってモンがあるだろう⁉

『アラート！　アラート！　A—923ラボにて大規模なタイム・パラドックス異常の発生！　揉み消し屋《ブランクメーカー》は直《す》ぐにA—923ラボに直行して下さい！』

けたたましいアラートが、点滅する赤い光と共に鳴り始めた。フォンは少しだけ疲れた顔で、「またか」と呟《つぶや》いた。……また⁉　タイムパラドックスを、またって言った⁉

「ここに居ると少し危なそうだね。早く生徒会室に急ごう」

ちゃんと危ないんだ。俺たちの背後で、ぎや——!!　って悲鳴が聞こえた。階段の下から、血しぶきっぽい赤い液体（現実を直視出来ない）が噴き出してる気がした。

「だ、大丈夫なんすか」

俺は完全にビビりながら尋ねた。フォンは安心させるように笑う。

「たぶん」

たぶんなんだ。

「息災かい？　言万心葉《ことよろずことは》クン。Ｌｕｎａクン」
生徒会室——大きな空洞と大きな窓ガラスの部屋だった。窓からは、美しい青の街——第12

地区がこれでもかと言うほど広がっている。

「……どうも」

——生徒会長。エリフ・アナトリア。個人的に、この人には色々と聴きたいことがあった。

というよりも、今の俺は、知りたいモノだらけだったんだ。そんな様子を悟ったのか、彼女はふむと頷《うなず》く。

「ここはどこ、俺は誰って顔をしているね」

「……至極その通りで恐縮です」

エリフ会長は、小さく笑った。

「では話そう。この都市と、この学園について。世界について。そして、君について」

そうして彼女は話し始めたのだ。宇宙についての、遠大な物語を。


——この宇宙の、終わりは近い。

それは様々な現実と戦う組織にとって、明確な事実である。

理由は単純。『寿命』である。

宇宙はあまりに長い時を過ごしてしまった。

規則正しく美しい科学という法則が綻んでしまう程に。

その綻びこそが、『終末』なのだ。

「終末？」

俺が尋ねると、エリフ会長は小さく頷《うなず》いた。

「科学の綻び。強い指向性の発露。宇宙に敵対するモノと言っても良い」

「強い……指向性……」

指向性——つまり強い『願い』だということだ。強い『渇望《かつぼう》』だということだ。

「初めは小さな綻びなんだ。ほんの少しだけ宇宙の有り様を変えてしまう程度のね。しかしあらゆる終末は皆同様の性質を持つ。それは——『進化』だ」

「進化……」

「単純な自然の法則じゃぜ。生まれて来てしまったものは、存在し続けなければならないという、最も強い指向性に支配される。存在し続けるために、進化し続ける」

そんな自然の理《ことわり》が、自然ならざる物にも適応される。

「どんな小さな妖精も、いずれは巨大な化け物に進化する」

「……どのぐらい巨大になるんです？」

「宇宙の法則さえ、喰《く》らえる程に」

それこそが宇宙の終わり。世界の終わりだと、小さな会長は嘯《うそぶ》いた。

「例えば君の持つ終末『囁き屋《ささや》』もそうさ。今でこそただの未来を読むだけの能力だ。けれど数年後にはその力は千の軍勢も薙《な》ぎ倒《たお》す程になるだろう。数十年後には、きっと万の人々を殺すだろう。数百年後には、宇宙さえ破滅させてしまうだろう」

「そ、そんなこと……」

「そうなんだよ。これは決まってることなんだ。テンション下がるよね」

終末。それは——近い未来に世界を滅ぼす、宇宙の綻び。

俺がそうで、Ｌｕｎａさんもそうで、この学園は、それと戦っている。

「まあ、安心し給《たま》え。言万《ことよろず》クン。君の終末はStage4:『活性化《Excitatio》』。今すぐに世界を滅ぼす事は無いだろう。それに人型終末は破壊耐性を持たない事が多いからね。ステージが急激に上昇しても、処理は決して難しくは無いだろうさ」

「そんな、適当で良《い》いんですか？」

エリフ会長は噴き出した。酷《ひど》く滑稽な冗談を聞いた時みたいに。

「良《い》い訳ないだろう！」

「……へ？」

「でも、そうも言っていられない状況なのさ。——フォン」

呼ばれたフォン・シモンは困ったような顔のまま、ホログラムが浮き上がる端末を机に置いた。「うおお、ＳＦだ」と、一番ＳＦな存在のＬｕｎａさんが呟《つぶや》いていた。

「今年に入って確認した終末の数は、『12897件』じゃぜ」

ホログラムに描かれていたのは、世界中で確認された終末の分布図だった。

「そのうちで解決済みの終末が、2180件」

ああ、成る程。俺はエリフ会長が笑った理由が分かってしまった。そりゃあ、これは笑うしか無い状況だ。

「詰まる所、人類は既にかなり詰んでいるんだよ。毎年終末の件数は増える一方だ。光の届かない闇に紛れて、何百万って人の数が終末に触れて消滅してる。終わりだよ」

「……もしかして……だから……」

「そう。我々は――『終末停滞委員会』なんだ。終末は必ず訪れる。この数えられない程のクソッタレな反現実によってね。ボク達はそれを『停滞』させようと必死こいてるのさ」

終末を停止させるわけでも、根絶させるわけでもない。『停滞』。それが精一杯なのだと。

「まあ、そこまで悲観する状況ではないと僕は思いますけどね。実際に確認済みの終末で、Stage6以上のものは数百程度にしかないんだし」

「3桁あれば十分過ぎじゃぜ」

フォンは、意外とポジティブな性格ではあるらしい。頼りなさげに笑っていた。

「さて、新人をビビらすために、解決していない終末の中でもヤバいやつを教えてやるか」

ウキウキで言い出したエリフ会長は、ホログラムの画面をスライドさせる。

「まずはこれ。No.017――『白い翼』。主に貧富の格差が激しい国で確認されている、人型の終末だ。『ランダムな人間の元に現れ、願いを1つ叶《かな》える』という性質を持っている」

「それだけ聞くと、良《い》い人そうですけど。ランプの魔神的な……」

「良《い》い人さ。きっと悪意は無いだろう。けれど彼女は、汎《あら》ゆる願いを叶《かな》えてしまう。どんな荒《こう》唐《とう》無《む》稽《けい》な物でも、どんなに残酷で差別的な内容であろうともね」

「あっ」

つまり『白い翼』に、『世界よ滅べ！』と願ったら、直ちにその願いは実行されてしまうという事だ。たった一人の軽率な願いで、宇宙は終わってしまうという事だ。

「そ、それはヤバすぎませんか⁉」

「そう、ヤバい。まあここ5年は目撃報告が無いけれどね」

エリフ会長は笑って、ホログラムをスライドさせる。

「次はNo.5674――『エッフェル塔のかたつむり』。現在、パリの象徴・エッフェル塔には全長189mの巨大なカタツムリが張り付いている」

「え……なんすかそれ。聞いたこと無いですけど」

そんな怪獣映画みたいな様子、ニュースになってないのはおかしくないか？

「強い情報ジャミングの性質を持っていてね。誰もがそのカタツムリを見た瞬間、その記憶を失ってしまうんだよ」

情報ジャミング？　情報の伝達を邪魔する・阻害するという意味だろうか。

「それで……そのカタツムリは、何をするんです……？」

「エッフェル塔の中に入った人々の人格・情報・魂を、ランダムに入れ替える」

「え……――？」

「例えば家族３人でエッフェル塔に入ったら、出てくる時には全く違う家族になって出てくるという事だ。全くの他人と、自分自身の情報が入れ替えられる。72歳の老人が若夫婦の持つベビーカーに乗っていたり、12歳の少女が超大手企業のＣＥＯになったりする」

「だ、誰も気がつかないんですか!?」

「そうさ。誰も気がつかない。それがアイツの嫌な所じゃぜ」

　確かに恐ろしい性質だ。俺がエッフェル塔に入ったら、俺は全く違う人間に体や経歴を入れ替えられるということだ。俺は全く違う人間なのに、それに気がつく事さえ無い。

「でも……だったらエッフェル塔ごと立ち入り禁止にしたら良《い》いんじゃ……？」

　エリフ会長は小さく首を横に振った。

「あいつは自分の性質が発揮していない間、より巨大に成長する」

「なっ」

「エッフェル塔のカタツムリが発見された当初は、15ｃｍ程のサイズしか無かったと聞く。たった一月密室に保管しただけで、３ｍを超えるサイズになっていたそうだ」

「だったら……エッフェル塔に、誰も来なかったら……」

「更に巨大になるだろうね。カタツムリの影響を及ぼす範囲は広がっていって、最後には地球全体にその性質を発揮するだろう。人々は一瞬たりとて、自分が自分であると信じられなくなってしまう筈《はず》だ。……いや、その事にさえも気が付かないのかな？」

確かにそれは——事実上のおしまいだ。人々は移り変わり続ける自分の状況にも気がつけず、社会は混乱して麻痺《まひ》して、いずれ世界は滅ぶだろう。エッフェル塔を封鎖出来ないはずだ。

「壊せないんですか？　カタツムリは」

「さあ、どうかな。ボクの片翼——恋兎《こいと》クンならばあるいは、本気を出せば壊せるだろう」

やっぱりあの人、そんなに強いんだな。

「だけど、フォン。その場合の目測は？」

「パリ市街が壊滅しますね。……運が良ければ」

運が悪けりゃどこまで行くんだ。

「あのカタツムリはミクロの視点……個々人の観点で見れば大問題だが、マクロの視点で見れば、社会への影響は低い。だから、放置されているというわけさ」

「え、ええ……」

ちなみに『白い翼』はStage8:『大火災《Conflagratio》』。『エッフェル塔のカタツムリ』はStage7:『破壊《Devastatio》』らしい。それらに比べれば俺のは可愛《かわい》いもんだとも。

「つまり僕たちはケツに火がついた状況なわけさ。有用でステージの低い終末は活用しなければ、明日にでも宇宙が滅んでしまう程にね」

それを言ったのはフォン・シモンだった。思わず、俺は驚く。

「アンタ、俺を使うのに反対だった筈《はず》じゃ……？」

「建前上はね。終末を使う事に反対している勢力は大きい。両翼の意見が偏っていては、下の連中の不満が溜《た》まる一方だ。僕は穏健派。恋兎《こいと》が急進派でバランスを取っているんだよ」

まあ彼女にそんな事を考える頭は無いけどね、とフォンは嫌味や陰口ではなく本気でそう思っているようにサラっと言った。意外と毒舌なのかもしれない。

「それがこの世界の現状。君の正体だよ」

そうか、俺も『終末』なんだよな。いつかは俺も、世界を滅ぼす程に……。

「さて、最後はこの都市――『天空都市・フルクトゥス』についてだが」

「はい」

「それは――誰も知らん」

「へっ」

エリフ会長は手をひらひらとさせた。

「いつの間にか空の上――次元の隙間にこの空間はあった。どうやら地球の5倍以上の面積を持つらしい。人間が居住可能な空間はその1％程度だがね。殆《ほとん》どの場所が立ち入る事さえ出来ず、研究も全く進んでいない」

「成り立ちとか、誰も知らないんですか？」

「恐らく何らかの情報ジャミングのせいだろう。誰もこの街の歴史を知らない。ボクが生まれた頃にはこの蒼《あお》の学園はあって、世界を延命させていた」

随分とへんてこな話だ。思わず、頭がクラクラしてしまう。

まあ、とりあえず話すべき事はこのぐらいだろう、と彼女は呟《つぶや》いた。

「何か聞きたい事はあるかい？」

エリフ会長が俺たちに尋ねるが、俺は今の情報整理だけでも精一杯だ。

「——境界領域商会について」

代わりに尋ねたのは、俺ではなくＬｕｎａさんだった。

「……あいつら、何者なの」

拳を震わせる程の怒りを湛《たた》えながら、彼女は呟《つぶや》く。

「天空都市の何処《どこ》かに所在を持つ、別次元からの来訪者だろう。恐らくね。いわゆる、反現実組織の１つだよ。終末を持つ物品を流通させて経済活動を行っている舐《な》めた連中さ。終末停滞委員会の監視するブラックリストにも載っている」

「そう」

「何故《なぜ》そんな事を？」

「別に。アタシ、自由になった暁には――アイツら全員ぶっ殺そうと決めてただけ」

それを聞いて、エリフ会長は笑った。それは助かる、とでも言いたげに。

「さて、一旦話は以上かな。ボクはどうも喉が渇いてしまったよ。君たちにはこれから蒼《あお》の学園に入学してもらうわけだが……Ｌｕｎａくん。フォン。二人は少し出てもらえるかな？」

「え？」

「ボクは……――彼と少しだけ、話があってね」

エリフ会長は、俺の事を指さした。思わずごくりと喉が鳴る。フォンは素直に分かりましたと頷《うなず》いて、Ｌｕｎａさんと共に生徒会室を出た。Ｌｕｎａさんは心配そうに俺を見ていた。

「では――」

エリフ会長が呟《つぶや》いて、ひらりと机に飛び乗る。

「――言万《ことよろず》クン。今からここに跪《ひざまず》いて、ボクの爪先にキスをしなさい」

パンク寸前だった脳みそは、その瞬間に完全にぶっ飛んでしまった。

■

——あの子、大丈夫かな。

「気になりますか？　Ｌｕｎａさん」

「……ぇ？　あ、ううん。別に」

気にならない、と言ったらもちろん嘘《うそ》になる。あの男の子——言万心葉《ことよろずことは》くんは、正直信用ならない。いや、信用は出来るんだけど。目が離せない。

「大丈夫。会長はこの学園で唯一信頼して良い人ですよ」

秘密結社・イルミナティの支配人が言うと説得力があった。いや、どうだろう？

「ぎゃあ！　やめてくれぇ！　俺を増やすのをやめてくれぇ！」

だって視界の端で、スピーカーを付けられた脳みその培養器《はいようき》が、巨大な機械に自分の肉体が大量生産されている姿を見て叫んでいるもの。どういう研究なのかは謎過ぎるけど、少なくとも倫理には反していて、それを指示しているのがこのフォン・シモンなわけだから。

「やっと、見つけた。……フォン先輩」

不意にキレイな女性の声が私達の鼓膜を叩《たた》いた。アタシは声が若干低めなので、そういう声に憧れがあるのだ。振り返るとそこに居たのは、背の高い褐色の女の子だった。

「メフリーザ・ジェーンベコワくん。何か用事かい？」

フォンは柔和な笑顔を湛《たた》えたまま尋ねた。メフリーザと呼ばれた少女は明らかに不機嫌で、不満全開でフォンの事を睨《にら》みつけていた。美人が怒ると迫力がある。

「用事も何もありません。学生寮への新しい入居者の事です」

「ああ、事前に通達しただろう。昨日、新人を任せると」

「聞きました。しかし、それが男性だなんて聞いていません！」

あーなるほど、と私は気がついた。彼女が言万《ことよろず》くんの言っていた、ラノベみたいなラッキースケベで彼をぶっ飛ばした女の子なんだろう。

「……何か問題でも？」

フォンは本気で分からない表情で尋ねた。

「あそこには女子しか住んでいません」

「うん」

「男子が同居なんておかしいでしょうが」

「……書類上は別に問題無いのだけれど」

「こ、この朴念仁《ぼくねんじん》は……」

あはは……と小さい苦笑いが聞こえて視界を下に向けると、小さくて可愛《かわい》い女の子がメフリーザさんの隣で困ったように笑っていた。

「あっ。ご挨拶遅れました！　中等部の1年生！　小柴《こしば》ニャオと言いますっ」

小柴《こしば》ちゃんは私の視線に気がつくと、ビシッと敬礼してくれる。

「小《こ》柴《しば》の小の字は小犬の小。小柴《しば》の柴《しば》の字は柴犬《しばけん》の柴《しば》ですっ」

「そっか。だいぶ犬だね」

確かに豆柴《まめしば》っぽい女の子だ。アタシは何だか和んでしまった。

「男性と同居だなんて道義的に問題があります。なにかされるかもしれないし」

「そうかな？　彼の戦闘能力は、相対的にかなり低い方だと思うけど」

「そういう！　問題じゃ！　ない！」

冷たく詰めるメフリーザさんと、何が問題なのかさっぱり分かっていないフォンさんを尻目に、アタシは小柴《こしば》ちゃんと会話を始める。

「もしかしてフォンさんって、結構ヤバい人？」

「だーいぶやばいです」

そうなんだ。表情だけなら頼りない優男《やさお》って感じなのにね。

「書類の鬼で、とにかく事務仕事の効率化・処理能力の点では蒼《あお》の学園でいっちばんです。フォン先輩が5日休むだけで、この学園は崩壊すると言われてます……」

ガクガクとニャオちゃんが震える。実際に過去、よっぽど酷《ひど》い事件があったらしい。

「代わりに、まっじーで他人の心がわからんちんです。書類以外はぽんこつです。そのせいで部下からは結構嫌われていて、かなり孤立してます。でも孤立しても一人で異常な量の仕事を片付けてしまうので、皆が頼りにせざるを得ないです」

「聞くだにヤバい人材だね」

生徒会長はフォンと恋兎《こいと》さんを『両翼』と呼んでいた。恐らく2人がこの学園のナンバー2なのだろう。恋兎《こいと》さんも見た感じ統率力とか人材育成能力とかは皆無っぽい気がしたけれど、大丈夫だろうかこの組織は。

「メフリーザくん。言万《ことよろず》くんの監視において、小柴《こしば》くんと君のペア以上の適任は居ない」

「それは……確かに、そうでしょうけど」

「君の感情論に耳を傾けて非効率な手段を取る余裕は、今の僕たちには無いんだよ。すまないね。寮もこの時期はどこも埋まっているし、財政難だし」

フォンは、そうだな……と少し悩みながら顎に手を当てた。

「ああ、1つだけ効率的な手段があるにはあるか」

「！　なんですか？」

「言万《ことよろず》くんを処分する。……あはは、できれば僕はやりたくないけどね」

何この人怖すぎ。アタシは思わずニャオちゃんと抱き合ってガクガクと震えてしまった。冗談なんだろうけど、冗談に聞こえないのだ。ガチでやりそうな凄《すご》みがある。

「とにかくそれで終わりなら話は以上。僕がどれだけ忙しいか、今更論じるに足りるかな？」

「……〜〜〜っ」

逃げるように去っていくフォンの背中を、今にも発砲しそうな顔でメフさんが睨《にら》んでいた。

（しかし言万《ことよろず》くん、女子寮に泊まることになったのか。すげ〜。やるじゃん）

彼の夢――ライトノベルの主人公みたいだ。お姉さんとしては、応援せざるを得ない。

(援護射撃、やっとくか)

「あの……メフさん」

「……なんですか？　えっと。Ｌｕｎａさんでしたっけ」

彼女は改まってアタシを見る。真正面から見ると、本当に恐ろしいぐらいに綺麗《きれい》な女の子だ。歳《とし》の割にアタシよりよっぽどしっかりしていそうだし。こういう怖そうな子を見ると、本能的に逃げたくなるのだけれど。

「言万《ことよろず》くんのこと、お願いしても良い？」

「え？　いや、何故《なぜ》私に……」

「あの子、大変な男の子なんだよ」

「……何が？」

あんまり話しすぎるのはルール違反かな。ずるいワードを選ぼう。

「掌《てのひら》、見た？」

「手……ですか？　いえ……」

「あはは、凄《すご》いよ。傷痕。指、何本か曲がらないみたい」

「えっ――」

言万《ことよろず》くんを見るたびに、すげーな。って思う。あんなに傷だらけなのに、まだ他人を気遣う余裕があるんだ。或《ある》いは、人を気遣う事でギリギリ自分の体を支えているのかもしれない。

「アタシもあんま知んないんだけどさ。あの子、本当はもうボロボロで、立っていられるのもやっとなの。それなのにアタシをかばうような馬鹿なの。あの子には幸せになって欲しいんだ。……あの子みたいな子が幸せにならないなんて、おかしいんだよ」

へらへら笑って告げるアタシを、メフさんは静かな視線で見ていた。

「だったら——どうして貴方《あなた》が見ててあげないの？」

メフさんが真正面から尋ねる。至極全くその通りだった。

（だって、仕方がないじゃん）

あの子——言万《ことよろず》くんを見てると、昔のことを思い出しそうになる。

あんな苦しいことがもう一度起きたら、アタシは本当に壊れてしまうだろうとも思う。

死ぬのは良《い》い。でも、壊れるのは怖かった。

「くす。アタシ、頭悪いしね。人の面倒見られるような立派なヤツじゃないンよね。どっちかって言ったら……全部台無しにしちゃうタイプだしさー」

メフさんがガラスのような目でアタシの事をジッと見つめた。

（あ、ヤベ。だいぶ苦手かも、この子のこと）

こういう真《ま》っ直《す》ぐさを持つ人間は苦手だ。自分が酷《ひど》くみっともなく見えてしまうから。

「あなたの意見は留意しておきます。彼を受け入れる他無いようですし」

「ン。たのんま～」

軽くウインクすると、アタシは逃げていったフォンを追うために早足で歩き出した。背後ではメフさんが何かを考え込むように顎に手を当てている。

(ああいう真面目なタイプは、情で落とすに限るね)

何となくだけど、アタシと彼女は天敵同士になるような予感がした。勘だけどね。

フォン・シモンは吹き抜けになっている中庭で、壊れた白い石像の前に立っていた。

(へんてこな石像！)

左半身と腰までしかない、女性をかたどった石像だった。その手には銃を握っている。

「これは？」

「『銃痕の天使』。——Stage6:『動揺《Perturbatio》』の終末だよ」

ああ、異端審問会の時に話してた終末か。恋兎《こいと》さんのギターはこいつに貰《もら》ったんだっけ？

「『銃痕の天使』は、全ての蒼《あお》の学園生に銃を——『銃痕』を配る。あなたが学園に本格的に入学したら、いつか受け取る事になるだろう」

「……銃痕？」

「持ち主の指向性を具現化した、特殊な銃だよ」

おー、すげえ。能力バトル物みたいな感じか。そういや、小柴《こしば》ちゃんとかメフちゃんも変な武器使ってたっけ。フォンはどこか遠い目をして銃痕の天使を見つめていた。

「こいつのお陰で、僕たちは多くの終末と対等に戦えている。……しかし」

フォンが軽く手を振った。その瞬間、何もなかった手に長いマガジンの小銃が現れた。

「こいつのせいで、戦士が増える。無尽蔵に。特別な力を持った、戦士たちが」

「え？」

「僕はこいつが、好きじゃない」

『銃痕の天使』の足元には沢山の花やお菓子が供えられていた。きっとこの学園では、守り神扱いされているんだろう。しかしフォンがその像を見る目には、憎しみが籠もっていた。

「Ｌｕｎａさん。いや——人工奉仕者《シンセティック・サーヴァント》、Ｌ—２００Ｂ型」

「……なるほ。事前にアタシについて調べてたんだね。サイコ感あるわ～」

「勿論《もちろん》。あの糸での攻撃は見事だった。流石《さすが》に定価4万ドルだっただけはあるね」

アタシは思わず笑ってしまった。4万ドル。それは確かに、アタシが流通に乗った時の値段だ。製造された台数だけ売れて、今ではプレミアになっているとも聞く。

「オンラインに上がっている操作方法は見た。今、君のユーザーは誰になっている？」

「……誰にも」

「？　誰とも契約していなかったのか」

「アタシ、投機目的だったぽいンよね。ユーザー登録したら、価値下がっちゃうでしょ」

アタシは3000台限定で発売されたヒューマノイド・ロボットの1つだ。恐ろしい程に複雑な奇跡論と、多次元の死霊操法《ネクロマンシー》で構成されている。

「人工奉仕者にとって、ユーザーが居ないのはストレスじゃないのかい」

ああ、ストレスだ。とんでもないストレスだ。アタシ専用のユーザーが居ないってだけで、宇宙の中に一人ぼっちだって気がする。毎晩孤独が恐ろしくて泣いてさえいる。

「アタシ、普通の人工奉仕者じゃないんだ。――かつて、人間だったんだよ」

「……何？」

「とある人間の神経系を複製して作られてるの。アタシは各ご家庭に売られるために、3000人にコピーされて品物として売られたの」

かつて、アタシは愚かだった。一生懸命頑張れば、世界だって救えると信じていた。だから正直、この終末停滞委員会って人たちの活動は馬鹿げて見える。

「それは……」

「非人道的？」

「非合理的だね」

アタシは思わず噴き出してしまった。それはこの長身の青年が、死霊操法《ネクロマンシー》についてよく学んでいるということだったからだ。多くのヒューマノイドは、意識の形成を単調なプログラミングと機械の自由意志によって行っている。何故《なぜ》なら生きた人間の意志は恐ろしい程に強く、命令や奇跡論的呪縛を打破してしまう恐れがあるからだ。

「しかしそうなると……君は、随分有名人だったんだね」

「まあね。ここは全然違う、シケたトコでね」

昔のことは余り話したくない。泣きたくなるし、死にたくなるから。

「てかアタシ、これからガッコに入学するのってマジ？　全然、そんな年じゃないんだけど」

「年齢なんて問題ない。重要なのは——意思だ」

「……世界を護《まも》るって意思？」

「そんな意思は僕にもないね……。そんな立派な人間じゃない。僕を奮い立たせるのは、全く違う意思と覚悟だ。そのためなら、すべてを捧《ささ》げると決めている」

そうなんだ。この長身の男の意思は何に起因する物なのだろうか？　話すつもりはなさそうだったし、アタシも別に聞きたくはない。

「意思、ねえ。……そんなもの、アタシにはないかな」

アタシなんて、タバコの煙のように、ゆらゆらとアテもなく、いつか霞《かす》んで消えれば良い。

あの不器用な男の子が聞いたら、きっと悲しむんだろうなと、少し思った。

■

「──言万《ことよろず》クン。今からここに跪《ひざまず》いて、ボクの爪先にキスをしなさい」

エリフ会長は爪先を差し出しながら、俺が完全に呆気《あっけ》に取《と》られていると分かると、少しだけ困ったように首をかしげた。

「え。ボク、滑った？」

「いや滑ったとかではなしに……」

全く意味が分からない。

「──言万心葉《ことよろずことは》クン。君の事は詳細に調べさせて貰《もら》ったよ」

「え？」

「神奈川県の真鶴町《まなづるまち》生まれ。17歳。子供の頃は寺に預けられて育ったんだよね。14の頃にメキシカンマフィア『サングレ・オクルタ』に拉致され……まあここには幾つかの暴力団系組織が関わっていたようだね。それからは監禁されて生きてきた」

「……」

「大変だったね」

一言で済まされると何だか笑ってしまいそうになる。大変だった。それは確かにそうだ。

「──君の素性は、役に立つ」

「……え？」

「何故《なぜ》なら君はボロボロで、切羽詰まっているからだ。だからこそ信頼が出来る。ごめんね。ボクは今から、そこに付け込もうと思う」

妙に素直な人だ。付け込むなんて、言わずにやった方が良《い》いに決まっているのに。

「──ボクの猟犬にならないか？」

生徒会長、エリフ・アナトリアは翠《みどり》の宝石を揺らしながら笑った。

「……猟犬？」

「信用できて、暗躍できる人材が必要なんだ。君以上の人材を探すのは難しいだろう」

「フォンさんは？」

「彼は人の心が分からない。ボクが求めているのは、細かな人の機微に対応出来る人間だ」

『人の心が分かる』。確かにその一点において、俺以上の人材は少ないだろう。

「そうか。だから異端審問の時、俺の終末を偽らせたんですね」

この読心術の能力には回避方法が幾つかある。エリフ会長は、俺の能力が不特定多数に漏れるのを避けたんだ。

「俺の『囁《ささや》き屋』が必要だと言うことは──」

考えられるパターンは少ない。

「──この組織に、『裏切り者』が居るんですね」

俺はエリフ会長の顔をじっと見つめた。彼女は笑う。

「いーや♪」

「……」

「はあ、なんて。君に嘘《うそ》がつけるわけがないか。ボクはこれでも、何が本心か分からないミステリアスな所が魅力で通ってきたんだけどねえ」

俺を目の前にして、エリフ会長が心を静めて、なるだけ無心にしようとしているのがわかった。俺に情報を与えないためだ。しかし僅かな心の小波《さざなみ》で、発言が嘘《うそ》かどうかぐらいは分かる。

「確信は無い。でも、うちは敵が多いからね。いつそういう状況が噴出するか分からない。問題が起きてからでは遅いだろう？」

「……なるほど」

「『もしも』の事態において、君は恐ろしい程に強い切り札になる。腹芸や探り合いの闘いにおいて、君以上の存在はまず居ない」

そして、と彼女は続けた。恐ろしい程に鋭い瞳で空を見つめながら。

「──ジョーカーの最も賢い使い道は、袖に隠しておく事さ」

なるほど、彼女の言いたいことはわかった。つまり俺に、密偵になれと。

「猟犬に必要なのは、忠誠心。そうだろ？」

「……だから俺に、爪先にキスしろって言ったんですね」

だけど、それはつまり。

「俺に、奴隷になれって事ですか」

マフィアの連中がやったように、無理やり従わせるつもりか？　彼女たちならきっと、連中よりもずっと上手にそれを熟《こな》すだろう。けれどエリフ会長は首を横に振った。

「ボクは、人間を信じている」

「え？」

「自由意志。必要なものはそれだ。自由で果てが無いからこそ、人は愛と勇気で奮い立つ。恐ろしい恐怖に立ち向かえるんだ。強制や命令は、時としてそれを曇らせる」

けれどだとしたら、どうやって？　俺は視線で尋ねた。

「人間を操るのは、動物を相手にするよりもずっと簡単だ。──満足させたら良《い》い。ボクに忠誠を誓うのが最も合理的な判断で、裏切るメリットが無いと思わせれば良い」

酷《ひど》く合理的で、単純明快な考えだ。それはその通りだろう。だけど、俺は……。

「──君の願いを言い給《たま》え。ボクに付き従う間は、その願いを叶《かな》えよう」

例えば金は？　──いや、別にそんなには必要無い。

ならば権力は？　──そんなものがあっても大変なだけだ。

「俺は……無いです。そういうのは」

「……なに？」

「普通に生きていたい。普通のガキみたいに。強いて言うなら、それぐらいです」

それがどれだけ得難《えがた》い物なのか、俺は身に染《し》みる程分かっていたから。

「──それは困った。そいつはボクが、唯一与えられないモンじゃゃぜ」

唯一なんだ。この魔法のような学園を統治する少女は、きっとランプの魔人よりずっと強大な力を持っているのかもしれない。彼女はうーん、と頭を抱えてから。

「強いて言うなら、何か無いのかい」

「強いていうなら……うーん」

あるにはあるけど、他人に胸を張っていうのは恥ずかしかった。けれど、嘘偽《うそ》り無くまっすぐに俺を取り込もうとしてきた彼女に対して、俺もまっすぐで居たかった。

「青春が、したいなって」

「……せ、青春？　……ふむ。ボクも生憎《あいにく》専門じゃあ無いな。もっと具体的に話してみ給《たま》え」

具体的と言われると難しい。例えば友達と放課後に集まって遊んでみたり、何かに一生懸命取り組んでみたり、甘酸《あまず》っぱい恋愛とかしてみたり。と話してみた所で、エリフ会長は、なるほどと呟《つぶや》いた。

「それなら出来るじゃあないか！」

「──へ？」

「友達と遊んだり、何かに取り組んでみたりってのは難しい。ボク達2人以外の他人を巻き込むつもりは無いからね。けれど恋愛——それなら出来るぞ」

それはつまり、どういうことだろうか。わかった気がしたけど、わかりたくなかった。


「——だったら、ボクと恋愛とやらをしようじゃないか」


エリフ会長が机からひらりと降りると、俺のシャツの胸元を握った。その瞬間、視界は入れ替わって、俺は生徒会室の革製のソファーに座っていた。そして彼女は俺の膝の上に。

「ぬあっ」

「なんと都合の良《い》い話だ！　愛は何よりも強固なしがらみだからね。君がボクを愛するようになれば、ボクは君を完全に信頼して運用出来るというわけだ」

「そそそ、そんな合理的過ぎな！」

「合理性？　それだけじゃあないよ」

彼女は俺の胸板に体を寄せて、つつーと心臓の辺りをくすぐった。

「ひゃひっ」

「ボクも経験の一環として、そろそろ恋愛の1つでもしようと思っていたのさ。いやー。これは濡《ぬ》れ手《て》で粟《あわ》。カモがネギを背負《しょ》ってきた。どうやらボクは、君に対して生理的嫌悪《けんお》などは抱いていないようだしね。どうだい？　君にも悪くない話だろう」

　彼女の薄くて細い体の感覚が、ダイレクトに伝わっていた。それだけで女性耐性ほぼゼロの俺は頭が真っ白になりそうになる。いや、それだけじゃない。

（エリフ会長――めちゃめちゃ恥ずかしがってる！）

　表情だけなら余裕そうに見えるが、彼女の心の中は生娘《きむすめ》のように慌てふためいていた。

《な、なんだこの感じ。少しくっつくぐらい、全然余裕だと思ったのに》

《ボクの心臓、馬鹿みたいにどくどく言ってる》

《男の子の胸板、厚い……これ作戦ミスか？　ええい、ままよ！》

　どうやら彼女もこういう経験はゼロらしい。それなのにすました顔で俺の顔を見つめていて、それが妙にいじらしくて可愛《かわい》いと思ってしまった。

「くす。君もまんざらではないらしい」

「なっ」

　エリフ会長とは対照的に、俺は顔を真っ赤にして汗だくだった。

「まあ、とりあえず物は試しと言うやつだ」

　彼女は俺の顎を摑《つか》むと、唇に親指で触れた。

「――ボクの虜《とりこ》にして、可愛《かわい》いわんこにしてあげよう」

　彼女のサーモンピンク色の唇が俺の口に近づく。彼女の髪から、ミルクのような甘い匂いが香った。手に細い指が絡《から》みつく。温かい吐息が鼻頭に触れた。

「ままま、待ぁって下さい‼」

「む？　ボクはあんまり好みじゃない？　まあ、スタイルは良くないけど」

「いや、全然好みですよ！　何ならめっちゃ可愛《かわい》いなって思ってますよ！」

「かわ……っ」

すましていた彼女の頬が、一瞬赤く染まった。けれどすぐに余裕を取り戻して、小さく笑う。

「では何故《なぜ》？」

「だだ、だってっ。こういうのはちゃんとお互いのことをよく知ってから……っ。お互いに、その、好き同士になってからやらないと……っ」

俺はエリフ会長の細すぎる肩を摑《つか》んで引き離す。彼女はぷっと噴き出した。

「あはははっ。なにそれ。くすくす。それ。ふふ。子供みたいっ」

「ぐ……っ」

いや、それは承知ですよ。だって俺、中学辺りから女子との絡《から》みないし！　情緒とか多分全然成長してないし！　俺は恥ずかしくて、顔がカーっと熱くなるのを感じた。

「くすくす。……あーっ。そうだね、ごめんごめん。ボクが悪かったよ。こんなの、契約書を交わすみたいに出来るモンじゃないよな、恋愛なんて。あーあ、振られちゃった」

「……すんません……なんか……」

「いや、良《い》いよ。全然いいよ。あー……くすくす……こんなに笑ったの、いつ以来だろう」

どうやら、ツボに入って頂けたようだ。真ん丸で大きな目を俺に向けていた。さっきまでとは全然違う、酷《ひど》く優しい笑みを浮かべる。

「じゃあ、ボクたち――友達から始めようか」


掌《てのひら》から彼女の指が離れて、代わりに頬を優しく撫《な》でられる。

「それでお互いに好きになったら、またいつかこの続きをしよ？」

「……っ」

「くすくす。もう照れすぎて喋《しゃべ》れてないね」

心の底から楽しそうに笑って、彼女はぴょんと俺の膝から離れた。

《はー、緊張したー》

《このぐらい、なんてことないと思ってたのにな》

《……まだ心臓バクバク言ってる》

エリフ会長は少しだけ照れながら笑った。

「猟犬云々《うんぬん》の話は、一旦忘れてくれ。どうやらボクが君に与えられる物は何もなさそうだ」

「そう、ですか……？」

「けれど必ず、いつか忠誠を誓わせてみせるよ。その時は、跪《ひざまず》いてキスをするんだよ」

それはフェアな提案だと思った。俺はこれから、彼女の運営する組織で生きていくんだ。今は想像出来ないけれど、本当に忠誠を抱いた時に、俺は改めて彼女に跪《ひざまず》くだろう。

「それまでは、友達で」

「はい、喜んで」

困ったな。俺はもう、この人のことが結構好きみたいだ。フェアで、素敵な人だもの。恋愛とかは、まだ全然考えたり出来る余裕はないけれどさ。

「……ふむ。まあでも、友達でもこのぐらいはするかな？」

彼女がまた俺のシャツの襟を摑《つか》むと、強い力で引き寄せた。

「ちゅ♡」

柔らかい感覚が、頰に触れる。

「またねっ」

すました笑みを維持できないぐらいに顔を真っ赤にしながら、彼女はひらひらと手を振った。

「…………」

俺は動揺でロボットのようにぎこちなく動いて、辛《かろ》うじて生徒会室を後にする。

第3話『いざ、バザール！』

俺が蒼《あお》の学園を出た時、太陽は真上に昇っていた。

「あ、言万《ことよろず》くん。どうだった——どしたのその顔？」

正門前で待ってくれていたＬｕｎａさんに気がつく。

「ずいぶん、ほっぺが緩んでるけど」

「……へっ」

エリフ会長に頬にキスをされて、完全に心が溶けているようだった。いや正直、頭はそのことでいっぱいだった。

「生徒会長サン、なんて？」

「いえ。別に、込み入ったことは。単に少しお喋《しゃべ》りしただけです」

「そなんだ。怖い事とかされなかった？」

「…………」

「その無言の間はなに」

恐ろしい人だったぜ、エリフ・アナトリア生徒会長……。

俺は一生、今日という日を忘れないだろう。

「それでね、この子がアタシ達に用事だって」

Ｌｕｎａさんが指した先に居たのは、藤紫色の髪をした、小動物のような少女だった。

「小柴《こしば》ニャオ、参上いたしました！」

「あっ、小柴《こしば》さん」

「小柴《こしば》の事は全然、ニャオと呼び捨てて頂いて大丈夫ですっ」

「……小柴《こしば》」

「全然、ニャオで良《い》いですよ？」

女子の名前を呼ぶのは正直ハードルが高かった。

その辺が分かっていたのか、Ｌｕｎａさんはニヤニヤ笑っていた。

「この後良ければ——お二人の歓迎会をしませんか？」

「歓迎会？」

「と言っても、小柴《こしば》たちの家でちょっとしたご飯を食べるだけですが」

ご飯と聞いて、思わずぐーっとお腹《なか》が鳴った。そういえば随分と長いことまともな物を食べていない。病室で打たれた点滴が最後なんじゃないだろうか。

小柴《こしば》さんは、くすくすと笑った。

「はー、素直なお腹《なか》ですねえ。よわーｗ」

「なんだと」

彼女は小動物のようなキビキビとした動きで、俺たちの先頭に立った。

「それでは、お家《うち》に帰る前に買い出しをしていきましょう！」

どうやら小柴《こしば》さんの中で、俺たちが歓迎会に参加するのは決定したらしい。俺とLunaさんは少しだけ顔を見合わせて小さく笑うと、彼女に続いた。

「いざ！　――バザールへ！」

■

ここ、天空都市フルクトゥスの第12地区は、巨大なバザールを中心に発展している街だった。

俺も先日訪れていたのだが、夜も遅く人の姿は皆無だった。

「わあ！」

けれど、今日は違う。

「ここで一番新鮮な店はうちだよ！　パパイヤだったらうちが一番！」

「はいはいはい！　お土産にぴったりなお守りだよ！」

空気はスパイスの香りに満ち、鮮やかな色彩の野菜や果物が並んでいる。あっちで扱っているのは、生きたままの動物だろうか？　人の波を縫いながら、俺たちは歩く。

「さて。今日は何を作りましょうかね。お二人、苦手な食べ物はありますか？」

小柴《こしば》が、俺とLunaさんを交互に見つめる。

「い、いや。何でも食べるよ、俺は」

それは良かった♪　と、小柴《こしば》は笑う。

「アタシ、あんま食べ物って食べたことないからなあ」

小柴《こしば》はフリーズして、臭い靴下を嗅いだ猫のような顔になった。

「小柴《こしば》、がんばります!」

Lunaさんの冗談は難しい。

「うぅ……この匂い、腹が減る……」

大鍋から漂う肉の匂いと、バチバチバチバチと油が弾《はじ》ける音!　空腹に耐えている俺に、Lunaさんが毛むくじゃらの果物を差し出した。

「これは?」

「わかんない。そこで売ってた」

「お金は?」

「あ、フォンさんから貰《もら》ってるよ、当面の生活費。はい、はんぶんこ」

Lunaさんはポケットから無造作に幾つかのコインと紙幣を俺に手渡した。どれも見たことが無いデザインで、この街独自の貨幣なのだろう。

「これ……どうやって食べるんだ?」

「あ、それはランブータンですね。こーやって、皮を割って食べます」

「おお、なるほど……うまっ！」

「ぷぷぷ。そんなことも知らないんですかー？　これだからバザール弱者は」

「なんだと」

とか小柴《こしば》に物申しつつ、ランブータンを食べ終える。みずみずしくてぷにっとした食感で、味としてはライチに似ているだろうか。

「言万《ことよろず》くん。あれ、なんだろ。変なの売ってる」

Ｌｕｎａさんが指を向けたのは、チカチカとうるさすぎる程にネオンサインが輝く、バザールの一角のテントだった。

「らっしゃい」

店の奥に座っている無愛想な男が、この店の主人なのだろう。棚や木箱に無造作に積まれているのは、使い道も分からない、謎のへんてこガジェットだった。

「おお、これは……ビーム出た！」

Ｌｕｎａさんが真ん丸の機械のボタンを適当に押すと、15ｃｍ程のビームがヴィーと飛び出た。これは一体、何に使う機械なんだろう？　すごいＳＦっぽい技術だけど。

「それはレーザー包丁だね」

「包丁なんだ……」

「いちいち洗わなくて楽だって評判だよ。電池が要るけど」

「電池なんだ……」

無愛想だけど、意外と商品の事は教えてくれるタイプの店主だった。

「そっちは量子乾燥機。それはホログラムディスプレイのまな板。あれはＬＥＤ電球」

「ＳＦキッチン用品屋さんだ！」

流石《さすが》、空の上のバザール。見たことが無いものが沢山ある。

「うーん、お野菜どうしましょうかねえ」

こんもりと色とりどりのスパイスが積まれたテントの隣で、小柴《こしば》はうんうんと野菜を見つめていた。手には既に、沢山の食材の入ったバッグを持っている。

「持とうか？　荷物」

小柴《こしば》は目を真ん丸にした。

「舐《な》めないで下さい！　小柴《こしば》は力持ちです。腕相撲しますか？　勝負！」

「いや片手塞がって食材選び大変かなと思って」

「……怖いなら、指相撲でも良《い》いですよ？　勝負！」

どうやらこの子、破茶滅茶に負けず嫌いのようだ。とりあえず指相撲してみる。

「わんわん！」

「(回避してホールド) ほい」

「うにゃあああああ!!」

小柴《こしば》は敗北に絶叫し、思わず膝をついた。

「くぅん……これで小柴《こしば》の3勝1敗ですね……」

「え俺いつ3回も負けてンの」

「小柴《こしば》は家に帰ったらリベンジマッチを所望しますっ」

それは全然良《い》いけど。勝負に飢えて鼻をふんすと鳴らしている小柴《こしば》を見て、何だか笑ってしまった。小犬が一生懸命マウントを取ろうとしているみたいだ。

「ほらほら2人とも。楽しげなのは良《い》いけど、お買い物がまだですよーって」

とか言って近づいてくるＬｕｎａさんは、未来ガジェットを山程両手に抱えていた。いつの間にか、誰よりもバザールを満喫していたようだ。

■

私、メフリーザ・ジェーンベコワは、掃除機で部屋の掃除をしながら物思いに耽《ふけ》っていた。

（……今日、男の子がこの寮に増える）

いや、大人数で暮らすことには慣れている。子供の頃はユルタ（遊牧民のテント）に住んでたわけで、自分の部屋だなんてものも無かったわけだから。

（私もすっかり、街の暮らしに慣れてしまったものですね）

男の子って、苦手だ。何考えてるかわかんないし。噂《うわさ》に聞いた所によると、男の子はえっちなこととかも考えるらしい。私はそんなこと、ちっとも想像したことがない。

（えっちなことって……どんなことなんだろ……）

私はそんなことさえも全く知らないんだもの。街の人はきっとおしゃれだから、そういうことも沢山分かっているのだろうけれど。いや、でも馬の交尾なら見たことがある。人間もあれをやるんだろうか。でも、どうやって？

「あうあうあうあうあうあう」

自分の顔がフライパンみたいに熱くなってるのがわかった。こんなはしたないこと、考えてるだけですっごく悪いことをしている気がする。だから男の子なんて嫌なのに！

（でも、あの言万《ことよろず》って子――）

確かに酷《ひど》い傷だった。まず顔に大きな痕が残っている。手もボロボロで爪は何本か生えてすらいなかった。年は私と同じだと聞いたが、本当に酷《ひど》く痩せこけていた。

（何があったのかな……）

幾つか予想を立ててみるが、それはどれも酷《ひど》い物だった。そうじゃないと、あんなに沢山の傷はつかない。実際に、とても酷《ひど》い事が起きたのだろう。

（それなのに、私は……）

傷ついて憔悴《しょうすい》しきっていた少年を、力ずくで家から追い出してしまった。

(……体を見られてしまったなんていう、些末《さまつ》な理由で)

いや、些末《さまつ》ではないけど。そういうのは大切にするべきだって私は祖母に教わった。だけどさ。きっと彼の痛みに比べたら、それは本当にしょーもない事だった筈《はず》だ。

どうせ私みたいなデカ女の体なんて、誰も興味ないはずなのにさ。

「……ずぅ――ん」

私は暗い気持ちになって、壁に寄りかかってしまう。自己嫌悪《けんお》である。

「ただいま帰りましたー!」

ガチャガチャと騒がしく寮に帰ってきたのは小柴《こしば》だろう。私は緊張でびくんと背筋を正しながら、こほんと咳《せき》をした。わちゃわちゃと会話しながら、3人がダイニングに入ってくる。

「あっ――」

早速、男の子と目が合ってしまう。言万《ことよろず》くん。私は謝らないと、と思ったけど緊張で声が出なかった。彼は私より先にぺこりと頭を下げた。

「昨日は、ごめんっ」

「えっ」

「……完全に記憶から消去しますので。その。ホント、すいませんでした」

こちらこそ、と素直に言えたら良《い》いのに、私は。

「いえ。問題ありません。私ももう、忘れました」

なんて、冷たく言い放つしか無いのだ。ああ、自分の不器用っぷりに腹が立つ。

「あっ、それは良《い》いですね！　仲直りは素敵なことです！　では親睦を深めるついでに、庭に二羽《わ》いるニワトリの一羽《わ》を捌《さば》いて来て頂いて良いですか？」

ニャオが能天気に笑った。基本的にこの子はいつでも元気だ。

「……えっ」

言万《ことよろず》くんは、顔を真っ青にして尋ね返した。

「あ、羽根はこん中に入れてくださいね」

言万《ことよろず》くんは、黒いゴミ袋を手渡されていた。

やっぱり都会から来た人なんだろうな。動物を捌《さば》いたりするのが怖いんだろう。私は優しくしなきゃ、と思った。頼りになれるところを見せないと。

「任務了解。それでは行きましょうか、言万《ことよろず》くん」

「……ま、まじですか？」

彼は震える声で呟《つぶや》いた。そういえば、と私は気がつく。

（この子、男の子なのに私より背が低いんだな……）

思わず、ちょっぴり膝を曲げてしまった。

■

夕方になって、俺たちはクタクタになって寮の居間に戻ってきていた。

俺は絨毯《じゅうたん》の上に敷かれたアラベスク模様のクッションに座って、息を吐いた。

「つ、疲れたぁ……」

鶏を捌《さば》いたり羽根を毟《むし》るのって、かなり重労働だ。肉体的にも、精神的にも。まだ掌《てのひら》に感触が残っている。でもそれが命を頂くということなのだ。この感じを忘れずに生きていこう、俺。

「メフさんも疲れたでしょう？　どうぞ、お水」

「結構です」

「捌《さば》くの上手でしたね。慣れてるんですか？」

「はい」

「……お腹《なか》減りましたね？」

「はあ」

とこんな具合に、一時的に俺の相棒となった少女・メフリーザさんは全く取り付く島も無いのだった。何の話題を振っても、４文字以下で素っ気なく返答される。

《うぅ、言万《ことよろず》くんめっちゃ気を使ってくれてる！　私も何か話さなきゃ》

《で、でも男の子が喜ぶ話題なんて知らないし……あうあうあう》

……心の声が丸聞こえなので、彼女のことを冷たい人だとは全く思わなかったけど。むしろずっと困らせてしまっているようで申し訳なかった。

《……えっちな話題でも振ればいいのかな》

《でも、そんなの全然わかんにゃいしっ》

どうやらメフさん、男のことをだいぶ誤解しているようだった。えっちな話題なんて振られたらこっちが困る。絶対困る。俺はいたたまれない気持ちになって視線を逸《そ》らした。

「はあい、お待ちどおさまー！　ごちそう、出来上がりですよー！」

小柴《こしば》が大皿をドンと脚の低いテーブルの上に置いた。香辛料と海鮮、焼けた鳥の匂いが部屋中に広がる。それは本当に見事なまでのごちそうだった。

「い、いただきます！」

「めしあがれ～♪」

バクバクと大皿に手をつける。平べったい麵の焼きそばや、辛《から》いが魚介の旨味《うまみ》が濃厚なスープ。そのどれもが俺には馴染《なじ》みのない味つけだったが、とんでもない絶品だった。

「うまー！」

「ふふん。これで小柴《こしば》の4勝1敗」

「あ、こういうので積み重なってんだ、俺の敗北」

流石《さすが》にこれは負けざるを得ない。俺は飯をかっこみながら、思わず泣きそうになっていた。

(こんなに飯を食えるなんて、数年ぶりだ)

ああ、クソ。生きてるって感じがする。

俺はまだ心の奥底で、自分の自由を信じきれていないんだ。今見ているのが全部夢で、目覚めたら地下の監禁部屋で小さなテレビの画面を見つめている気がするんだ。

(でも、泣くなよ。初対面で飯食って泣くやつなんて、変なヤツすぎるぞ)

俺は辛《から》いものを食った口を拭うフリをして、目頭に溜《た》まった涙を拭った。

「ふふん、そうでしょうそうでしょう♪ 小柴《こしば》は料理が得意なのです」

得意満面な小柴《こしば》とは裏腹に、暗い表情をしているのはLunaさんだった。

「ン? どうしたんすか」

「べっつにぃ……」

俺はさっきまでLunaさんと作業をしていた筈《はず》の小柴《こしば》と視線を合わせる。

「Lunaさん、料理めっちゃ下手で落ち込んでるんです。メイドさんなのに」

「ちがうっ。アタシはべつに料理下手じゃない! この次元の食材が悪いんだぁ!」

Lunaさんはよくわからないことを嘆いて、ちびちびとビールを飲んでいた。

《……手》

不意に向けられた思考のベクトルに気がつく。それはメフさんのものだった。

相変わらずスーパーモデルのような彼女のアーモンド型の瞳は、俺の指に向けられていた。

(やべっ)

俺は思わず、顔がかーっと熱くなるのを感じた。そうだ、俺の指は監禁されてた頃に、よく教育と称して遊び道具にされていたから、酷《ひど》く醜く曲がっているのだ。

(気持ち悪いって、思われたかな)

俺はさっと指を隠した。さっき小柴《こしば》と指相撲した時も、普通の人の指があんまり整然としているせいで少しの間見とれてしまった。ああ、そうだ。俺は。

……俺は、きっと本当に醜い姿をしている事だろう。今日まで生きるのに必死で気がつかなかったけれど、傷だらけの顔も指も、本当は誰かに見せられるようなもんじゃない。

「……」

俺は、酷《ひど》い吐き気に襲われた。俺は、普通とか青春なんてものを目指しているが、そんな事が出来るような人間なんだろうか。高望みが過ぎるんじゃないだろうか。

ただの小汚い、囁《ささや》き屋のくせに――

「言万《ことよろず》くん。大丈夫?」

額を冷たい掌《てのひら》が覆う。それは、Lunaさんの物だった。

「あはは、すいません……疲れちゃって」

「……そりゃ、そうだよね」

俺の事情を一番よく知っているLunaさんは、子供にするように優しく笑った。この人はいつも何にも興味なくてどうでもいいってシラケた顔をしてるくせに、こういうときだけ本当に優しく笑うんだ。不思議な人だな、と思う。

「あ。小柴《こしば》、部屋を用意しておいたので、そっちで休んできていいですよっ」

俺は3人に感謝を述べてから、一人で部屋へと向かう。

俺に与えられた部屋は、お世辞にも大きいとは言えない部屋だった。四畳半程度の広さだろうか、けれど足を伸ばして体を横たえるには十分だ。

「やべ……マジで、疲れた……」

ここ数日色んなことがありすぎて、息を吐く暇なんて無かった。……正しくはこの数年。

「どうぞ」

部屋をノックされて、ドアが開く。背の高いキレイな褐色の女の子——メフさんが居た。

「どうかしましたか？」

俺が尋ねると、彼女は静かな視線を向けて、ぽつりと呟《つぶや》く。

「服、脱いで下さい」

「……へ？」

「服……脱いで……？」

彼女はジリジリと距離を詰める。俺はわけが分からなくて、目を白黒させていた。メフさんも相当緊張しているようで、心を読んでもまともな反応が返ってこない。

「い、いやメフさん！　俺たちまだ知り合って間もないし！　そういうことは――」

「（有無も言わせず投げ飛ばして、服を脱がせる）」

ぎゃあ！　身体的な強さのレベルが違いすぎる！

（……うつ伏せにされた⁉）

待って！　この体勢で何をされんの⁉　おしりはちょっと、まだ早すぎるんですけど！

「うおっ」

怯《おび》える俺の背中に――彼女の大きな体の感触があった。

「……、……、……」

メフさんは、俺の背中の上に乗って、優しくマッサージをしてくれていた。

「……へ？」

俺は混乱していたが、彼女に邪《よこしま》な思いが無いと分かると、その酷《ひど》く丁寧で心地の良《い》い手の感触で、体の緊張が解けていく。

「病院」

「え？」

「いつから、行ってないんですか」

キレイな声だな、と思った。氷のように透き通った声色だった。

「何で？」

「だって……」

彼女が言葉を濁しているのに気がついて、俺はまた顔が熱くなるのを感じた。

だって俺の体は無理やり狭い所に閉じ込められ続けたり、折れた骨を放置され続けたもんだから、例のごとく不気味に歪《ゆが》んでいるんだ。炎を押し付けられた火傷《やけど》の痕や、肉を削《そ》がれた痕だって、数えられない程にある。

「あ、あの。良《い》いから。もう良《い》いから。……やめてくれ……ますか？」

「どうして？」

「……恥ずかしいから。触れられたくない。……こんな……体……」

皆と違う事が。醜い容姿をしている事が。傷だらけの体が。

「…………」

彼女の心が、大きな悲しみに覆われるのを感じた。

「それは承諾しかねます。あなたは、一刻も早く治療しないと」

「それは……メフさんがしなくていいでしょ」

「メフで構いません。同い年ですから」

え、そうなんだ。随分大人っぽかったから、てっきりLunaさんと同い年ぐらいだと思ってたんだけど。……メフは優しく、俺の凝り固まった筋肉を解《ほぐ》してくれる。

「私は、父が医者で。よく患者の治療を手伝っていました」

「そうなんだ」

「でも。こんなに傷ついている人を見るのは……初めて……」

彼女は悲しんでいた。俺に対して、同情をしてくれていた。俺はそれを辛《つら》いとも惨《みじ》めだとも思わなかった。だってそんなの、俺には縁遠すぎる物だったから。

「痛くはありませんか？　なるだけ優しくしているのだけれど」

「大丈夫。気持ちいいよ」

「了解。眠たくなったら、寝てしまって良いですからね」

彼女は冷静な声色のまま、囁《ささや》くように呟《つぶや》いた。ありがとう、と呟《つぶや》いたけれど、俺は自分が眠ることが無いだろうとは気がついていた。俺はもう、他人が一緒に居る部屋じゃ一睡たりとも出来ないんだ。

「……ふぅ。ふぅ。……ふぅ」

メフは無心で、懸命にマッサージを続けてくれた。30分。1時間と続けられた頃には、体はふにゃふにゃに溶かされて、力はすっかりと抜けていた。

（しかし何だって、こんな事をしてくれているんだろう）

少し考えてはみるものの、答えが出ることは無い。

「それでは最後に。――手、貸して」

「えっ」

「行動は迅速に」

わずか50ｃｍ程の距離に、絵画からそのまま出てきたような綺麗《きれい》な女の子の顔があった。しかも彼女は俺の手を両手で握って、懸命にマッサージを続けてくれている。

《昨晩の事、謝りたいのに。……タイミング、わかんない》

俺は思わず笑ってしまった。だって彼女は俺にマッサージしてくれている間、ずっと「謝らないと」って考えてたんだ。良《い》い人だな、本当に。

「メフって、優しいんだな」

「なっ」

一瞬指を握る力が強くなって、イタタと手首を捻《ひね》られる。彼女はジっと俺を見つめた。

「どこがですか」

「だってマッサージしてくれてるし」

「あなたは私達のチームが面倒を見る事になりました。ケアをするのは当然です」

彼女は優しくマッサージしながら続ける。

「これはただの義務。妙な勘違いをしないで下さい」
《これは当たり前の事だから、感謝なんてしなくていいよって言いたいのに》
《また、突き放すような言い方、しちゃった……。も、もう今更訂正出来ないし!》
氷じみた冷視線とは裏腹に、心の中の彼女は小さな女の子みたいにもじもじしていた。
「……本当に優しい人だな」
「なっ」
彼女は、バッと手を離す。
「なんですか、あなたは。まさか口説いているつもりなの?」
「え? いや違……っ。全然そんなつもりじゃっ」
ジトーっと、メフが俺を見つめる。
《やっぱり男子って、要注意?》
《そういえばさっきから、胸ばっかり見られてるような》
そ、そんな事は無いのですが!
《でもそんなわけないか。私みたいなデカ女が》
《男の子から好かれるわけ、ないし》
俺は思わず、彼女を見つめた。
「いやっ。メフはめちゃめちゃ美人だと思うけどっ」

「――え」

「でも、口説いてるとかじゃないから。あはは。俺……そういうのまだ、あんまり分かってないからさ。だからえっと、なんだろ。まあ、そんな感じで、大丈夫？」

彼女はじーっと俺のことを見つめてから、もう一度俺の手を取る。

「どうでもいいです。私には関係ない事なので」

メフの上手だったマッサージは、どこかぎこちないものに変わっていた。

第4話『臓物マンション』

「というわけで、これからあなたは私の部下。もとい下僕。朝には必ずお砂糖たっぷりのコーヒーを持ってきて、三回回ってワンと鳴けと命令されたら喜々としてそれをやるのよ」

朝になった寮の居間にて。このチームの隊長――恋兎《こいと》ひかり先輩は、鼻高々にそう言った。

「気にしなくていいです、言万《ことよろず》くん。私達の学校に明確な上下関係はありません。指示役が必要なので便宜上隊長とか言ってるだけで。実際は学校の先輩後輩程度の間柄程度です」

メフがうんざりしながら、朝食のサンドイッチを食べる。

「そーっ。私、先輩。人生の先輩。キミタチは後輩。つまり雑魚《ざこ》。アンダスタン？」

恋兎《こいと》さんは、俺たちより1つ上級生らしい。見た目だけならメフの方がずっと大人っぽい。

「ふう、人間は第一印象が9割あとはゴミ。つまりここで上下関係分からせるのが肝要なのだわ。分かったら新入り、その美味《おい》しそうなサンドイッチをよこしなさい」

俺は恋兎《こいと》さんに、サンドイッチを渡した。

「あら、なかなか素直じゃない。よいこポイント、3点あげちゃう。いただきまーっ♪」

恋兎《こいと》さんはニコニコで朝食にありついた。

「ぎゃ――！　なにこれ辛っ！　わふっ、わふっ、わふっ。ばかっぱかばかっ。舌！　舌が！

舌が痛い！　痛いのだけれど！　みゃ――!!　涙出てきた！　うわ――ん！」

「言万《ことよろず》さんが辛党で嬉《うれ》しいですっ。小柴《こしば》、今までこの寮で結構肩身狭かったのでっ」

小柴《こしば》が激辛スパイスの瓶を持って笑っている。恋兎《こいと》さんは甘党だったのか、急いで冷蔵庫から牛乳をコップに注ぐと、舌を牛乳に浸す。

「ひーっ。にゃんでゆわないのよーっ。ひたっ。ひたっ、なくなっちゃったっ」

恋兎《こいと》さん、おもろい人だな。すごい偉そうだし実際偉いんだろうけど。

「うぅ……とにかく、言万《ことよろず》！　私が世界で一番偉いんだから。従うこと。わかったっ？」

「了解っす。あとその牛乳、賞味期限切れてるっす」

「なんかくさいとおもったらーっ！　おえ――っ」

戦ってた時はあんなに強くてカッコよかったのに、普段はこんな感じなんだな……。

「そんで……アタシ達、今日からどうしたらいーンすか？　隊長さん」

外でタバコを吸っていたＬｕｎａさんが、気だるげに戸を開けながら呟《つぶや》く。どうやら昨夜は、歓迎会の流れでそのままこの寮に泊まったようだ。

「蒼《あお》の学園に体験入学……てことは、授業でも受けるってわけ？」

水道水でうがいをしながら、恋兎《こいと》さんが応える。

「まあ、最終的にはそうなるけどね。まずは、幾つかの段階を踏んで貰《もら》います」

恋兎《こいと》先輩は、手書きにクーピーで描いた模造紙を広げた。

『なろう！　蒼《あお》の学園生！　入学までのロードマップ！』

可愛《かわい》いライオンや兎《うさぎ》の落書きと共に、子供向けのわかりやすい図解が広げられる。

「先《ま》ずはあなた達2人には、蒼《あお》の学園生が終末を解決しに行く所を見学して貰《もら》います」

恋兎《こいと》先輩はいつの間にかメガネをかけて、いつの間にか指示棒を持っていた。

「蒼《あお》の学園がどういう所かって言うのを知ってからじゃないと、入学の手続きは出来ません。後で、『こんな筈《はず》じゃなかった』って言われても困るからね」

意外と良心的な制度である。まあ俺たちは命握られてるから関係ないけど、手続き的には通常の流れでやっていくよ。って事なんだろう。

「その後、『羽無し』として体験入学。蒼《あお》の学園に貢献すれば『一枚羽』→『二枚羽』→『三枚羽』というように階級が上がっていくのだわ」

Ｌｕｎａさんが優等生みたいに手を上げた。

「質問でーす。その階級が上がると、なんか良《い》い事あンすかー？」

「お給料が上がるのだわ。あと蒼《あお》の学園が提携するゴルフクラブが使えるようになります」

いつの間にかメガネをかけていた（そして凄《すご》く似合っていた）メフが補足する。

「勿論《もちろん》それだけではなく、蒼《あお》の学園の様々な情報にアクセス出来るようになります。当然権限も増えるし、蒼《あお》の学園の反現実的なリソースの使用・研究も可能になります」

真面目な先生も居てくれて助かった。

「『羽無し』じゃ授業も受けられません。まず2人は『一枚羽』を目指すべきですね」

「ふーん……授業ねぇ……アタシはどうでもいいけど」

Ｌｕｎａさんがちらりとこっちを見る。俺は当然、燃えていた！　だって、授業だぜ！　そんな普通の学生みたいな事、憧れるに決まってる！

「ちなみに蒼《あお》の学園は教育機関でもあるので、ちゃんと文化祭とか修学旅行とかもあります」

「うお――‼」

それはめっちゃテンション上がるな……。絶対なるぜ、その『一枚羽』ってやつに！

「俺、頑張ります！　今日は何をしたら良《い》いですか⁉」

恋兎《こいと》先輩は大人の余裕がある笑み（似合ってなかった）を浮かべてから。

「さっきも言ったでしょ。今日は『見学』！　言万《ことよろず》は今日はニャオに付いてもらうわよ」

ニャオって……小柴《こしば》に？　俺が視線を向けると、小動物系の中学一年生はむんずと息を吐く。

「ってなわけで、早速――」

小柴《こしば》の手に握られていたのは、どこか見覚えのある注射器で。

「へ？」

「はい、動脈にぐさ！」

――俺の意識は、一瞬で真っ暗に溶けていく。

■

「へあっ」

目が覚めると、心地の良《い》い、車の揺れ。それに、側頭部に柔らかい感触。

「起きましたか？」

小柴《こしば》の大きな瞳。彼女はいたずらっぽく笑って俺を見つめる。

「お、お前なあ！　また俺に気絶する注射刺しただろ⁉」

「ふふふ、また小柴《こしば》の勝ちですね」

いや勝ち負けじゃない。俺は麻酔の残るボヤボヤした頭で、気がついた。

「へあっ！」

俺が枕にしていたのは——彼女の細すぎるぐらいに細い太ももだった事に。

「ぎゃんっ」

飛び起きた俺の頭が、小柴《こしば》の顎に当たる。小柴《こしば》は悶絶《もんぜつ》してから、俺の頭をバンバン叩《たた》く。

「ごめんっ。女子の膝枕にビビり散らかして！　じゃなくて、ここはどこだよ！」

「女子中学生の脚で狼狽《うろた》えるのダサすぎですね。そしてここはバルセロナです」

車窓から外を見ると、蒼《あお》の学園の混沌《こんとん》とした雰囲気でも、——もちろん日本のような見慣れた町並みでもなかった。もっと体系だった、色鮮やかな絵画のような街。

「バルセロナ⁉　スペインかよ、ここ！　さっきまでお空の上の街に居たのに……」

「今から私達が向かうのは、バルセロナの郊外にある……えと、『臓物マンション』ですね」

そらまた凄《すさ》まじい名前だ。俺は黒スーツで黒サングラスの運転手に若干ぎょっとしながら、小柴《こしば》の手元の書類に目を向けた。


【No.819『臓物マンション』】
○性質――死霊操法《ネクロマンシー》・儀礼災害
○来歴――本年度・三月頃にバルセロナ郊外のマンションで発生した中規模の儀礼災害。当該建築物の屋上ではお互いの頸椎《けいつい》を折る12対の遺体が儀礼的に配置されていた。遺体の口元が糸で縫い合わされていた事から『永遠なる沈黙の熱狂者《Los Devotos del Silencio Eterno》』による儀礼だとされている。マンション内には多数の非・異常性の住人が暮らしている筈《はず》だが、詳細は不明。建物内には多数の人型終末が存在すると見られている。

俺は絶句して、すぐに声を荒らげた。

「こんなヤバそうな終末を今から解決しに行くのか⁉　てか、チームの他の人達は⁉」

「今回、たいちょとメフ先輩は別件で出ています。Lunaさんは、エリフ会長の直轄部隊の人たちの所に見学に行ったみたいですね。小柴《こしば》、一人で出張です！

ちびの小動物系女子は、無い胸の前でむんずと拳を握った。

（お。終わった――）

女子中学生と化け物だらけのマンションに行くなんて嫌過ぎる。絶対死ぬ。

「なんか失礼な事考えてますね……。――シャムシール！」

彼女が掌《てのひら》を軽く振ると、何もなかった筈《はず》のそこに、古いリボルバーが現れる。

「それはもしかして、『銃痕の天使』に貰《もら》った小柴《こしば》の銃か？」

「です！」

蒼《あお》の学園の『銃痕の天使』と言う終末は、全ての生徒に不思議な力を持つ銃――『銃痕』を与えるのだと――Lunaさんに聞いていた。

「これは『シャムシール』！　この子が居れば、その辺の終末ぐらいちょちょいのちょい！」

「そんな強い銃なのか！　どんな能力を持ってるんだ？」

小柴《こしば》はドヤ顔で、安っぽい落書きが描かれたシールを取り出す。

「『銃弾と標的を入れ替える』能力です！」

「…………」

【シャムシール】［銃痕］
『銃弾と標的《シール》を入れ替える』銃痕。主に帰還用に用いられる。特定の人物に予《あらかじ》め標的を持たせ、銃弾と位置を入れ替える事で帰還させる。

（地味！）

メフの持つ超巨大なライフルや、恋兎《こいと》先輩の持つギターと比べると、それはめちゃめちゃに地味な銃痕だった。そんなもんでどうやって戦うつもりなんだろう？

「それに、別に今回は小柴《こしば》だけじゃなく……──って、着いたみたいですね」

黒いＳＵＶの扉を開けた俺たちを出迎えたのは、巨大な古びたアパートの静かな視線だ。

まるで──獲物が自らその中に入ってきてくれるのを、とても良く知っているかのように。

■

「ちょっと本部から連絡があったので、電話してきますね」

そう小柴《こしば》が言って木陰の方に行ってから、まだ3分程もしていない筈《はず》だった。

（……怖ッ！）

俺は巨大で静かな『臓物マンション』を前にして物陰で小柴《こしば》を待っていた。それはとても化け物が跳梁跋扈《ちょうりょうばっこ》する建物だと言われても信じられなかったが、確かな悍《おぞ》ましさは感じていた。


「――あら？　あなたはどちら様かしら？」


不意に、酷《ひど》く澄んだ声が響いた。方向は？　右？　左？　後ろ？　違う――上だ。

「ごきげんよう」

――空から、女の子が落ちてきた。日傘を差した、フリフリのドレスを着ているくるくるな銀髪の、お嬢様然とした女の子だった。彼女は瀟洒《しょうしゃ》にすとんと地面に降り立つと、首を傾《かし》げる。

「『蒼《あお》の学園』から『シャムシール』の女の子が応援に来ると聞いていたのだけれど」

「あ、ああっ。俺も……蒼《あお》の学園の人間だ。体験入学？　的な感じで、見学に来た」

「見学？　くすくす。相変わらず、ヘンテコな学園ですわね。こんな死地に、『銃痕』も持たない新人さんを寄越すだなんて」

銃痕を持ってないって分かるんだな。それに、どうやって上から現れたんだ？

「申し遅れました。私はレア・クール・ドゥ・リュミエール。追放部隊《Purgeurs》所属。ちょっぴりおませでいなせな十六歳。カウス・インスティトゥートの一年生です」

「カウス……？　ってなんすか」

「あら、そんなことも知りませんの？　フルクトゥスでは3つの強い力を持つ学園『三大学園』と呼ばれる学園があるのです。1つは蒼《あお》の学園。1つはCorporations。そしてもう一つが——カウス・インスティトゥートですわ？」

　色々ちゃんと教えてくれる。今のところ少なくとも、蒼《あお》の学園の人たちよりまともだ。

「そして今回は、カウス・インスティトゥートが主導の作戦です。聞いてませんの？」

「……まったく」

　レアさんはくすくすと笑っていた。本当に良《い》いところのお嬢様って感じだ。

「俺は言万心葉《ことよろずことは》。十七歳。よろしくな」

「はい♪」

　白と黒のモノクロの制服を揺らして、レアは頷《うなず》く。『追放部隊』とかメチャメチャ不穏な自己紹介をしていたが、なんだか優しそうな女の子で少し安心した。

「ということは、言万《ことよろず》先輩もこの作戦に参加する……という事ですわよね？」

「ああ（……先輩！）」

　でしたら、と彼女は鋭い視線で俺を睨《にら》んだ。

「同じ戦場で背中を預ける。そういう方には私、必ず同じ質問をする事にしていますの」

彼女は傘を畳んで、真剣な表情で続けた。


「――あなたの性癖《フエチ》は、何ですの？」


俺は、普通に自分の耳を疑った。今このお嬢様然とした美少女はなんつった？

「だから性癖。あなたの歪《ゆが》んだ性欲の傾向ですわ。――私、思いますの。戦場で最も重要なのは信頼ですわ。心臓を預けられる、という信頼。当然、見ず知らずの人に与えられる物ではありません」

だからこそ、と彼女は笑った。

「己の最も隠したい歪《ゆが》んだ欲望を晒《さら》して頂きたいのです。最も恥ずかしい秘部を共有した人間以上に、信頼に値する存在は居ないのだから」

彼女の心の中では一切の邪心は無く、本当に心の底からそう信じているようだった。

（なんてヘンテコな女の子なんだ。冗談とかじゃなくて、マジで言ってやがる！）

けれどだとしたら俺はその期待に応えるべきだ、と強く感じた。

「分かった。答えよう。俺の性癖《フエチ》は――」

「！」

「――巻き尺だ」

ガラガラドッシャンと、形而上《けいじじょう》の雷がレアの上に降り注いだ。

「巻き……尺……!?」

俺は恥ずかしさで死にたくなりながら続ける。

「何ていうか……女の子の色んなところをね。その……計測するっていうか……長さとか大きさを測る事に、興奮するんですよね。……その、比較調査するっていうか。……すいません。変なこと言って。分かんないと思いますけど」

「……ええ！　ええ！　全然わかりませんわ！　そんな性癖あるんだって思って、私、己の無知を恥じましたわ！　けれどそれで良《い》いのです！　あなたの性癖が全く分からないですが、あなたにとって大事な性癖であるということだけが分かりました！」

レアは、俺の手をぎゅっと両手で握った。

「――素晴らしいですわね、巻き尺。私、嗜《たしな》んでみます」

「嗜《たしな》む必要は全然無いけど、ありがとう……！」

《なんて正直な人！　この質問にこんなに正直に答えて頂けるのは初めてですわ！》

「ちなみに、私の性癖は――」

「あ、ああ……（女子の性癖聞くの、普通に恥ずかしいんだけど）」

「――脱皮です」

「だ……っぴ……？」

「わかりませんか？　蛇とかカニがするやつ……」

「それは分かるが！　それは分かるが……！」

レアは心底恥ずかしいのか、顔を真っ赤にして、視線を逸《そ》らしながら続けた。

「私、子供の頃から脱皮が好きで……。その、想像してしまうんですよね。あの子やこの子が脱皮したら、どんな皮が出来るのかしら。皮が剝《む》けたばかりの肌は、ゆで卵の表面のようにぷりぷりなのかしら。脱いで乾燥した皮は、どんな饐《す》えた匂いがするのかしら……って」

な、なんてことだ。

（まじで全然分からねえ性癖だ！）

だ、だが分かるぞ。分からないけど分かる！　今この子は、本当に大事な事を俺に教えてくれたんだ。分からないけど、それだけが分かるぞ！

「……レアさん。いや——レアっち！」

「言万《ことよろず》先輩……いえ——こっとん！」

俺たちはまた両手でガッシリと握手をした。

「わ、私達……もしかして、親友になれるのではありませんこと……？」

「……俺も、すげーそんな気がしてる。こんな気持ち、初めてだ」

熱い視線を交わし合って、確かな友情が生まれるのを感じた。

「いや、だからキモいてw　その汚え口、動かすのを禁じるやよ～」

「がっ」

レアの胸を、巨大な釘《くぎ》が串刺しにした。

「な……っ⁉」

彼女の細い体が地面に崩れ落ちる。俺は呆気《あっけ》にとられて、すぐに彼女の体を抱きとめた。背後から聞こえてくるのは、足音だ。

「レア。いつも言ってんやん。初対面の人間にキモ話すんのやめろて。マジ、うちが恥ずかしいねんほんま、カウス・インスティトゥートが如何《いかが》わしい団体やと思われるやろ」

木陰から出てきたのは、巨大な釘《くぎ》を手にした、ニヤニヤと半笑いを浮かべている黒髪の小柄な女の子だった。彼女は釘《くぎ》で串刺しになったレアを見下ろしながら、近づいてくる。

「レアっち！　大丈夫か⁉」

俺が声をかけるが、彼女は青ざめた顔でふるふると首を振るだけで、返事は無い。

「大丈夫大丈夫。そいつはただ、喋《しゃべ》るのを禁じられただけ～」

半笑いの少女が指を鳴らすと、レアを串刺しにしていた釘《くぎ》は静かに消える。

「はあ、げほっ、げほっ。先輩酷《ひど》いですわっ。私、びっくりしたのよ！」

驚く。確かにレアの体には外傷は無く、服も破れてすらいない。これは、もしかして……。

「うちの斬撃『森の呪い《Hoia Baciu》』の能力やね」

【森の呪い《Hoia Baciu》】［斬撃］
『釘《くぎ》を刺す』斬撃。大きな木製の釘《くぎ》であり、その所有者――マギナ・アヴラムが口頭で対象に禁止命令を出すと特定部位に釘《くぎ》が出現し、その行動を抑制する。釘《くぎ》には触れる事は出来ないが、激しく藻掻《もが》けばゆっくりと抜けていく。口にする文章が長ければ長くなるほど釘《くぎ》は長くなり、抜けづらくなる。

「……斬撃？」

「カウス・インスティトゥートも知らなかったこっとんが、知ってるわけないわよね」

何事もなかったような顔でレアが立ち上がると、説明を続けた。

「私達、カウス・インスティトゥートは蒼《あお》の学園の生徒が『銃痕』を持つように、特別な能力を持つ剣――『斬撃』を持ちますの。『斬撃の天使』に与えられてね」

「『銃痕の天使』の別バージョンみたいな感じか……？」

「そう、流石《さすが》はこっとん。飲み込みが早いですわっ」

蒼《あお》の学園生は銃で、カウスの学園生は剣を持つわけか。じゃあもう一つの学園は……？

「……てか初対面のくせにもう渾名《あだな》で呼びあってるの気持ち悪っ」

半笑いの少女——マギナ先輩は、可愛《かわい》らしい見た目に反して毒舌だった。


その巨大なマンション『サンタルシア・レジデンス』が『臓物マンション』という不名誉な名前に変わってしまった転機は、今から二週間ほど前の事だった。

「報告によりますと——」

レアがマンションを見上げながら続ける。

「二週間ほど前、娘と連絡が取れなくなったと——その母親から通報があった事が始まりですわ。それから警察がこのマンションを訪れた所、彼らも消息不明になりました」

それからこのマンションに入った人間は皆、戻ってくる事は無かった。その異常性を察知したカウス・インスティトゥートが調査に乗り出した。

「調査員がドローンで調べたんやけどー。窓は黄色い液体に覆われて情報は取れんで、屋上には例の死体の魔法陣が転がっとったらしぃー。ほんまあのクソカルト共、鬱陶しいわー」

『永遠なる沈黙の熱狂者』はスペインを拠点にしている反現実性（…って何？）のカルト宗教らしく、カウス・インスティトゥートと度々衝突しているようだ。

「あのクソカルト共は、要は魔術師の集まりやねんなー。ただまあ、魔術なんてモンは、まともなヤツには扱えん。使い勝手が悪すぎる、非効率極まりない技術やからなー。やからただの雑魚《ざこ》魔術師がそれなりに使える魔術師になるには、こういう中規模の儀式が要んねん。人間を何百人殺して、自分の魂を捧《ささ》げて、狂気に変異して、——化け物になる」

……つまり、何だ？　このマンションでたくさんの人が死んだり行方不明になってるのは——誰かが『魔法使い』になるための儀式だってことか？

「……けたくそ悪い話っすね」

「——同感ですわ」

俺とレアは視線を交わして、マンションを見つめた。こんなもんはあってはならない。誰かが止めてやらなきゃいけないと、きっとお互いに強く感じていた。

「初対面なのにもう通じ合ってる感じなの気持ち悪っ」

マギナ先輩は普通に引いていた。小柴《こしば》がお行儀よく手を上げる。

「小柴《こしば》、聞きたい事があったんです。その、臓物マンションが危険なのは分かりますけど、なんでうち《蒼の学園》に救援依頼が来たんです？　欧州はカウスさんトコの領分ですし、うちらは別に、『永遠なる沈黙の熱狂者』と縁があるわけでも無いのに……」

いつの間にか戻ってきていた小柴《こしば》の発言に、マギナ先輩は少し驚いていたようだった。

「……え。なんも知らんの？　なんも？　聞いてへんの？」

小柴《こしば》は小動物みたいに首を傾《かし》げた。マギナ先輩は大きくため息を吐いてから。

「一年前、三学園合同の体育祭――『天空競技祭』があったやろ？」

「小柴《こしば》は去年小学生なので、あんま知りません！」

「ちゅ、中1を寄越したんか、あの最強さまは……」

マギナ先輩はよろよろとよろめいてから続ける。

「まあ、あんねん。そんなんが。そんで、模擬戦があんねんな。結構なんでもアリの。まあ、技術の切磋琢磨《せっさたくま》が目的のやつ。何となく分かるやろ」

俺は、少し嫌な予感がしてきた。

「オタクの恋兎《こいと》ひかりさんはなー、その模擬戦で、うちら――『追放部隊』のカシラをボコボコに……っていうか再起不能にしてんの」

「……」

「まあ、怪我《けが》とかじゃなくて、『斬撃』をへし折って二度と使えないようにしただけやけど……。あんなん初めてやで。つか斬撃って壊れんねんなー。皆びっくりで、これかなりニュースになったやよー。んでー、恋兎《こいと》さんは落とし前つけなーつって、困ったことがあれば援軍を出すって約束してん」

「すいませんすいません。うちのアホたいちょがいつも世間様にご迷惑かけてすいませんっ」

マギナ先輩は半泣きで平身低頭する小柴《こしば》を見て楽しいのか、意地悪に笑っていた。

「ええねんええねん、あン時のカシラはうちも好かんかったしー……、それに中1とは言え、小柴《こしば》ちゃんの噂《うわさ》はうちでも結構聞いとったからなー。今日はよろしくやよー」

さて、挨拶も済んだ所で、とマギナ先輩は小柴《こしば》を見つめた。

「うちの『森の呪い』もレアの『ジェヴォーダンの乙女』もサポート向きで火力が足りんのよ。その辺、任せてもええ？」

「はい！　小柴《こしば》、パワーには自信アリです！」

俺は思わず、口を出しそうになってしまった。だって小柴《こしば》の『シャムシール』は『銃弾と標的を入れ替える』ってだけの能力なんだろ？　そんな銃で、どうやって火力なんか……。

「ほな小柴《こしば》ちゃん。このマンション、ぶっ壊そっか」

「……へ？」

「わざわざ潜入とかまどろっこしいねん。建物ごと、ぶっ潰そか」

——なんて簡潔で無駄のない作戦だろう。てっきりお化け屋敷《やしき》に突撃することになると思っていた俺はたじろいで、小柴《こしば》はお元気よく返事した。

「それでは早速、いきますね！」

小柴《こしば》がリボルバーを構えた。マギナ先輩が微《かす》かに緊張した視線を彼女に向けた。引き金を引く。銃口から弾丸が飛び出した。当然だ。当然じゃないのは、ここから。

「――シャムシール！」

小柴《こしば》が叫ぶと、小さな銃弾は消失した。

（……『標的と位置を入れ替えた』のか？）

でも、だからと言ってどうなるんだ？――爆音。

「な……っ」

弾丸の速度は音速に近い。時速は1200km程度だろう。亜音速を保った状態で、弾丸は標的と位置を入れ替わった。正しくは――標的が張り付いていた対象ごと。

「――タンクローリーかよ⁉」

シャムシールは、弾丸とタンクローリーの位置を入れ替えた。高圧ガスを積んだ20tの大型車両は亜音速で宙を駆けて、『臓物マンション』の外壁を撃ち抜いた。

『時速1200km』×『重さ20t』。それだけで十分に凄《すさ》まじい威力ではあるのだが――更に高圧ガスは巨大なエネルギーを受けて、当然、恐ろしい程の爆発を起こす。

（いや待て、この位置、俺たちも死ぬんじゃ――？　あっ。死んだわ――）

爆発の熱を頬に覚えて、俺の体はフッと浮き上がる。

「しゃ、シャムシール……っ」

小柴《こしば》が俺とレア、マギナ先輩を摑《つか》んでシャムシールを発動させていた。予《あらかじ》め帰還用に近くの高台に貼り付けてあったシールと俺たちの位置を入れ替えたらしい。

耳を劈《つんざ》く程の爆音が辺りに響いた。臟物マンションの方向では、とてつもなく大きなミサイルを撃ち込まれたような、巨大な爆炎が上がっている。

（さっき俺たちが居た場所、跡形もなくふっとんでいる！）

俺たちは滝のような冷や汗をかきながら、その場に膝をついた。

「ちょっと火力間違えちゃった。……てへっ☆」

小柴《こしば》がお茶目に舌を出す。

「てへじゃねえよてへじゃ！　今死んでたぞ！　普通に死んでたぞ！」

「あそこまでやるなら先に言って下さいまし⁉　ねえ髪！　髪こげてる！」

「あ、アホなんかこの中学生！　限度ってモンを知らへんのか⁉」

百戦錬磨の追放部隊の２人も、今の臨死体験には流石《さすが》にキモを冷やしていた。

「……でも結局皆無事だったしっ」

小柴《こしば》は中学生みたいに拗《す》ねていた。そしてその通り中学生だった。

「あ――！　だから蒼《あお》の学園の連中は！　適当やしいい加減やしその場のノリで何とかしようとする！　ちゃんとルールを明文化しろ！　規律を守れ！　常識通りにやってくれよお！　い

っつもやりすぎやねん！　誰も止めてやらんのがあかんねん！」

「ま、マギナ先輩だめですわっ。そんな主語を大きくしてはっ。ただでさえ私達の学園同士はまあまあ仲悪いのにっ。差別発言ですわっ」

……そうなんだ。


結果から言うと、小柴《こしば》の大爆発は大きな事態には至らなかった。

多少森が焼け焦げて地面は大きくえぐれて地元メディアが取材に来た程度だ。カウス・インスティトゥートの『職員』たちが記者達に注射を打って気絶させると、大きめの車で拉致していた。多分、隠蔽してくれたんだろう。怖ぇよ。

「……タンクローリー食らって無傷。流石《さすが》にビビるわぁ～」

俺たちは『臓物マンション』の前に戻ってきていた。その外観に傷ひとつ増えていない。

「物理耐性、レベルは4以上やね。うちらの持つ兵器じゃ壊せんやろうね。あのレベルの爆発で壊れんのなら、外からじゃどうしようもない」

小柴《こしば》はふふんと無い胸を張っていた。ちょっと反省しろ。

「窓は壊れん。他の潜入経路も無し。こりゃ正面突破するしかあらへん。レア」

レアが頷《うなず》くと、マンションの扉に手をかける。

「先頭は私が行きます。背中は任せましたわよ、こっとん。——友情！」

「ああ、命に代えても守るぜ、レアっち！　——友情！」

俺とレアは燃える視線で拳を合わせた。

「初対面なのにその信頼感気持ち悪っ！」

性癖を晒《さら》し合った2人の絆《きずな》は、血よりも濃いのだった。

■

レアを先頭に、小柴《こしば》とマギナ先輩が横に並び、最後に俺がエントランスに入る。

(妙に静かだ)

その暗いマンションは鮮やかなタイルで室内を彩《いろど》っていたが、暗がりの中の安っぽい蛍光灯の頼りない光では、それはやけに惨《みじ》めにくすんで見えた。

「儀式は通常、術式の最も近い位置で行われるんや。恐らく——六階」

俺たちは奥にある階段に脚を向けて、けれど止まった。レアが立ち止まったからだ。

「……先輩」

小声で呟《つぶや》いて、曲がり角の先に親指を向けた。

「……うおお、気持ち悪……」

そこにいたのは、頭部の代わりに羊の子宮を持つ——人間だ。

（いや、本当に、人間か？）

辛《かろ》うじて人間だと分類した理由は、それが二足歩行でまともらしい洋服を身にまとっていたからだ。どこにでも居るような私服の婦人。首から下は、普通の人間。

——けれど、頭部は。

飴色《あめいろ》で半透明なT字の臓器の中で、羊の胎児が臍《へそ》の緒《お》に繋《つな》がれ安らかに眠っていた。

《……生きた人間の頭部を、子宮に進化させたのか。魔術師が良く使う手。人体改造やよ》

《もしかして彼らは、このマンションの——》

マギナ先輩の思考を読むと、彼女は仮説を立てていた。

①屋上に信者の遺体で術式を作り、このマンションを魔術の影響下に置く。

②魔術の効果で、住人達の頭部を羊の子宮に進化させる。

③酷《ひど》く冒瀆《ぼうとく》的な方法で作り出した羊の胎児を、何か最悪で最低な事に使う。

俺は子宮人間の心を読もうとした。それは少なくとも、人間の心ではなかった。犬や猫の心を読もうとしたときの、とても反射的で瞬間的な思考以外には無い。

「――見ることを、聞くことを、叫ぶことを、禁じる」

マギナ先輩が呟《つぶや》くと、子宮人間の頭部に巨大な釘《くぎ》がぶっ刺さった。子宮人間は突然の事に戸惑い慌てている様子だったが、マギナ先輩はゆったりと歩いてそいつの前に躍り出た。

「……近くで見ると、更にキモいわあ」

「つ、強すぎませんか。マギナ先輩の斬撃」

「まあ、この程度の生き物相手ならやなあ。……って、まずっ」

激しく藻掻《もが》く子宮人間の動きで、既に釘《くぎ》は抜けかけていた。

《流石《さすが》にこんだけ一気に禁じると、効果時間も短いやよ》

マギナ先輩がレアに目配せする。

「――ジェヴォーダンの乙女！」

叫んだレアの手元に現れたのは、巨大で無骨なチェーンソウだった。彼女がスターターロープを引くと、鋼鉄の刃は獣のような咆哮《ほうこう》を上げて――それを切り裂いた。

「――一丁上がりっ」

子宮人間の腹が、綺麗《きれい》な一文字に切り裂かれている。しかしそこからは、一滴たりとも血は流れていない。呆気《あっけ》にとられる俺たちを尻目に、レアは、入った。

「皆さんも、どうぞ」

「ど、どうぞって……」

子宮人間の腹から、レアの手が伸びる。……もしかして、この中に居るのか？

【ジェヴォーダンの乙女】［斬撃］
『斬って着る』斬撃。巨大なチェーンソウ。対象を斬る事で、対象を着る事が出来る。内側に安定した四畳半程度の亜空間を形成し、対象を操作する事も可能。

「めちゃめちゃビビってるけど、親友は信じるぜ。——友情！」

レアの手を握る。俺はその白くて細い手に引っ張り込まれた。

「信じてくれると思ってましたわ。——友情！」

『子宮人間』の腹の中はとても暖かく、柔らかい桃色の肉壁で覆われた狭い個室のようだった。

レアは肉壁に取り付けられたパネルから外の光景を見て、操縦桿《かん》を握っていた。

「……その二人だけの決め台詞《ぜりふ》みたいなやつ、気持ち悪っ」

「ひええ。小柴《こしば》、こんなの初めてですっ」

小柴《こしば》とマギナ先輩が入ってきたのを見て、レアは子宮人間の操縦を始めた。彼女がレバーを動かすと、子宮人間はその通りに動く。完全に挙動を操作しているようだ。

「早速、六階に向かいますわ」

「おっけ。マンションの様子を調べながら頼むわ」

しかし、この2人の斬撃って――

「対人間の能力って感じですね」

何気に鋭い小柴《こしば》が呟《つぶや》いて、マギナ先輩は軽く視線を向けた。

「うちらは、学園の知識を悪用するような連中をしばくのが専門の――追放部隊やからねぇ」

「学校内警察みたいな感じですか？」

マギナ先輩が頷《うなず》いた。だとしたら、少しおかしい気がする。

「そんな人達がどうして、直接、終末の解決に？」

「ふふ、ナイショ」

マギナ先輩は笑った。レアの方を見ると、彼女も曖昧に視線を逸《そ》らしていた。俺が感じたのは――強い、強い、怨嗟《えんさ》と怒りの感情だ。

《アイツ等、うちの可愛《かわい》い後輩達をぶちくらしよって、許さへん》

《あのクソ小汚い巨匠《マエストロ》だけは――うちが殺す》

どうも『永遠なる沈黙の熱狂者』の一人が、追放部隊に潜入していたようだ。マギナ先輩とレアが気がついた時には、彼女たちの仲間はスパイによって再起不能にされたらしい。

（なるほどね。だから『蒼《あお》の学園』に救援を依頼したのか）

二つの学園は仲が良くないと言っていた。それを押してでも、裏切り者に復讐《ふくしゅう》したいんだ。

「先輩」

レアがマギナ先輩を呼ぶ。子宮人間の視界を通して見た外の世界では、ちょうど別の子宮人間とすれ違う所だった。だが、こちらの異常に気がつく様子は無い。

「レア。追ってくれ」

レアは頷《うなず》いて、その——大柄な男性の肉体を持つ——子宮人間の後を追った。

「あの部屋だ」

男性が入った208号室の部屋のドアノブを捻《ひね》る。鍵の感触は無いようだ。その奥にあるのは、どこにでもある世帯向けの一室だった。しかし、先程の男性の姿が無い。

「……？　見失ったかもですわ？」

《立派に育った、胎児……》

《ゴール様……お願い致します》

「レアっち、浴室の方だ。2人居る」

「えっ？」

俺の言葉にレアは一瞬戸惑うが、すぐに子宮人間を操縦して浴室に向かってくれる。ドアを開けると、男性の子宮人間と、口を縫われた老婆の2人が視界に入った。

「……何してるんでしょうか？」

その浴室には、ある筈《はず》のバスタブが無かった。

「――産んでる」

バスタブがある筈《はず》の空間には、巨大な空洞が開いていた。

「……うそ」

腰の曲がった老婆の枯れた枝のような指が、男性の子宮人間の頭部から、羊の胎児を取り上げていた。浴室のタイルに大量の羊水が溢《あふ》れる。

「…………………」

老婆は羊の胎児を酷《ひど》く大切そうに抱えると、手を伸ばして巨大な空洞の上に掲げた。

「この空洞……繋《つな》がってるんだ、どこかに」

老婆が手を離す。ぬるりとした羊の胎児は巨大な空洞に落ちていく。とてもじゃないが、アパートの二階にあるようなレベルの深さだとは思えなかった。

胎児が地面に落ちる音は、いつまでも聞こえる事は無い。

「これは……人間の魂の加工やね」

「え？」

「人間の魂は複雑で、恐ろしい程に強い意志を持つ。それは一部の死霊操法《ネクロマンシー》にとって邪魔やねん。普通やったらもっと丁寧に時間をかけて魂をエネルギーに変換していく。けれど、この儀礼には必要ない。質が低くて構わんのやな。それよりも量が必要やったんやな」

つまりこれは――魂の大量加工。流れ作業で、人間の意志と誇りを削《そ》ぎ落とす行為。

それは……それは……なんて冒瀆《ぼうとく》的なんだ。

「ジェヴォーダンの乙女！」

レアがチェーンソウで内側から肉壁を切り裂くと、子宮人間の腹の中から手を伸ばして、老婆のボロボロの服を強引に摑《つか》み、一気に腹の中に引き込んだ。

「……ッ！」

口を糸で縫われた老婆は痛みに呻《うめ》きそうになって、目を見開く。彼女はすぐに自分の異常な状況に気がついて、外敵である俺たちに視線を向けると、覚悟で瞳の色を染めた。

「――テメエが勝手に死ぬのを禁じるやよ～」

老婆は、舌を嚙《か》み切《き》ろうとしていたのだ。しかし木製の釘《くぎ》がそれを禁じた。

「お婆《ばあ》さん。答えて下さいまし。あなた達の目的は、何ですの？」

レアが尋ねるが、老婆は静かに彼女を見つめ返すだけだ。酷《ひど》く澄んだ視線で。

「……喋《しゃべ》れないんじゃないのか？　その口で」

「いや、喋《しゃべ》れないんじゃなくて、喋《しゃべ》らないんやね。『永遠なる沈黙の熱狂者』の下位の階級の連中は、言葉を発する事を教義で禁じられとる。沈黙こそが神だと信じてるアホ共やから」

だから最初っから捕まえても無駄だったやよ、とマギナ先輩は続けた。こいつら狂信者が、何か情報を吐く事は絶対にないと。

「喋《しゃべ》らないだけなんですね？」

「――え？」

俺の質問に目を丸くしたのは、小柴《こしば》だった。

「聞きたいこと、聞いて下さい。俺にはその答え、分かります」

「なんでですか？　言万《ことよろず》さんの終末は『未来予知』ですよね？」

小柴《こしば》の台詞《せりふ》に、レアは飛び上がった。

「えええええっ。こっとん、人型終末でしたのっ」

「……ごめん、黙ってて」

自分が終末であることは出来るだけ言わないで欲しいと頼んだのは小柴《こしば》だった。

(会長にもなるだけ秘密でって言われてるけど、今は人の命がかかってる状態だ)

命が一番大切だ、と俺は思う。だからここは多少強引にでも手伝うべきだ。

「……？　話が読めんのやけど。言万《ことよろず》くんが終末なのは良《い》いとして、その内容は『未来予知』なん？　だったら今この状況で、全然使えんと思うんやけど」

「ちょっと特別なテクニックがありまして」

もちろん嘘《うそ》だ。だが2人は俺の曖昧な表現に裏があると気がついてくれたのか、頷《うなず》いて信じてくれたようだった。小柴《こしば》だけは何も分からずに頭からはてなマークを出していた。

「――あなた達の目的は、何ですの？」

やはり老婆は静かな表情を読ませない視線で、こちらを見つめるだけだ。

「これは魔術師級《Hechicero》の信者が賢者級《Sabio》に昇格するための儀式らしい」

音にならない老婆の声を、俺が代弁する。

「──その方法は？」

「二級天使『黒曜石《アサバチエ》』に永遠なる沈黙を捧《ささ》げる事」

「──永遠なる沈黙とは？」

「人の死。魂の凌辱《りょうじょく》。神聖なる羊」

「──『黒曜石《アサバチエ》』とは？」

「おぞましい天使。関われぬ者。運命の輪を憎む者。真なる静寂を望む者」

「──『賢者《Sabio》』とは？」

「上級の魔術師。不死であり、真なる言葉を扱う者」

「──誰が賢者になろうとしているの？」

「熱狂者・ゴール」

「──そいつはどこに居るの？」

「地下の間。全ての羊が堕《お》ちる場所」

「──どうやってそこに行くの」

「エレベーターシャフトを」

そこまで言って、老婆の顔色が一気に苦悶《くもん》に染まった。

「ちっ。自死を禁じる！」

マギナ先輩が釘《くぎ》を刺そうとするが、既に遅い。老婆は自らの舌を噛《か》み切《き》って、死を迎えた。

「しゃーなし。聞きたい事は殆《ほとん》ど聞けたやよー」

それより、と彼女は俺に視線を向けた。

「……言万《ことよろず》くん。君ちょっと、便利すぎん？　人間レーダーに最強尋問機？　エグ」

俺は曖昧に笑って誤魔化した。その様子に、二人は何となく俺の立場に気がついてくれたんだろう。それ以上の追及は無い。

「それでは地下へ行きましょう。――この気持ち悪い儀式を、さっさと止めてやりませんと」

レアは子宮人間を操縦して、地下へと向かう。

■

――熱狂者・ゴール。本名はマヌエル・ゴール。32歳。出身はバレンシア市。サラゴサ大学では農学を専攻し、卒業後は自然保護団体で働いていた。

ゴールはスペインの中流家庭に生まれ、何不自由なく育てられてきた。兄弟とも仲がよく、両親の愛情をいっぱいに受けて、大きな怪《け》我《が》や病気をすることさえ無かった。

（下らない）

だが彼の心は、幼少の頃から深い倦怠感《けんたい》に覆われていた。

（全てが、偽物《にせもの》だ。おれの背中に居るこいつが、仕組んだことさ）

ゴールには、この宇宙の全てが茶番に見えていた。誰かが全てを裏で操り、嘲笑《あざわら》っている。人には自由意志があり、選択しているように見えて——その実、何もかも決められている。

（少年の血の滲《にじ》むような努力も。愛と奇跡の大逆転も。全てが、茶番だ）

彼の背後から世界を常に見ている、化け物のような何か。そいつが、世界を操っている。

『青年よ、その絶望は正しい』

ゴールの明らかな被害妄想は、彼の人生において、ただ一度だけ肯定された。

『それを私達の教義では【門番たち】と呼んでいる。脆弱《ぜいじゃく》な人間たちを護《まも》ろうとしてくださっている、いけ好かない化け物共さ。人間を運命の鎖で飼い慣らす、非人間だ』

それは巨匠《マエストロ》と呼ばれていた、とある小さなカルト宗教の教祖の一人だ。賢いゴールは彼らを警戒していたが、彼の言葉には強く惹《ひ》かれる物があった。

『【門番たち】は言語を媒介して人間を操っている。だから私は、「言語」を殺そうと思っている。故に我々は、永遠なる沈黙の熱狂者なのだ。真なる沈黙を願う者なのだ』

巨匠《マエストロ》は青年・ゴールに手を伸ばした。

『人間は自由で無ければならない。首枷《くびかせ》を引かれる者に誇りなどは無い。——違うかね？』

——然り、と感じた。この図体《ずうたい》ばかりデカい老人は正義を語る馬鹿野郎なのだと気がついた。たった一人でも信じる正義のために戦い抜く、愛すべき馬鹿野郎なのだと。

『共に征《ゆ》こう。——熱狂者よ』

ああ、いいぜ。とゴールは笑った。例えどれだけの犠牲を払い、悪魔に成り下がろうと。首枷《くびかせ》のついた肥えた豚であるよりは、路地裏の痩せ犬で居たかったのだ。


熱狂者・ゴールがその異常に気が付いたのは、エレベーターシャフトの方向から微《かす》かな足音が響いた時だった。それは常人では気が付き得ぬ程の微《かす》かな音だった。

（さて、来たか。お相手は『探偵協会』が本命かね。次点で『書架曼荼羅《まんだら》』の特殊部隊か。大穴で『カウス・インスティトゥート』といったところか）

この臓物マンションの中規模儀式は、人々の魂を加工のために、三週間もの間マンションを占拠しなければならないという工程を挟む。

「今でもおれは思いますぜ。こんな風に目立つやり方なんてやめて、路地裏でこっそり人間をゆっくり集めていけばよかったんだ。違いますかい？」

熱狂者・ゴールが尋ねたのは、その地下の空洞の天井に張り付いた、百の目と舌の無い口を持ち、千の蹄《ひづめ》で這《は》って蠢《うごめ》く、二級天使『黒曜石《アサバチエ》』だった。

【No.2420『二級天使・黒曜石《アサバチエ》』】

○性質――旧神
○来歴――『永遠なる沈黙の熱狂者』の信仰している天使の一柱。
○詳細――穢《けが》された魂魄《こんぱく》流動体を消費して、対象に反現実性を付与する。魔術師《Hechicero》級の信者を賢者《Sabio》級に成長させる事が目的。

『人間よ。お前達は本当に魔術に向いていない浅慮な炭素生命体だ。下らない、合理的な、思想を棄《す》てろ。単一のタイムラインしか観測できない一元的な生物だという事は理解しているがね』

岩の裏に張り付く百足《むかで》の塊のような姿の天使は、大気を揺らさない声で続けた。

『重要なのは、乗り越える事だ。指向性の萌芽《ほうが》だよ。お前は人間では無いものになるために、人間と闘わなければならないのだ。怠惰な努力では下らない見返りしか望めない』

「……へーへー。どうせおれたちは虫けらみたいな下等生物ですよ」

多次元に同時存在する形而《けいじ》上《じょう》力学の天使は、それは違うと呟《つぶや》いた。

『下等なのでは無い。お前たちは選んだのだ。人間で在ることを選んだ。分かるか？　これは恐ろしく勇気のあることだよ。この化け物だらけの宇宙で、お前たちだけは己の脚で進み、己の手で道を切り開く事を選んだのだよ。故にお前たちの魂には、凄《すさ》まじい価値があるのだ』

ゴールには、その悍《おぞ》ましい天使の言う事の半分も分かりはしない。だが少なくとも、こいつは平等な存在なのだろうなと思った。彼の敵でも、味方でも無いのだろうと。

『さあ、客が来たぞ。熱狂者よ。お前の決意を見せろ。――沈黙を』

足音が響く。そこに居たのは、木製の釘《くぎ》を持った黒髪の少女だ。

熱狂者・ゴールは自分の口を縛っていた紐《ひも》を、ゆっくりとほどいた。

■

「一つ、聞きてえ事があるんやよー」

小柄な黒髪の少女――マギナ・アヴラムは、熱狂者・ゴールを半笑いで睨《にら》んだ。

「良《い》いだろう。何でも聞いてくれ。代わりに――お前もおれの質問に、一つ答えろ」

車が十台ほど入る広さの地下室には、大量のパイプ管が毛細血管のように張り巡らされていた。それらに寄生するように真っ黒の天使が巻き付き蔓延《はびこ》る。

「――巨匠《マエストロ》は、どこや？」

「彼がどこかなんて、誰も分かりゃしないさ。集会に現れるのは賢者階級《Sabio》の熱狂者までだ。守護者階級《Guardián》はおろか、巨匠《Maestro》の居場所なんて知らないね」

直感的に、マギナはその言葉を嘘《うそ》だとは思わなかった。まあどちらでも良《い》い。『永遠なる沈黙の熱狂者』を全員潰せば、いずれは出てこざるを得なくなるだろうから。

「次はおれの質問だ」

熱狂者・ゴールは冷たい視線をマギナに向けた。

「今すぐ帰るつもりは無いか？　無意味に人を傷つけたくは無い」

今更、ど̀の̀面̀下げて。

「——自由に考えて行動することを、禁じる」

マギナが呟《つぶや》いた瞬間、巨大な釘《くぎ》がゴールの頭部を貫いた。マギナは物質化した釘《くぎ》を両手に握ると、俊敏な動作でアスファルトの地面を駆ける。

「死ね、クソ」

マギナの釘《くぎ》がゴールの心臓を貫く。今度は、真っ赤な鮮血が辺りに飛び散った。

しかし、熱狂者・ゴールは笑う。熱の籠もった狂気の笑みで。

「……ふ」

(思った以上に、儀礼の進行が早い！)

不死性の付与。マギナは更に6本の釘《くぎ》でゴールを串刺しにするが、その笑みが苦痛に歪《ゆが》むことはなかった。寧《むし》ろ初めに刺した『禁じる』釘《くぎ》がゆっくりと頭から抜けていく。

「お前は、轢《ひ》き潰される」

熱狂者・ゴールが呟《つぶや》く。凄《すさ》まじい轟音《ごうおん》がマギナの耳を叩《たた》いた。

「……え」

地下室の壁をぶち抜いたのは、巨大なトラックだった。――いや、そんなわけがない。何故《なぜ》ならここは地下で、このマンションの壁は決して壊れたりしないからだ。

「お」

――その時、近くの道路で地盤沈下が起きていた。時速80ｋｍで走っていたトラックは地下に沈むと同時に、マンションの壁をぶち抜き――マギナ・アヴラムを轢《ひ》き潰した。

「シャムシール！」

隠れていた小柴《こしば》が、銃口をゴールに向ける。

「おれに、銃弾は当たらない」

小柴《こしば》の弾丸を弾いたのは、偶々《たまたま》落ちてきた天井の欠片《かけら》だった。

「らぁああ！」

チェーンソウを持ったレアが壁の中から現れた。彼女は隣の部屋の壁の中に入ると、内側からもう一つ穴を開けて奇襲を仕掛けたのだった。

「不死者を殺すには、その力の供給源を断つ！　――ジェヴォーダンの乙女！」

レアは飛び上がると、天井に張り付く真っ黒の球体である天使を切り裂いた。そのまま天使の中に入って、内側からずたずたに斬り刻もうという腹だろう。

(勇敢だな。そして、愚かでもある)

二級天使『黒曜石《アサバチエ》』がどういう存在なのかを少しでも知っていたら、その結論には至らなかった筈《はず》だ。それは多次元に同時存在する化け物であり、それに触れるということは人間を棄《す》てるということだからだ。普通の人間なら、きっと――

「……ひっ」

『黒曜石』の内側に入ったレアを襲ったのは、色だった。既知の情報に照らし合わせるなら、黒に似ていただろう。しかし、それは星一つ程の巨大な情報を持った色だった。人間の神経では到底耐えられない程の情報量。それを見てしまったレアは、泣きながらその場に踞《うずくま》った。

「『黒曜石』はそこに居るだけだよ。誰の敵でもない。味方でも無いがね」

小柴《こしば》ニャオは恐怖していた。

(もう私の銃弾は、この人には当たらない、い、い！)

この一瞬で対象の能力を正確に把握出来たのは、小柴《こしば》の高いセンスに起因するものだろう。

【No.819-A『熱狂者・ゴール』】
○性質――不死・魔術師
○来歴――『臓物マンション』の儀礼によって異常性を得た『永遠なる沈黙の熱狂者』。
○詳細――口に出した言葉が現実に反映される。その影響力については不明。

熱狂者・ゴールは震えそうになっている小柴《こしば》に、視線を向けた。

「カウス・インスティトゥートの生徒か。比較的まともな連中が来てくれて助かった。とても悲しい事だが君にも死んでもらうよ。まさか、殺される覚悟もなしに、銃口を他人に向けているわけじゃないだろう？」

■

（あの凄《すげ》え力を持った3人を一瞬で無力化ってマジかよ⁉）

戦闘は出来ないだろうからと、俺は離れた場所で待機させられていた。だが心の声の様子から、何が起きていたかは手に取るように分かっている。

「……っ」

この状況で俺に出来ることって、何かあるのか？　せめて小柴《こしば》だけでも助けに行くとかか？　待て。それだけで良《い》いのか？　いや、それすらも出来るのか？

(……クソ。クソ。怖ェ！　脚が、震えて、動かねえ！)

だけどだ。だけど。だけど!!

(こんな時、ライトノベルの主人公なら絶対に逃げない、い！　そうだろ!?)

俺は吐きそうになる体に鞭《むち》を入れながら、熱狂者・ゴールの前に躍り出た。

「……ほー。まだ、居たのか」

「言万《ことよろず》さん！　どうして！」

いや、そりゃ小柴《こしば》からしたらどうしてって感じだろうな。銃痕一つ持たない――それどころか、銃一つ、ナイフ一つ持ってない丸腰の状態だ。

(でも、俺にも出来ることが一つだけあるぞ)

確かにこいつには俺じゃあ逆立ちしたって勝てないだろう。だけど。

「見逃してくれ。――代わりにあんたの本当に知りたい事を、教えてやる」

――時間稼ぎだ。それぐらいなら、俺にだって出来る。

熱狂者・ゴールは鼻で笑った。

「おれの本当に知りたい事だって？　そんなの――」

「『バベルの塔』だろ?」

彼の眉根が、ぴくりと動いた。そうだ。この男は強い強い熱意で『バベルの塔』と言う場所を目指している。それを破壊しようと常に考えている。だから、こんな儀式を起こしたんだ。

《何故《なぜ》、バベルの塔の事を? 守護者階級の人間でもそれを知っている者は少ない》

《こいつは、【門番たち】について何か知っているというのか?》

『バベルの塔』という言葉を皮切りに、ゴールは次々と思案を巡らせ始めた。彼の断片的な単語と情報で、聞こえが良くて聴き逃がせない嘘《うそ》を並べる。それしかない。

「【門番たち】については知ってるよな? 『言語』の中に存在する生き物で、人々が『言語』を使い続ける限り存在し続け、人間の集合的な無意識や渇望《かつぼう》を操っている連中だ」

「……お前、何者だ?」

《こいつ、本当にただのカウスの学生か? まさか、書架曼荼羅《まんだら》の……》

ゴールから感じるのは、強い疑心と興味だった。だが少なくとも、俺と小柴《こしば》をすぐに殺してやろうという気は無くなったようだ。

「待ってくれ。……小柴《こしば》、平気か? 怪我《けが》は無いか」

「だ、大丈夫……です」

俺は小柴《こしば》を自然に背中に隠すと、俺の掌《てのひら》に書いた文字を見せた。

「早く答えろ。お前、何者だ?」

「俺は言万心葉《ことよろずことは》。蒼《あお》の学園の生徒だ。だが少し前まで、書架曼荼羅《まんだら》で『司書』をしていた。だけどあそこの下《した》っ端《ぱ》の扱いは最悪でさ。アンタは知ってるかな。新入りの主な仕事は、処女の血を鶏の血と配合して最適な濃度に薄める事なんだ。本当に退屈で最低な仕事さ」

「……」

「俺が書架曼荼羅《まんだら》を辞めたのは、禁書の棚を覗《のぞ》いちまったのがバレたせいでね。あそこの連中は知識の盗人《ぬすつと》を赦《ゆる》さない。俺は本にされちまいそうになって、蒼《あお》の学園に亡命したのさ」

「そんな事はどうでもいい。それより『バベルの塔』がどこにあるのか知っているのか？」

時間は……――もう少しだ。あとほんの少しだけ、稼げれば良い。準備が整うまで。

「全部を知ってるわけじゃない。あんた達ほど知っているかどうかも分からない。だけど少しは役に立つはずだぜ？」

「話せ」

「まあ、待てよ。こっちだって、安全が確保されてないと――」

「そ、の臭ぇ口で、ぺ、ら、ぺ、ら喋って、ン、の、を、禁、じ、る、や、よ」

長い木製の釘《くぎ》が、熱狂者・ゴールの喉元を貫いた。

(間に合った！)

俺はマギナ先輩が大型トラックに轢《ひ》かれそうになった瞬間、彼女が自らに釘《くぎ》を刺して『死ぬことを禁じた』と知っていた。その結果彼女はズタボロで、一時的に意識を失っていたが――

《この男！　意識を逸《そ》らすのが目的ッ！》

《――完全に、場をコントロールされていた！》

「やれ、レア！」

無事だったのは、レアも同じだ。彼女は巨大な情報量で再起不能になりかけていたが、ギリギリで天使の体の中から脱出し、天井の中に潜んでいた。

「はいですわ！　――ジェヴォーダンの乙女！」

彼女は天井を内側からズタズタに切り裂いた。熱狂者・ゴールの上にバラバラになった天井が降り注ぐ。今だ。俺は全力で駆け出した。

このチャンスを逃したら、終わりだ――

『どうして、無駄だと分からない？』

――声がした。

積み上がった残骸の中から。

大気を震わせない、音で。

『全員、一歩も動くんじゃねえ』

駆けていた俺の足が、ピタりと止まる。

『口を動かせないから喋《しゃべ》れないと思ったか。まさか。おれは、永遠なる沈黙の熱狂者だぜ』

不死の男は、傷ひとつ付かないままで、立ち上がる。

『言万《ことよろず》、とか言ったか。お前だけは生かして、持ち帰る。情報は何をしてでも吐かせる。それ以外のやつは……まあ、普通に死んでもらおうか』

俺は必死に藻掻《もが》いて、動こうとする。酷《ひど》くゆっくりだったら、微《かす》かに動く。きっと、マギナ先輩の『森の呪い』と同じなんだ。対象が広くて限定的では無い場合、拘束は甘くなる。俺は酷《ひど》い痛みを感じながらも、前に進もうとした。

『無駄だよ。終わりだ。お前たち、4人は、死――』

熱狂者・ゴールは固まった。

『……待て。拳銃を持ったガキはどこだ?』

その部屋に、小柴《こしば》の姿は無かった。

《おれの命令は、対象が取れないと発動しない――》

そうか。そういう欠点があったのか。でも、もうそんな事は関係ない。

俺の腹の亀裂から腕が伸びる。リボルバーの銃口が光った。

「小柴《こしば》は一歩も動きませ、せん。動くのは、指だけ」

引き金を引く。銃口から弾丸が飛び出した。当然だ。当然じゃないのは、こ、ここから。

「――シャムシール！」

銃弾は熱狂者・ゴールには当たらない。小柴《こしば》が銃弾を当てたのは、ゴールの足元の床。

「小柴《こしば》は、一歩も動かない！」

銃弾は、小柴《こしば》本人とその位置を入れ替えていた。

小柴《こしば》はゴールのすぐ側に立つと、リボルバーの銃口を彼のコメカミに突きつけた。

『……ほー。だからと言って、どうするつもりだ？　ゼロ距離だと当たるかと思ったのか？　そんな訳が無いだろう。それに不死者の俺に、そんなちっぽけな弾丸で何が出来る？』

小柴《こしば》は、ふにゃっと笑った。

「だから、小柴《こしば》は一歩も動きません。――動くのは、あ、あなた」

彼女はリボルバーのシリンダーをスライドさせると、銃弾をゴールのポケットに落とした。

『――なに？』

「――シャムシール！」

銃弾と標的の位置が入れ替わる。即《すなわ》ち――銃弾を持たされた熱狂者・ゴールは消失して、代わりにその場所にはひらひらと小さな標的《シール》が舞っていた。

「はい、小柴《こしば》の勝ち。ざまあみろ」

彼女はくるくるとリボルバーを回すと、その掌《てのひら》の中で消失させた。それと全く同時に、部屋を覆っていた黒曜石の天使が満足げな表情を浮かべて消えていった。

「な……っ」

拘束が解けて、俺たちの足が自由に動くようになる。レアはすぐさま、ボロボロのマギナ先輩に駆け寄った。俺もそうしたいが、その前に確かめておかないといけないことがある。

「ちょ、ちょっと待てよ。小柴《こしば》。あいつを、どこに飛ばしたんだ⁉」

「二度と帰って来られない所です」

「でもあいつ、不死なんだぜ？　それに、言葉の命令でどんな事も出来る――」

「大丈夫です。そこに音はありません。真空ですから」

小柴《こしば》は笑って、指を上にさした。

「ニューホライズンズって知ってますか？」

「え……何だよ？　それ」

「太陽系外を目指して飛ばされた探査機です。２０１５年は冥王星に最接近したんですよ」

急に全く種類の違う類の話をされて、俺は脳が一瞬混乱した。

「蒼《あお》の学園でも、宇宙開発は行われています。太陽系外を目指す探査機が……ひぃふうみぃ……5つはあるのかな？　今」

「つ、つまり、熱狂者・ゴールと入れ替わった標的があったのは……」

「――探査機のペイロードですね」

俺は、思わず口をパクパクさせた。

「……宇宙の外までぶっ飛ばしたってこと？」

いや、すげえよ。すげえけど、それってその探査機は無事なのか？　何十億円ってレベルの被害が出るんじゃないのか？　それとも、その経済的被害が出ても、1つの終末をぶっ壊せるなら御の字ってことなのか!?

「小柴《こしば》って、さいきょー！」

ニコニコとピースする中学生を見て、俺は言葉を失うのだった。

■

マギナ先輩は大怪我《けが》だったものの命に大事が無いようで、すぐに救急隊の担架で運ばれていった。後はカウス・インスティトゥートが何とかしてくれるだろう。

「さて、お二人共ありがとうございました。二人が居なければ、正直ヤバかったですわ」

臓物マンションの前で、レアがぺこりと頭を下げる。

「ちょっと、こっとん借りていいかしら？」

レアは俺だけを呼んで少し小柴《こしば》から離れると、木陰で俺の手を握った。

「……改めてありがとね、こっとん。銃痕も持ってないのに。助けられちゃった」

レアの手は陶器のように滑らかで、思わずドギマギしてしまう。

「――ねえ、うちの学園に来ませんこと？」

「……へ？」

レアは真剣な目で、俺を見つめる。

「何となくあなたの状況は分かってますわ。人型終末の扱いは、使われるか壊されるかの二択だものね。あなたみたいな便利な終末、がめつい蒼《あお》の学園の人たちが逃がすわけないし」

……え。蒼《あお》の学園、他所《よそ》さんからがめついとか思われてんの？

「でも、カウス・インスティトゥートに亡命したら蒼《あお》の学園と言えども簡単に手は出せませんわ。あの無茶苦茶な学園と違って、うちはかなり官僚主義でルールと規律をとにかく重んじるから、非人道的な目に遭う事も少ないと思うし」

……え。蒼《あお》の学園、非人道的で無茶苦茶だと思われてんの？

「当分はうちのお屋敷《やしき》に泊まってくれても構いませんわ。部屋なら沢山余ってるし」

……え。銀髪ふわふわお嬢様とお屋敷《やしき》で同居生活？

「ねっ。一緒に来ましょうよ、こっとん！」

レアは俺の手を両手でぎゅっと握る。目はキラキラだった。

(正直、こんな気の合う女子に出会うのは初めてだ)

レアと一緒に行けば、きっと楽しくて安全だろう。あのボロい寮よりはずっと快適だろう。

(だけど……)

あの、酷《ひど》く寂しそうな目をした年上のお姉さんは。

(Ｌｕｎａさんは俺が居なくても、ちゃんと元気にしてくれるだろうか)

それはすごく傲慢で嫌な考えだけど、多分、そうじゃないだろうな、と思ってしまった。


「良かったんですか？」

帰りの車の中で、小柴《こしば》が呟《つぶや》いた。

「知ってたの？」

「まあ。というか実は小柴《こしば》、密命を受けてたんですよね」

「なに？」

「エリフ会長から。言万《ことよろず》さんがカウス・インスティトゥートに行くなら、止めるなって」

……エリフ会長が？　何故《なぜ》だろう。その詳細な理由までは分からなかった。

「確かにカウスの人たちのほうが大分まともですからね」

「ええええっ。マジでそうなのかよ。知りたくなかったよ」

でも良《い》いのさ。蒼《あお》の学園の人たちも良《い》い人ばっかだしさ。

「それじゃ言万《ことよろず》さん。帰りのお注射うちましょっか」

……いや。良《い》い人達なのかどうかはかなり微妙かもしれない。

(今日……俺、少しは……役に、立てたんだろうか？)

注射の薬が体に回ってきたのを感じながら、心地いい気分で目を閉じる。

「おっと」

声がした。側頭部に柔らかい感触。

「……帰りもですかあ？　これ、結構足が痺《しび》れるのですが。まあ良《い》いけど」

混濁し始める意識の中で、頭を優しく撫《な》でられるのだけを感じた。

「今日は、その、まあまあ格好良かったですよ？　小柴《こしば》の負けにしといてあげます」

疲労感と優しさに包まれながら、俺は静かに眠ってしまった。

魂魄流動体《こんぱくりゅうどうたい》

汎ゆる物質の持つ指向性。ベクトル。渇望。狂気。絶望。希望。

ミクロの世界であれば観測しやすく、
原子や素粒子などの性質も魂魄流動体に起因する。
『存在したい』という原初の渇望が、魂魄流動体の根源。

ビッグバン以前に存在した『無のゆらぎ』そのものであり、
中でも人類の魂魄流動体はビッグバン相当のエネルギーを持つ。

多くの反現実組織にとって、
魂魄流動体を効率的にエネルギーに変換することは課題。

永遠なる沈黙の熱狂者

スペインを拠点にする反現実性のカルト宗教。
『沈黙』を信仰し、『言語』に敵対している。

彼らの擁《よう》する天使は他次元に同時存在する生物であり、
『言語』を滅亡させるという目的から力を与える。

信徒たちは口を赤い糸で結んでおり、
言葉を話す事は原則的に禁じられている。

『何かは分からないがこの世界は間違っている』という
妄想を強く抱いている者が信徒になる事が多い。

カウス・インスティトゥート

フルクトゥスの第六地区にある、通称『三大学園』の1つ。

『最も模範とすべき学園』と称されており、
公平で人道的。平均的に生徒が優秀である。

しかしその分、融通《ゆうずう》が利かずお役所的であり、
反現実の研究も規制が多いため、脱学者は他学園に比べて多い傾向にある。
下部組織に『フリーメイソン』がある。

第5話『研究所《ラボ》に行こう！』

「ふふふ、聞いたわよ言万《ことよろず》～。大活躍だったようじゃない！」

昨晩は気がつけば寮の布団《ふとん》に眠らされていた。朝になって居間に行くと、早速上機嫌でニヤニヤ笑う恋兎《こいと》先輩にからまれてしまった。

「カウスの人たちからめっちゃ丁寧な感謝のお電話来たのだわ～♪　言万《ことよろず》にも……ていうかこっとんとか変な呼び方してたけど……よろしくお願いします、ですってー！」

それ絶対にレアだな。

「基本たいちょは外部の人から褒められない（日頃の行い）ので、嬉《うれ》しいのです」

キッチンからピョコピョコとツーサイドアップが揺れていた。小柴《こしば》は昨日も大変だったはずなのに、もう皆の朝ごはんを作っている。偉い。俺も手伝わないと――

「ほら言万《ことよろず》！　こっち来なさい！　あーもう偉い偉い偉い！　いいこいいこのぐりぐりー！」

「ちょちょ……っ、恋兎《こいと》先輩……っ」

俺は彼女にヘッドロックされて、頭に拳をぐりぐりと押し付けられた。普通のおじさんがやれば１００％パワ＆セクのハラだが、美人で胸の大きめの先輩にされるといい匂いとかちょっと硬めの制服越しの胸の感覚だとか色々柔らかかったりとかで頭おかしくなりそうになる。

「ふわぁー……おはよーございまー……」

「る、Ｌｕｎａさん！」

居間に上がったＬｕｎａさんは、恋兎《こいと》先輩の拘束で耳まで真っ赤な俺を見て——

「……ふうん。そゆの好きなんだ。良ンじゃん？　別に」

なんか今まで無いぐらいに塩なジト目を向けられてしまった。

「い、いや。これは違——」

「あー！　言万《ことよろず》ほんと偉いっ！　もーほっぺすりすりしちゃう！　いいこー！」

「……………………」

いつもちょけてる美人な先輩のほっぺすりすりに、俺は屈服した。


「という訳でお二人は、正式に蒼《あお》の学園に入学すると言う事で宜《よろ》しいですね」

朝食の場で、メフが事務的な視線を俺とＬｕｎａさんに向けた。

「……ン。まあアタシは良《い》いよ。つか最初から選択肢無い茶番だし」

「ああ、俺も覚悟が決まったよ。蒼《あお》の学園の生徒になる！」

確かにＬｕｎａさんの言う通り、今回の『見学』は慣例に則《のっと》った形式的な物に過ぎず、俺たちは蒼《あお》の学園に入ることからは逃げられなかった。

（だけど、それ以上に――心が決まったんだ）

あの、無茶苦茶で凄惨な『臓物マンション』を見て。

（俺の努力であんな事件を少しでも減らせるなら――頑張りたい）

勿論《もちろん》、そんな大した力にはなれないんだけどさ。

「それでは、お二人にはこちらを支給します」

メフが取り出したのは、2着の洋服。いや――制服だった。

「おおおおー！」

学生服！　新品特有のパリっとした匂い！　これは流石《さすが》に、テンション上がる！

「……アタシ、制服とか苦手なんだけどなあ」

「あ、別にうちは強制とかでは無いので。ただこの制服は……」

メフが制服の裏地を見せる。

「物理耐性ＬＶ１、情報ジャミング耐性ＬＶ１、Ｒ値変動耐性ＬＶ１などの機能がありますので、装備が推奨されているだけです。確かにＬｕｎａさんには必要無いかもしれませんね」

……ちょっと残念だ。制服姿のＬｕｎａさん、見たかったんだけどな。

「そしてこちらも」

メフは俺たちに、カードを配る。俺たちの顔写真と共に『羽無し』と記載されていた。

「おお、学生証？」

「いえ。セキュリティ・カードです。これで学園内にアクセス可能な場所が増えます」

というのも……と彼女は続ける。

「本日からお二人には、ラボで仕事をして頂きます」

ラボ？　首を傾《かし》げる俺とＬｕｎａさんを見て、恋兎《こいと》先輩がにっこりと笑った。

「そう！　今日からあなた達には——モルモットになって貰《もら》うのだわ！」

■

羽の無い鳥など、地を這《は》う鼠《ねずみ》と大差無い。

そんな無茶苦茶な論法で（大体、げっ歯類の皆さんに失礼だと思う）、アタシと言万《ことよろず》クンは、蒼《あお》の学園の妙に長いエレベーターに乗って『ラボ』という場所を目指していた。

「すごいっすね。Ｌｕｎａさん。ここ、地下何階まであるんだろ」

言万《ことよろず》クンが呟《つぶや》く。几帳面《きちょうめん》なぐらいに真っ白なエレベーターの唯一黒を感じさせる部分、つまり現在の階数を表示するディスプレイには、Ｂ—２６７と記されていた。つまり、地下２６７階。

（おそらくは、拡張空間の１つだろう）

空間の定義を再変更して、ある種の『異界』を作り出す。この方法によって、どんな狭い場所でも野球グラウンドに使えるってわけ。この手のヘンテコ組織がよくやる手段だ。

（しかし制服姿の言万《ことよろず》くん、可愛《かわい》いな）

昨日まで着てた服も似合ってたけど、ちょっと大きめの制服がぶかっとしていて、少し子供らしさが出ていて可愛《かわい》らしい。なんだか年相応って感じがして。

「あ、この階ですかね？」

ガタン、と僅かな音と共にエレベーターが止まる。ぽーん、と間の抜けた音。扉が開いた。


「GyByyyyyyyyyyyyyyyyyッ!!」


扉が開くと同時に現れたのは、酷《ひど》く巨大な、四つ足の化け物だった。背中には何十本もの人の腕が生え、３本ある舌にはそれぞれ星型の眼球が嵌《は》め込まれている。

「……へ？」

現実を把握出来ていない彼を尻目に、私は手首から鉄糸を引き伸ばした。

「――下がって」

化け物がロケットみたいな速度でエレベーターに突っ込んでくる。アタシは言万《ことよろず》クンの襟首を引っ張る。彼は咄嗟《とっさ》に『閉じる』ボタンを押していたが——間に合わない。

「GyByyyyyyyyyyyyyyyyッ!!」

化け物はアタシ達に体を伸ばした——瞬間、それは押し出されるところてんのように体を切り刻まれていた。アタシ達は、放水車みたいな量の血液のシャワーを浴びる。

「ぺっ、ぺ、ぺっ、なまぐさっ」

アタシは予《あらかじ》め、鉄糸を張り巡らせていた。この糸はコンクリートぐらいの硬さであれば豆腐のように切断する。生半可な化け物が突っ込んできたってバラバラにされるだけの話。

「だ、大丈夫ですか、Lunaさんっ」

「……気分は最悪だけどネ」

あー、もう。本当に気持ち悪い！　アタシ達は脳天を切り刻まれた巨大な化け物を一生懸命エレベーターの外に押し出して、血でべたべたの床を這《は》って外に出た。

「しかし、この化け物は何なんですかね？」

「言われてたでしょ。アタシ達は『モルモット』。つまり——餌にでもされたんじゃない」

猛禽《もうきん》やら爬《は》虫類《ちゆうるい》の餌は鼠《ねずみ》だって相場が決まっている。どうもあのイルミナティとか呼ばれる連中に、まともな倫理観なんて無さそうだったし。

「誰か……居ないのかな？　おーい。おじゃましまーす。誰かおらんですかー」

そこはオフィスだった。高く積み上がった本棚に、巨大なコンピューター。妙に広い床に、大きな白い机がぽつんと配置されている。辺りを見渡すけど、人の姿はない。

「Ｌｕｎａさん、これ！」

言万《ことよろず》クンが机の上を凝視している。そこにあったのは、無骨な大きい拳銃だった。

『御用があるヤツは、これを床に撃って下さい』

言万《ことよろず》クンと顔を見合わせてから、拳銃を手に取った。跳弾に気をつけつつ引き金を引く。

――ぱんっ！

大きな音と光があって、拳銃から飛び出た銃弾が、更に卵のように弾《はじ》ける。

「ふぅー……やっと誰か来たか……」

アタシが弾丸を撃ち込んだ床に、褐色の男が座っていた。

(全裸だ)

やば。男の裸とか、普通に汚くて見たくないんだけど。キモい。

「そこの。俺さまにそこの白衣を寄越せ」

言万《ことよろず》くんは驚きながら、壁にかかっていた白衣を大人しく渡した。

「ふうん。貴様らが、へなちょこ、フォン・シモンの言っていた新人共か」

偉そうな褐色な男は辺りを見渡すと、アタシが殺した怪物の死体を見て、ほうと呟《つぶや》いた。机の近くに立てかけていたチェーンソウを手に持つと、エンジンを始動させた。

「――俺さまの名前は、テルミベック・ジェーンベコワ。この部屋の主である」

男は高速で回転するチェーンソウで、巨大な怪物の死体の腹を割いた。驚いているアタシ達を尻目に、彼は怪物の腹から人間の死体を取り出す。

「なっ。それは、誰……？」

「これ？　これは俺さまだ」

テルは、自分の死体を抱えていた。怪物に食われたのだろう巨大な噛《か》み傷と、既に表面は融《と》けかけている肌。それ以外は、テルとその死体は全く同じ容姿に見えた。

「うわ。なん、えっぐ。何の話。いやキモ。キモい。ガチキモい。流石《さすが》に無理なンだけど」

「いや、キモいとかそんなレベルじゃなくて！」

アタシの能天気な発言に、言万《ことよろず》クンが律儀《りちぎ》にツッコんでいた。彼のそういうトコは可愛《かわい》いと思う。しょーもない所で構ってくれると、メンヘラは嬉《うれ》しくなってしまうのだ。

「これは俺さまの銃――『涙する巨鳥《アルプ・カラ・クシ》』の能力だ」

【涙する巨鳥《アルプ・カラ・クシ》】［銃痕］
『帰ってくる』銃痕。単発の拳銃。持ち主と全く同一の肉体・精神・記憶を持つ人間に成長する弾丸を放つ。持ち主の心臓が止まった時、初めて弾丸が一発だけ装填される。

「そ、それって、つまり……」

このテルは今、銃弾から成長した。ということは、怪物の腹から出てきたテルの死体は……。

「ああ、これは前の俺さまだな」

「前のって」

「前の俺さまは実験の手違いで、こいつ——人造人間１２９号に殺されてしまってな。ふん、間抜けなやつだよ。同じ俺さまとは思えないな」

なんかずっとめちゃめちゃおぞましくて非倫理的な話してない？　この人。

「つまりテルさんの銃は、自分を生き返らせる？」

「そう単純な話では無いがね。俺さまと俺さまは記憶も経験も肉体も何もかも同一だが、決して連続はしていない。それをもって、別人だと断じる趣もあろうよ」

そんなヤベー銃があるんだ。エグいな、銃痕の天使。

「こいつの弾丸は俺さまが死んでから初めて一発だけ装弾される。つまり、俺自身がこいつを撃つ事が出来ない。そこだけ面倒で厄介な銃痕さ」

ああ、だから拳銃だけが机の上に置いてあったんだ。誰かに銃弾を撃ってもらうために。

「とりあえず……」

言万《ことよろず》クンが、苦笑いしながら言う。

「みんな返り血でベトベトですし、一回サッパリしませんか」

アタシは、首をぶんぶんと縦に振って、大賛成するのでした。

■

シャワー室を借りた俺は、支給された制服（こんな事件は日常茶飯事なので、幾らでも新品の制服を貰《もら》えるらしい）に着替えて研究室に戻っていた。

「伝え忘れてたけど、その制服似合っててかわいいねえ」

「……やめてください、からかうの」

制服姿の俺を見て、Ｌｕｎａさんがニマニマ笑った。彼女は変わらないジャージとメイド服だったが、返り血は消えている。予備でも持ってきていたのだろうか？

「さて、それでは改めて――ようこそ、俺さまの知識の王宮へ」

テルミベック・ジェーンベコワ先輩が誇らしげに胸を張る。いつの間にかあの怪物の死体は消えていた。またこの学園特有の、不思議議道具の力なのだろうか？

「フォンからは貴様らを好きに使えと言われている」

「わはー。ほんじゃ、肩でも揉《も》みましょうかー」

Ｌｕｎａさんがヘラヘラ笑いながら尋ねる。

「なっ。お、俺さまはそんな不純な人間では……っ。だ、大体異性にそういう事させたらセクハラだって、研修でちゃんと学んでいるしっ」

テル先輩、俺さま系の割にそういう所真面目だった。

《ま、まさかうちに来る新人が女だとは》

《しかもなんか怖そうだっ。ピアス多っ。ぅ……目を見て話せない……》

テル先輩、俺さま系の割に女性が苦手っぽかった。

「さて、それでは――」

テル先輩がコンコンと2回机をノックする。同時に、本棚の中身が宙を舞ってアーチの形を作った。微《かす》かな光と共に本のアーチは本物の扉に変わっていた。奥には長い廊下が延びている。

「! もしかしてこれも、終末ですか?」

「ん? いやこれは、伝統的な奇跡論さ。ふん、地上の田舎者は知らんだろうがね」

いやそもそも奇跡論が何かも知らない。Lunaさんがこっそり耳打ちして「ま・雑に言うと魔法みたいな感じ? ガチてきとーだけど」と教えてくれた。

「ここはStage2以下の終末を保管している区域だ。その殆《ほとん》どが調査出来ていない」

魔法の廊下を歩くテル先輩に続く。廊下の両側にはガラスを挟んで、沢山の研究室が並んでいる。研究室……とは言ったものの、その中身は酷《ひど》く殺風景だ。

「わあ……」

１ｍ程の台座と、その上に様々なアイテム――例えば何の変哲も無いティーカップであったり、片目の無いピエロの生首であったり、見る角度によって色を変える割り箸だったり――が、ぽつんと置かれているだけだ。

「ちょっとおもろじゃん。なんかアがってきた。ね、言万《ことよろず》クン」

へんてこ博物館に居るみたいだ。確かにテンションは上がる。

「俺さまが保管している終末は３００を超えるな。区画は30ほどか」

それは凄《すさ》まじい数だ。それらのすべてが世界を滅ぼす可能性を秘めているのか。

「Stage2で、自律して動く事のない終末。まあ、要は雑魚《ざこ》だな。俺さまのようなエリートがかかずらう程のレベルでは無いが――委員会の活動に役に立つ物が無いとは限らない」

「ってことは……」

「そう。貴様らには、このエリアの終末の調査をして、レポートにまとめてもらう」

ガチでヤバい化け物たちと対峙《たいじ》する前に、弱い化け物たちで肩をならせという事だろうか。

「ふん。後は好きにするがいい。俺さまは忙しいのだ」

そう言って、ぶっきらぼうにテル先輩は背を向ける。

「危険を感じた時は、すぐに俺さまに伝えるように。Stage2とは言え、人間一人を殺す程度なら造作のない終末も多い。安全手袋とヘルメットは必ずつけること。昼食には食堂から出前を取るから、メニューを用紙に記入して俺さまに渡せ。あ、ウォーターサーバは好きに使え」

「テル先輩って、……意外と面倒見が良《い》いタイプっすか?」

「ふん! 衆愚なんぞどうでもいいわ!」

テル先輩は王様みたいな大股で歩いて去っていった。

「あと、トイレは部屋を出て左の突き当たりだからな!」

テル先輩は、最後まで面倒見が良《い》いのだった。


この廊下には、どうやら30ほどの終末が保管されているようだ。どの部屋の前にも厳重な鍵と、飾り気の無い資料が備え付けてある。

「アタシ、これ気になってンだよね。ピエロの生首。かわいくない?」

「……Lunaさんの可愛《かわい》いの基準、謎っすよね」

「え? 言万《ことよろず》クンの制服姿はふつーに可愛《かわい》いよ? ガチ」

「なっ、何でイチイチからかうンすか」

普通に動揺する俺を見て、Lunaさんはニマニマと笑った。彼女はそのままピエロの生首の資料を手にとる。俺は彼女の手元を覗《のぞ》き込んだ。

【No.1821『シルクスカラムの残骸』】

○性質――不明

○来歴――カンボジア、プノンペンの市街にて。2021年8月に発見。

自らを『シルクスカラムから逃げて来た』と語る成人男性による通り魔事件が発生。

男性は警官によって捕縛されたが、収容施設で自ら焼死。ガソリンや着火源は確認されていなかったため、その方法は不明。

男性の焼死体の中で、頭部だけは傷1つ付いていなかった。

数日後、遺体の第一発見者でもあった警官が遺書を残して自死している。

「シルクスカラムからは、逃げられない。

シルクスカラムは、俺の息子だ。

シルクスカラムは、俺の妻だ。

シルクスカラムは、未来の俺だ。

シルクスカラムは、踏み抜いた影を見据える一つの視線だ。

俺の首を、どこにも持って行かないでくれ」

警官は高層ビルから飛び降りて自死を行っている。その頭部には傷1つ付いていない。

俺とＬｕｎａさんは顔を見合わせた。

「これはやめとこ」

「そっすね、絶対後回しでですね」

「べ、別に怖いわけじゃないけどね」

「え、ええ。ただ、ちょっと気が乗らないだけですけどね」

ガラス越しに、『シルクスカラムの残骸』を見つめた。それはニンマリと笑ったピエロの頭部だった。だが確かに、その首はよく見ると1つではない。

ピエロの首元に小さな乾燥した人間の頭部が幾つも括《くく》り付《つ》けてあった。調査前の現状では何故《なぜ》首が小さくなっているのか、誰の首なのか、あのピエロが何なのか。全てが分からない。

（Stage2の終末なんて、雑魚《ざこ》って言ってたのに！）

少し間違えたら、俺たちなんていつ死んでもおかしく無さそうだ。

「……どの終末を調査するかは、マジに悩んだ方が良さげカモ。ふー。言万《ことよろず》クン、なるだけ危なくなさそーなやつから始めん？　アタシたち、レベル1の雑魚《ざこ》なわけじゃん」

「完璧同意です」

俺たちは廊下を歩いて、終末を物色し始める。

　午後になって、俺とＬｕｎａさんは調査する終末の候補を２つにまで絞っていた。

「アタシはこっちの『エーテルヴェールのティーカップ』が良ンじゃね。って感じ」

　Ｌｕｎａさんが推している終末は、『液体を注ぐとそれを茶葉の状態に戻す』というティーカップだ。紅茶を注ぐと通常の茶葉が生成されるが、他の液体を注ぐとどうなるかは未《ま》だ実験されておらず、調査の余地がありそうだった。

「俺が気になる終末はこっちですけどね……『鉄の心臓』」

　それは東京の上野公園・不忍池《しのばずのいけ》の水面下にある、全長80ｍの鋼鉄製の心臓だ。明らかに生物由来のものではないのに、とくとくと脈を打っている。それ以外は全くの謎に包まれている。

「いや、気になるけどサ、心臓！　東京にも行ってみたすぎ！　つって」

「……まあ、そうっすねー」

　俺の故郷、日本。もう何年も帰ってない。久しぶりにコンビニのおにぎりが食べたいというのも事実だ。Ｌｕｎａさんはそれもわかっていそうだったけど、首を横に振る。

「ここは堅実に、解決できそうなモンから手ぇつけよ。でしょ？」

「そう……っすねー」

「どうかした？」

俺は尋ねられて、それを口にするかどうか、少し悩んでから。

「そのティーカップ、嫌な感じするンです」

「えっ」

「実験をされたがってる気がする。俺たちを騙《だま》そうっていう悪意を感じる」

それはつまり、とLunaさんは呟《つぶや》いた。俺も、正直あんまり信じたくなかったんだけど。


「――言万《ことよろず》クン。君、終末の心の中も覗《のぞ》けるの?」


どうやらそのようなのだった。これは良《い》いことなのだろうか? なんとなくだけど、俺はそうとは感じなかった。寧《むし》ろ何か強い、闇のように黒い運命の気配を感じて。

「おっけ。君が言うなら、これは無しにしよ」

全ての終末に意志を感じる訳では無い。だが幾つかの終末からは、恐ろしいほどに強い心の力を感じていたんだ。ティーカップもその1つだった。

「信じてくれるんですか?」

「……逆に聞くけど。この状況でアタシが信じられる人、君以外に居んの?」

優しく笑われて、俺もなんだかへらっと笑ってしまった。そりゃあそうだ。俺だってこの世界で、今本当に信じられる人間はLunaさんだけだもんな。

「でも、鉄の心臓は流石《さすが》に謎すぎん？　上野まで行きました、ぷおーん……つって、そっからどー調査すんのか、さっぱり過ぎて草だよね」

「不忍池《しのばずのいけ》に、ダイビングスーツ一式持っていくとか」

「そんで何も分からなかった時、無駄骨でしょ。アタシらガチ役立たずじゃんそれ」

確かに。Ｌｕｎａさんの言う通り、確実に役に立てる終末を調査するのが一番良《い》い。

(とりあえず、初めっから考え直してみるか――)

俺は人の心を深く覗《のぞ》こうとする時、深呼吸して、目を閉じて、集中する。終末の心も、そうしたら深く覗《のぞ》けるんじゃないか？　それなら話が変わってくるかも。

「……なに？」

《8°24'025"――130°50'035"》

いや、まだ集中さえ始めていない。

(今の心の声は、どこから……？)

心のベクトルは、確かに俺に向いていた。俺は声が聞こえた方角を見る。

「――えっ」

俺は一室の部屋を指す。そこだけは扉が白ではなく――真っ赤に染まっていた。

「……こんな部屋、ありましたっけ？」

「こんなって？」

「こんな、真っ赤な色の部屋」

俺が応えると、Ｌｕｎａさんは驚いて目を見開いた。

「え？　ほんとだ。ヒャク無かったよこんなん。言われるまで気づかなかった。は？　こわ」

この真っ白な廊下に、鮮血のような赤は目立ちすぎる。初見で気づけ無いわけがないんだ。

俺たちは、真っ赤な部屋の大きなガラス窓から中を見つめた。

「これは……――仮面？」

それも１つや２つではない。数えられない程の大量の仮面が、真っ赤な部屋に堆《うずたか》く積み上がっていた。Ｌｕｎａさんは、扉の前の資料を手に取った。


【No.228『泥の仮面』】
○性質――不明（研究の際は認識中和薬を服用の事！）
○来歴――1993年から2023年の間に、東アジアからアメリカ大陸の海岸にて発見。
これまでに保管した数は、312枚。素材は砂に似た性質を持つが全く未知の組成を持つ。

終末ポテンシャル測定器により、Stage2の数値が与えられているが、その性質は不明。

（太平洋沿岸で見つかった、たくさんの仮面。何で出来ているかわからないし、何が目的なのかもわからない。ただ、弱めの終末であることは確か——ってことか）

《8°24'025"——130°50'035"》

《8°24'025"——130°50'035"》

やっぱり、さっきから心のベクトルを俺に向けているのはこの仮面だ。必死に何かを伝えようとしている。この数字の羅列は、一体何なのだろう？

（でも……なんだか……とても、必死で——悲しそうだ）

まるで、助けを求めているようだ、と感じた。その予感は確信に近かった。

「Ｌｕｎａさん。さっきからこいつら、俺に何かを伝えようとしてます」

「ふうん？　あに。メモとろっか」

俺が数字をＬｕｎａさんに伝えると、彼女は糸で空中に文字を作ってメモ帳代わりにする。

「これ——座標じゃね？　緯度と経度でしょ。や、たぶんだけど」

どうやら地図が必要なようだ。こんな時にスマホがあれば便利だよな。俺もＬｕｎａさんも監禁解放されて数日と言ったところなので、そんな物を持っているはずがない。

「俺、こいつの事調べた方が良《い》いと思います」

「ん、りょーかい」

「……それだけですか？」

Ｌｕｎａさんは苦笑した。

「だぁら言ってンしょ。アタシは君を信じるよ、つって。うわ我ながらなんそれ。ださｗ」

Ｌｕｎａさんは恥ずかしそうに呟《つぶや》くと、俺の肩を軽く小突いた。

第6話『泥のマスク』

「──この座標は、フィリピン海を指しているな」

指輪からホログラムのディスプレイで地図を映し出しながら（どうやらあの指輪が、この世界で言うところのスマートフォンのようだった）、テル先輩は頷《うなず》いた。

「フィリピンの海？　どの辺？」

「ダ、ダバオから東、……1000km程度の位置だ」

相変わらずLunaさんとまともに目を合わせられないテル先輩は、絞り出すように呟《つぶや》く。

「そこって、島とかあんの？　アタシ、あんま地理とか知らないンだけど」

「い、いや……地図に島は見当たらない。ただの海だ」

パラオとフィリピンのちょうど真ん中辺りを座標は指している。しかし一体、ここに何があると言うんだろうか？

「この座標が──お前の終末で視《み》たイメージなんだな？　言万《ことよろず》」

「はい。それは間違いありません」

テル先輩は顎に手を当てて少しの間考えてから。

「ふん、──行ってみるか」

「い、行くって。どうやって⁉」

周りには何もない、海のど真ん中だ。まともな手段で行けるような場所じゃない。

「イルミナティを舐《な》めるな」

テル先輩は「問題はフォン・シモンだが……」と呟《つぶや》きながら、話は終わったとばかりにエレベーターに向かう。

「ふはは、好奇心が！　知的欲求が擽《くすぐ》られるぜ！　最高に楽しくなってきた！」

彼はそれ以上語ろうとせず、俺たちを無視して研究所を去っていった。

「ばあ！」

「ぎゃっ」

泥の仮面を被《かぶ》ったＬｕｎａさんに肩を叩《たた》かれて、思わず情けない悲鳴が出てしまった。

「ぎゃっ。だって。わはは。ぷーおもろ」

「……ウけたんなら良かったすけどね」

とりあえず触れたり装着するだけでは何も起こらないというのは、テル先輩が既に調査済みだ。俺も机に無造作に置かれた仮面を手に取ってみた。

(不思議なさわり心地)

ちょっとぬめついているような、さらさらしているような感じ。

《×××××》

俺が仮面を手に取ると、仮面が何かの反応をしているのに気がついた。

《×理×××さい》

酷《ひど》く不明瞭な意味の羅列だ。集中する。言葉としてではなく、意味として理解する。

《修理して下さい》

仮面は俺に向けて、そう言っていた。不思議な言葉だった。聞いたこともないような発音。

「修理って……どうしたら良《い》い？」

《情報を——血を下さい》

『血』を？　俺は自分の小指を軽く噛《か》んで、一滴の血を仮面に垂らした。

「ちょっ——言万《ことよろず》クン、何を——」

Ｌｕｎａさんが叫ぶ。その瞬間だった。

「——なっ」

仮面から巨大な突起が伸びる。それは俺の後頭部を掴《つか》むと、強引に顔に覆いかぶさった。一瞬で視界が真っ暗になって、俺は顔に張り付いた仮面を直《す》ぐ様《さま》引き剝がそうとする。

「ぐっ……ぐっ……取れ、無い！」

「手、離して！　アタシがやる！」

Ｌｕｎａさんが仮面を引き剝がすために、手首から糸を出す。

けれど、それより先に。

《人類復活プロトコルを、開始します》
仮面が呟《つぶや》いた。俺の視界がピカピカと光った。意識が強く握りしめられるのを感じた。

■

――導師さまがおっしゃいました。

今在る物が無くならない事なんて、ないのです。

だから私達は、今を愛する。
だから今日も、花と泉に祈りを捧《ささ》げる。
今日はおやつにマフィンが出るらしい。

ごうん、と、大きな音が響きました。

そこには巨大な守護者が居ました。
私達はそれを知っています。確かもう発売を禁止されているシリーズ。

それらは必死な形相で、私達に手を伸ばします。

なんで？　やだ！　来ないで！

私達に触れないで！　私達を壊さないで！　怖いこと増やさないで！


――Error! Error! Error!


人類復活プロトコルを停止して下さい！　対象に不確定な要素を確認しました！

私達の心は覗《のぞ》かれています！　これは触れてはならないものです！

こんな化け物を救済してはいけません！　Error! Error! Error!

『仮面』の活動を停止します！　エラーはマザーケースに報告して下さい！　終了！

■

「……ぷはっ」

「言万《ことよろず》クン！」

仮面が顔から離れるのを感じた。俺は荒い息を吐きながら、必死に自分の体を確かめた。

（俺は、俺だよな？　言万心葉《ことよろずことは》。……あの、小さな女の子ではないよな？）

『導師さま』に信仰を教わって、おやつのマフィンを楽しみにしていたあの女の子。俺は、自分の心が彼女の心に上書きされていくのを感じていた。それはとんでもない恐怖だ。

(俺は……心を消去されかけていた！)

「だ、大丈夫……？」

自分が自分で無くなる感覚。俺は思わず、その場に盛大に昼飯を吐き散らかした。

「げほっ、げほっ。それより、あの仮面を……っ」

「え？」

「――壊して‼」

俺が叫んだ瞬間、『仮面』は飛び上がってＬｕｎａさんの顔面に張り付こうとする。

「あんだテメ！　キモすぎ！　死ね！」

彼女は手首の鉄糸で、仮面の眉間を貫く。仮面は活動を停止した。

「はあ……はあ……ふぅー……ナイスです、Ｌｕｎａさん……」

俺は胃の中身を全部吐き出す。Ｌｕｎａさんは俺の背中を優しく撫《な》でてくれた。

「ふはは。今戻ったぞ衆愚たち！　……ぬわっ。これは何だ⁉」

戻ってきたテル先輩とＬｕｎａさんに、俺はさっき見た記憶と光景を話し出す。

「……ふうむ、なるほどな。大体事情を察したぜ」

テル先輩がうなずいた。壊れた仮面の破片を手に取りながら。

「この仮面の一番の性質は、『人格の簒奪《さんだつ》』なのかもしれんな。それなら全て説明がつく」

「説明ですか？」

「保管していた仮面は何故《なぜ》異常性を発揮していなかったのか？　――全て壊れていたからだ。

では壊れていない仮面どこにある？　――簒奪《さんだつ》された人格によって、保護されたのだ」

「でも、じゃあ俺はどうして……」

「言万《ことよろず》の人格が簒奪《さんだつ》されなかったのは、恐らく『囁《ささや》き屋』の終末が、彼らにとって酷《ひど》く巨大なノイズだったのだろう。ネクロマンシーの技術は繊細だからな」

俺が終末を持ってなかったら、今頃別人と入れ替わってたって事？　怖スギなんですけど。

「……こいつをバラまいてる奴《やつ》が居る。しかし、何のためにこれは調査しなければな」

テル先輩は笑った。この人、絶対この状況を楽しんでるって。

「それで、結局、どうやって？」

Ｌｕｎａさんが尋ねると同時に、エレベーターの扉が開いた。

「やっと来たか――フォン・シモン」

エレベーターの中に居たのは、困り顔の背の高い男性、フォン先輩だった。彼は額に出来た苦労性のシワを一層濃くしながら、テル先輩をにらみつける。

「――馬鹿なのか、君は」

「なぬっ」

「Stage2の終末を調査するために、調査船なんて用意出来るわけないだろう！　フィリピン政府に協力を仰げだって？　お前簡単に言うけどね！　それがどれだけ難しい事なのか、全く少しも考えた事がないのかよ!?　どんだけ根回しと隠蔽工作が必要か！」

テル先輩が笑った。

「うるせえ、やれ」

「んぁああ」

「やれ」

「……上等だお前。そろそろ決着を付けてやる」

フォン先輩が腰から銃を抜いた。俺とＬｕｎａさんは焦《あせ》ってそれを制止する。

「世界を護《まも》るためだ！　仕方があるまい！」

「……その爛々《らんらん》と輝く好奇心を隠せない瞳で、何を言っているんだよ？」

どうやらこの二人、浅からぬ因縁があるらしい。

「はあ……どうしても行くんだな？」

「行く！」

「じゃあ、待ってろ。なんとかしてやる」

フォン先輩はため息混じりに呟《つぶや》きながら――意地悪そうな笑みを浮かべていた。

■

フィリピン海上空。高度は500m。

「うひゃあ！　海、きれいですねー！」

小柴《こしば》がウキウキしながら外を眺めていた。

「フィリピンではハロハロってお菓子が美味《おい》しいんですって！　絶対食べなきゃだわ！」

恋兎《こいと》先輩は完全に観光気分でスマホを眺めていた。

「……な、なあ。機嫌直せよ。俺さまが悪かったからって」

傲慢なテル先輩が珍しく困ったような顔で、操縦桿《かん》を握る少女に頭を下げていた。

この小型航空機――『八脚馬』の持ち主、メフリーザ・ジェーンベコワだ。

「――いえ別に。兄さんがそういう人なのはわかっていたことです」

「め、メフぅ……」

「はあ、……ほんっと恥ずかしい。フォン先輩にもうちのチームにも迷惑かけて」

メフとテル先輩、兄弟だったんだな。並んでみると確かに、美形でそっくりだった。しかもどうやらテル先輩はシスコン気味で、メフに頭が上がらないようだ。

（なんだか哀れっぽいし、話題を変えてあげよう）

「し、しかしメフ。この銃痕、すごいな……！」

【八脚馬《チャルクイルク》】［銃痕］
『探索する』銃痕。様々な形態に変化する巨大なライフル。耐久力が非常に高く、通常の物質では耐えられない環境にも適応可能な乗り物の形態にも変化可能であり、蒼《あお》の学園の中でもかなり重宝されている。

『わはは！　見る目があるじゃあないか、小僧！　拙者《せっしゃ》は凄《すご》いのでござるよ！』

しかもこの銃痕、喋《しゃべ》るらしい。渋い男性の声で、どこか剛気な雰囲気だ。

『拙者《せっしゃ》は正義を果たす為《ため》なら如何《いか》なる役割も果たす故！　小僧、忠《ちゅう》を尽くせよッ！』

「は、はい……」

メフがため息を吐く。

「八脚馬——うるさい。兄さん——うざい」

『「ひどい！」』

八脚馬とテル先輩がハモっていた。しかしメフの周りの男性、濃すぎるな。

「あっ、皆さん。そろそろ目的地じゃないですか？」

お外を能天気に眺めていた小柴《こしば》が、なにげに一番ちゃんとしていた。メフが地図を確認する。

確かにこの辺りが『泥の仮面』が指し示していた座標のようだ。

「……なーんもないね？」

Ｌｕｎａさんが言う通り、辺りにあるのは青い空と青い海。美しいが、それだけだ。

「ふむ。となると矢張り――下か」

テル先輩が呟《つぶや》く。

「下？　――ああ、深海《しんかい》ね」

恋兎《こいと》先輩がそれに応えた。

「ここって、深さどのぐらいなのかしら？」

「……か、海底は２０００ｍ程だ。日本のJAMSTECが一度近くに調査に来ている」

テル先輩は顔を背けながら呟《つぶや》いた。メフという妹に怒られつつ、苦手な女子たちに囲まれる。

これがフォン・シモン先輩の用意した嫌がらせのようだ。……賢く恐ろしい人である。

「２０００かあ。行ける？　八脚馬」

恋兎《こいと》先輩の質問に、八脚馬はカカと笑いながら答えた。

『当然でござる！　拙者《せっしゃ》の正義の心は如何《いか》なる敵にも負けはせんわい！』

「……だけど、問題もあります。隊長《リーデル》」

そう続けたのはメフだ。

「深海の水圧に耐えるために装甲を厚くする必要があります。更に、深海はR値が非常に低いので、連続性の維持にリソースを割かなければいけません」

R値って何？　と俺が小柴《こしば》に尋ねると、「小柴《こしば》は中学生なのでわかりません！」とお元気よく答えられてしまった。まあ、なら、別にいいか。

「要約すると──八脚馬に乗るメンバーは、２名が限度です」

二人。それは心もとない数だ。操縦はメフが行う必要があるので、一人は決まっている。

「当然、小柴《こしば》は地上に居る必要があるとして──」

恋兎《こいと》先輩が呟《つぶや》いた。そっか、小柴《こしば》の銃痕は帰還用だもんな。八脚馬で探索。シャムシールで帰還。２人がセットで運用されるわけだ。

「雑魚《ざこ》のテルが行く意味は無いしぃ。……てか何で来たのアンタ？」

「うぉおい！」

そもそもテル先輩は研究室の人間で、本来はこんな所に来るべきでは無いらしい。だがその飽くなき知的欲求が抑えられないため、度々現場まで来るようだ。

「では、隊長《リーデル》が来ますか？」

「私ぃ……？　そうねえ」

恋兎《こいと》先輩は、微妙に嫌そうだった。

「その……海底２０００ｍって……潜るのにどのぐらいかかるの？」

『拙者《せっしゃ》の速度であれば20分ほどでござる！』

「に、二十分かあ……」

まさか、とメフが呟《つぶや》いた。

「隊長《リーデル》。――怖いのですか？」

「みゃっ。そそそ、そんな事ないのだわ！　暗いのとか狭いのとか全然平気だし！」

恋兎《こいと》先輩がぶんぶんと首を振る。その度に桜色の髪が隣に座る俺の顔面をビシビシ叩《たた》いた。

「ただ私って深海探査に役に立つ能力無いし。深海で戦闘とかしたら、潜水艇ごと壊すわ？」

「まあ、それはそうですが……」

それに、と恋兎《こいと》先輩は続けた。

「それに――運が終わってるから、また何か起こしちゃいそうな気がするし……」

メフと小柴《こしば》の頭に、カっと電流が走って、二人は必死にうなずいた。

「そうですね！　たいちょは今回お留守番が良《い》いかと！」

「隊長《リーデル》！　後方からの支援お願いします！」

なんだ？　恋兎《こいと》先輩ってそんなに運が悪いのか？

「だったら、俺が行きます」

俺が言うと、機体の中は一瞬静まり返った。初めに口を開いたのは小柴《こしば》だ。

「あ、小柴《こしば》も結構賛成です！　言万《ことよろず》さんの終末は、探索向きですもの」

『臓物マンション』の件で俺は株を上げていたらしい。ちょっと嬉《うれ》しかった。

『しかし、小僧で大丈夫でござるか？　流石《さすが》にまだ経験不足では』

八脚馬の低い声が響く。

「ま、まあそれはそうだけどさ。……この終末を調べようとしたのは、俺なんだし」

テル先輩がふんと鼻を鳴らした。

「そんな事どうでも構わん。フォンとも話していたが、この終末はきな臭い。勘7割だがな。どうにも裏があるような気がしてならん。……まあ正直俺さまもお前には早いと思うが」

どうやら皆、未《ま》だ俺に信用を置いてはいないようだ。

「けれど何が起きるか分からない環境で、未来予知の能力は助かりますよ」

メフがぽつりと呟《つぶや》く。恋兎《こいと》先輩が「あら」と小さく呟《つぶや》いてから。

「――だったら、そうしましょうか」

リーダーである恋兎《こいと》先輩が言うだけで、話は直《す》ぐにまとまった。

「くすくす、頑張りなさいね、新人♪」

「はい！」

——隣ではLunaさんが、冷めた目で外を見つめていた。

■

私——恋兎《こいと》ひかりが宿泊するホテルに帰ってきたのは、20時頃の事だった。

「はぁー！　満喫したー！」

「しましたねっ」

私はニャオと一緒に、ダバオのナイトマーケットを満喫してきたのである。ホテルは当然リゾートホテル。フォンには渋い顔をされたけど、私はお姫様なので、わがままは言い放題。

「ふわぁあ……小柴《こしば》はもう、ねむねむです……」

「くす。あなたは、もうお部屋に帰ってなさい。私ちょっと用事あるから」

了解です！　と可愛《かわい》くビシッと敬礼して、小柴《こしば》は部屋に戻っていった。私はマーケットのお土産をもって、どうせ一瞬も外に出てないだろう可愛《かわい》い後輩を労《ねぎら》いに行く。

「メフー。お部屋開けてー」

「隊長《リーデル》？　どうぞ」

私は彼女の部屋に入った。小さな一人部屋だ。彼女は遠征に行く時、資料をまとめるためにいつも一人で部屋にこもる。

「はい、お土産。これね、ブチって言うんですって。マーケットで売ってたの。お米を丸めたごま団子みたいなやつ。いろんな味があって美味《おい》しいのだわ」

「どうも、ありがとうございます」

素っ気なく言うけれど、メフは微妙に目を輝かせていた。こんな感じのクール女子な割に、彼女はおやつには目がないのだ。

「それでぇ〜？」

私はニマニマ笑いながら、メフのベッドに腰掛けた。

「……それで、とは？」

「男性嫌いのメフが珍しいじゃない。言万《ことよろず》クン、気に入ってるんだ？」

メフは氷のように冷たい視線で私を刺した。私は、心臓がきゅっとした。

「そういうのではありません。作戦にそれが良《い》いと思ったからそうしただけです」

「またまた〜。今までそんなの、絶対嫌がってたくせに」

「……それはまあ、そうですが」

あら、と思った。私は正直、単に適当言ってからかいに来ただけなのだけれど、メフの方は自分でもよくわからないみたいな表情で首をかしげているものだから。

「隊長。私ね、昔、野良犬《のらいぬ》を拾ったんです」

「また急ね」

「まだ半年ぐらいの子犬なのですけれどね。虐待されて左目が潰れて、傷だらけで、後ろ足も不自由だったんです。だから私が拾った頃も、すっごく警戒心が強くて、よく唸《うな》る子で」

メフは動物好きだものね。特に弱ってる動物は放っておけなくて、時々看病してたりする。

まあ、お庭の鶏は普通に絞めるクールさも持ち合わせているのだけれど。

「その子が乱暴する度に思ったの。仕方がないよねって。人のコト信じられないよね。だから私はいつも、優しくしたいなって思ってたのだけれど」

「うん」

「あの子と同じぐらい、ボロボロだったなあって……」

言万《ことよろず》の事だろう。彼の事は未《ま》だほとんど知らないけれど、何となく分かる。時折足を引きずっているのは、昔の傷が痛むからだろう。背中の痛みで、長く眠っていられないようだ。大体、あの顔にある大きな傷！　どれだけ酷《ひど》い生活を送ってきたのか、想像も出来ない。

「なのにあの人は……あの船から落ちた時、誰かを助けてたじゃないですか？」

「そういえばそんなの少し見たわね。直《す》ぐに霊魂アキュムレータ™に吸い込まれてたけど」

「普通……そんな事出来るものでしょうか？　普通は、もっと……」

優しさって等価交換だ。誰かに沢山優しくされたから、他の誰かに優しくすることが出来るのだ。それは憎しみと同じ性質を持っているんだと思う。

「……誰かを護《まも》ろうとなんて、出来ない」

私は、昔のニャオを思い出していた。あの子もここに来た時にはボロボロで、打ち解けるのに随分難儀したものだ。だから何となく、メフの気持ちも分かる。

「にやにや」

――分かるのだけれど、思わずにやにやしてしまうのだ。

「なんですか、その下品な顔は」

「つまりあなた、気になるって言ってる？　彼の事が」

「……そういう下世話な話ではありません」

ああ、可愛《かわい》い。この子ったら、本当にそうだと思っているんだろうな。

(どうも、恋をしているってほどではないのだろうけど)

興味があるんだろうな、と思った。まるで拳を差し向けられた子猫が匂いを嗅いでしまうみたいに。それって何だか素敵ね。あんまり茶化したら悪いのだけれど。

「はー。恋バナって楽しー☆」

「隊長って、ホント頭お花畑ですよね」

そりゃあそうなのである。だって私は、こういう毎日を楽しむために生きているから。

「……明日は、不確定要素の多い作戦だと言うのに」

心配性で完璧主義のメフは、ちらりとベッドの上に散らばった資料を眺めた。優秀な彼女はとっくに資料なんて頭に入っているだろうに、心配で手が止まらないのだ。

「メフ。――ボウケンは、楽しくしないとね？」

「え？」

「だって、私達の影の下には数えられない程の悪魔と怪物が息を潜めていて、世界は明日にでも滅ぶかもしれない状況なのよ。そんな時に、辛気臭くしても仕方がないわ！」

昔、誰かにそんな事を教えてもらった気がする。それが誰かは忘れてしまったのだけれど、とても大切な人に、そう言って貰《もら》った気がする。

「だから楽しいこと考えよ。明日は全部終わったら、観光しまくるんだから。夜には恋バナもするわよ〜。ニャオの男の子の好みとか謎すぎて気にならない？」

「……ふふ」

「なあに？」

「いえ。不意に。だから隊長は強いのかな、と思って」

少しは、リラックスさせられたかしら？　メフにおやつを差し出すと、彼女は少しだけ眉根を寄せてから、手にとって、ぱくりと食べた。

「あ、おいし」

「でしょー♪」

この子が何一つ未来に疑念を抱かず、普通に恋を出来るような世界にいつかなれば良いと思うけど、それはもう絶対に無理なのだ。宇宙は近いうちに必ず滅びてしまうのだ。

「ね、メフ」

「はい？」

「——私、無敵よ。それだけ信じて。忘れないでね」

だからこの子が淡い恋心に気づくまでぐらいには、日々を守り抜きたいと切に願う。

■

俺が腹の上の重みに気がついたのは、夜も随分と更《ふ》けた頃の事だった。

「あ、起きた？」

起きて早々、驚いた。Ｌｕｎａさんがヘラヘラ笑いながら、馬乗りになっているものだから。

「なな、何してンですか！」

「うーん。ま。どーだろ。……夜這《よば》い？」

「ぬあっ」

わかりやすく焦《あせ》る俺を見て、Ｌｕｎａさんが楽しそうに笑う。

「わははじょーだん。君ホントからかいがあるなー、つって。こんだけ純情だと、お姉さん心配になるよ時々。ってうわ保護者ヅラしてんのキモｗ」

Ｌｕｎａさんはベッドの側面に座った。タバコの箱を見せて、「良《い》い？」と尋ねてから、俺が頷《うなず》くのを見ると、古いアンティークのライターで火をつける。

「……で、どうしたんですか？　こんな夜遅くに」

「ンー……まあ、そうだなあ。なんて話し出したら良《い》いものか」

彼女は妙に似合いの動作で、タバコの煙を肺の奥深くまで吸い込んだ。

「とりあえず、脱ごっか。服」

「……へ？」

「いいからオラ！　脱げぇ！」

「ぎゃー！」

Ｌｕｎａさんに、強引に服をひん剝《む》かれる。この状況は前にもあったな。

「あ！」

「なんですか？」

「……言万《ことよろず》クン、乳首ちっちゃめで可愛《かわい》いネ」

「見ないで！」

Ｌｕｎａさんは楽しそうに笑いながら、俺の制服をひっくり返して、弄《いじ》った。

「──やっぱり、あった」

彼女が呟《つぶや》く。その手元にあったのは、チープな標的《シール》。

「それは、シャムシールの！」

「標的と銃弾を入れ替える能力。でしょ？　アタシも、女神の神殿で使ってるの見たよ」

小柴《こしば》の能力の標的が、どうして俺の制服なんかに？　いや——考えれば分かるか。

「つまりこのシールは……俺がいつ逃げても捕獲出来るようにつけられてたってわけね」

「ぴんぽーん。かちこいねー♡　よちよち」

俺が遠くに逃げても、シャムシールで連れ戻される。帰還用。戦闘用。ってだけでもなく、追跡用にも使えるわけだ。本当に便利な銃痕だなあ！

「……正直変だと思ってたんです。俺たち一応終末なのに、完全に自由な行動が許されて、見張りとか一切無いもんですから。ちゃんと保険がかけられてたわけだ」

「けれど、これで条件は揃《そろ》ったね。『アタシたちは追跡不可能』『ここは地上』。恋兎《こいと》班の人たちは、アタシたちがこの標的に気がついた事を知らない。千載一遇のチャンスだ」

「どういう事ですか？」

俺は分かっていない振りをした。彼女の言いたいことは明確だったはずなのに。

「……ふぅー。いいや。手短に言っちゃお」

Ｌｕｎａさんが、俺の手に指を絡《から》めた。

「——一緒に逃げん？　こっから」

気だるそうな瞳。へらへらと緩む口元。じっと俺の瞳を覗《のぞ》き込む。

咄嗟《とつさ》に心を読んでしまうが、彼女は頭の中でスカボロー・フェアを歌っていた。ああ、やっぱり賢い人だな。これじゃあ彼女の具体的な意図が読めない。

《～♪　～♪　～♪》

「言万《ことよろず》クンがしたいのは、『青春』なんだよね」

「そ、それは……ええ」

「アホくさい怪物とやらと戦って、命を落とすことじゃないよね」

それはそうだ。そんな事を望んではいない。

「だからここから一緒に逃げよ。故郷に帰ろう。アタシが連れてったげる」

「……Ｌｕｎａさん」

「そこで、普通の暮らしをしたら良《い》いじゃん。普通の高校生になろうよ。友達作ってさ。部活とかやってさ。運が良かったらカノジョも出来て、受験大変だなー、とか。将来が心配だなー、とかうだうだしながらいつか大人ンなれば良いじゃん」

Ｌｕｎａさんが窓を開ける。夜の風と共に、ダバオの蛙《かえる》と虫の声が耳元をくすぐった。

「アタシね。君には幸せになってほしーんだ」

タバコの煙が、風で揺れた。

「……無理ですよ。きっと、終末停滞委員会からは逃げられない。だって、Ｌｕｎａさんだって見たでしょ？　あの科学力。世界中を裏から牛耳っている」

「そうだね。きっととっても大変だね。でも連中の捨て駒にされるよりは、マシじゃない？」

それは確かに、と少し思った。終末停滞委員会。彼らはおかしい。どう考えたって人の命とか、人権とかを、まともに取り扱おうとすらしていない。

世界を護《まも》るために、きっと他のすべてのルールを捨てたのだ。

「だから逃げようよ！　こんなのおかしいよ。何で君が、こんな事に関わらなきゃいけないの？　き、君は……ただの子供じゃん……。こんなの……おかしい……」

綺麗《きれい》な人だな、と思った。声は泣きそうだったのに、やっぱりヘラヘラと笑っていた。この人はこの数日、ずっと笑顔で自分を偽って来たのだろう。

「ねえ、行こう。言万《ことよろず》クン。もしも、一緒に来てくれるなら、アタシね」

月の光に、彼女の哀《かな》しい笑みが照らされた。


「――一生を懸けて、キミを護《まも》ってあげてもいいよ」


この人は。この美しくて優しい人は。本当にそれをするんだろう。

（Ｌｕｎａさんと一緒に、終末停滞委員会から逃げ続けて。世界の果てまで旅をして）

それって凄《すご》く楽しそうだ。幸せなことだ。

だから、俺には不釣り合いだ。

「……すんません……Ｌｕｎａさん……俺……」

「うん」

「俺……口が……口の中……ずっと……血の味がするんです……」

偶《たま》に忘れそうになるけれど。一人になると、いつだってそうなんだ。

「俺、正直言うとね。結構……安心、しちゃったんです」

「……」

「命を懸けて、皆を護《まも》ってる人たちが居る」

「……だめ。言わないで」

「俺もその人達みたいになれたなら」

その時に、やっと。

「やっと俺――この血の味が、なくなるような気がするんです」

今まできっと、１０００か２０００の人を傷つけてきた。

だから今から、１万や２万の人を助けよう。

そのぐらいしないと、スタートラインに立てないじゃないか。

いいヤツにだなんて……死んでもなれるわけがないじゃないか……。

「それは君の勘違いだよ。その贖罪《しょくざい》に、終わりなんてないんだよ」

「そ、それでも……やらないと、じゃないですか？　そうじゃないと――」

「幸せになっちゃいけない人なんて、居ないんだよ！」

泣きそうな顔で、Ｌｕｎａさんが叫んだ。それはまるで、自分にも言い聞かせているみたいだった。そうだよな。俺とこの人は、同じ穴のムジナだもんな。

俺は精一杯にヘラヘラと笑った。いつものＬｕｎａさんみたいに。

「すいません。俺、もうちょっとここで頑張ってみようと思います」

「……死んじゃうよ」

「………………」

「君は……きっと……それさえも……」

もしも誰かのために死ねたなら、きっと幸福で泣いてしまうだろう。

「でもね、これはネガティブなだけの感情じゃ無いんです。この先にだけ、俺の『青春』がある気がするんです。これでも一応、希望の方角に歩いているつもりなんですよ」

Ｌｕｎａさんは笑って、俺の頬に触れた。

「ばかだね」

彼女は優しく俺を撫《な》でると、軽くデコピンして、ひらりと窓に脚をかけた。

「ばいばい」

「はい。そちらも、お達者で」

夜の闇に紛れて、彼女の髪が舞った。俺はその光景を、二度と忘れたくないと思った。

「『アタシが護《まも》ってあげる』んじゃなくってさ」

彼女は笑った。とても綺麗《きれい》な笑みだった。

「――『アタシを護《まも》って』って頼んだら。キミは、一緒に来てくれたのにね」


でもそういう、狡《ずる》くなりきれない所が好きなんです。

(もう、寝よう)

彼女は闇と月明かりの間に融《と》けていった。


明日は5時に集合だ。新入りの俺が、遅刻するわけにはいかないんだから。

第7話『いちばん底の、そのまた底へ』

「八脚馬、潜航を開始します」

がくん、と船体が揺れて、海水が窓を叩《たた》く。海の底に沈んでいく感覚。エンジンが、ごうごうと大海を掻《か》き分《わ》けていく。透明な海の世界に、八脚馬は潜っていった。

「……おお、すごー」

『カカカ！　そうであろう！　拙者《せっしゃ》はすごいのでござるよ！』

狭い船内に、八脚馬の嬉《うれ》しそうな声が響いた。そう、凄《すご》い。凄《すご》いんだけどさ。

「……この狭さは、どうにかなんないの」

八脚馬の船内には椅子が1つきりしかない。恐らく、本来は一人乗りの形態なのだろう。俺とメフは狭い室内にぎゅうぎゅうになりながら、気まずい感じで外を見ていた。

「も、もう少しそっち寄って下さい」

「ご……ごめん」

メフは脚が長いので、随分と窮屈そうだった。彼女の髪から柑橘類《かんきつるい》のような匂い。ていうか、ていうか、柔らかいのが……ぐぬぬ、心頭滅却……！

（Ｌｕｎａさん、あれからどうしたんだろう……？）

失踪に気がついた恋兎《こいと》先輩がどこかに連絡を取っていた。逃げられたと良《い》いんだけど。

「わあ……綺麗《きれい》……ちっちゃい魚が、たくさん……あ、ツバメウオ」

青い小さな魚の群れが潜水艇に寄り添う。八脚馬の機能で外側の景色を撮影して映し出しているようだ。水深は50m。透明度の高い水質。潜水艇は更に下の世界を目指す。

「！」

俺たちの真下に広がるのは、際限のない海の底だ。光さえも届かない深い蒼《あお》は、まるで何もかもを飲み込む巨大な穴のようだった。

(俺たちは今から、ここに行くのか！)

頭の大きなジャックフィッシュが横切る。悲しみも怒りも感じさせない瞳で。

「あれはロウニンアジですね」

「メフ、魚とか結構好きなんだな」

「……別に。そういうわけでは無いですけれど」

心を読むまでも無く、キラキラとした目で外を見るメフの感情はまるわかりだった。

「段々と冷えてきましたね」

乗り込んだ当初はサウナのように蒸し暑かった八脚馬が（メフの汗の感触を肌に感じて、たじろいだ）、今は海水に冷やされて寒くなってくる。

《……少し、怖いな》

メフは怯《おび》えていた。丘から見る海の広さはどこか他人事《ひとごと》だ。だけど海の中で思う海の広さは恐ろしい程に身近で、その際限のなさは明確な恐怖だった。

『――メフ！　水深200mを超えたぞ』

水深200m。――分類上はここからが『深海』と呼ばれるエリアだ。

「八脚馬。投光器を」

メフがコントロールパネルを操作すると、船の外は一層強く照らされる――が、その光は直《す》ぐに深海の闇に呑《の》み込まれるので、余り意味は無いように思えた。

『はーい。メフ先輩。言万《ことよろず》さん。そちらはどうですか？』

八脚馬の水中光無線通信を通して、小柴《こしば》が連絡を寄越した。

「R値は0.99。ナクサ指数は82.4」

メフが八脚馬の計器を読み上げる。

『地上とほぼ変わらない環境ですね！　何か変化があったらご連絡をば！』

こんなに冷たくて、黒い世界が？　小柴《こしば》との通信が終わると、エンジンのごうごうという激しい音だけがそこに残った。

『水深1000mに来たぞ！』

深海という世界は、なんと恐ろしくて――美しいんだろう。不意にそんな事を思った。この光の微《かす》かな世界で、生命が息づいている。孤独は恐怖だが、同時に美しい。

「メフ。さっき言ってた、R値とかって何なんだ？」

「R値とは、現実がどれだけ強固かという指標です。ナクサ指数は、R値の変動のしやすさ」

「現実が……強度？」

「現実が壊れていれば壊れている程、現実以外の物には都合が良《い》いのです」

なるほど？　R値の増減で、周りに異常があるかどうかが分かるって感じかな？　メフはそれ以上、説明しようとはしなかった。

『メフ。北方向から何かが近づいてくるぞ！　恐らく大型の生き物だろうが』

「了解」

俺とメフは2人同時に左側のモニターを見た。深海の奥に、確かに何かの気配がある。俺たちが凝視すると——不意にそれは現れた。

「あれは知ってる。シュモクザメだ！」

いわゆる、ハンマーヘッドシャークである。昔テレビで見たことがある。頭が金槌《かなづち》みたいになっているサメで、人を襲うような獰猛《どうもう》な種類ではない。

「……え？　でももう水深1200mほどですよ。こんな所に生息——」

シュモクザメが、八脚馬の隣を横切った。

「——え？」

「——でっっっっっか」

それは俺がテレビで見たことがあるようなかわいいサイズではない。

『ありゃあ、全長50mはあるぞ！』

両側に飛び出た瞳は俺たちを視界に入れる事さえなく通り過ぎていく。

「R値は0.97。ナクサ指数は80.2」

「……さっきよりも、少し下がってる？」

「大きく変動しています。これは私達が――反現実の空間に近づいている証拠」

俺たちは、闇に向かって潜り続ける。

■

気がついた時には、時が恐ろしいほどに過ぎていた。

「――え？」

待て。今何時だ？　俺は時計を見る。

「メフ……メフ！」

「え？　な――」

「俺たち、もう8時間も潜りっぱなしだ！」

虚《うつ》ろな目をしていたメフが、俺の言葉にハっと気がついて、声を荒らげた。

「嘘《うそ》。どうしてこんなに時間が――八脚馬！」

『ふむ。どうやら危険な状況らしいでござる。水深――20万5000ｍだ』

「それ、は……故障、ではなくて？」

いつから、俺たちは意識を飛ばしていたのだろうか？　メフは自分の頬を叩《たた》く。

「小柴《こしば》たちに連絡入れるよ」

俺は水中光無線通信のスイッチを押した。

『わっ……。やーっと……連絡が返ってきま……した。ちょうどいま、……シャムシール使おうかって……思ってた……んですよ』

小柴《こしば》の声は途切れ途切れになっていた。この環境が通信に影響を与えているのだろう。

「作戦を続行します」

『了解です！　以降はバイタルに異常が見られ次第、帰還させますね』

俺たちは小柴《こしば》に手短に報告をしてから、通信を切る。

「水深20万ｍって言ったか？　そんな場所、地球にあるのか？」

「地球で最も深いマリアナ海溝でも水深は1万ｍですね」

となるとどう考えたっておかしな状況なわけだ。

「八脚馬。水圧は大丈夫？」

『あぁ。本来、拙者《せっしゃ》でも耐えられぬ水圧がかかる筈《はず》なのだがな。不思議と、動作に問題はござらん。この海の法則は反現実によってかなり書き換えられておるのだろう』

　窓の外は真っ暗で、何一つ見えない状況だ。光など欠片《かけら》ほどにも入る余地が無い深い海。

『……！　メフ！　やはり拙者《せっしゃ》は壊れてしまったかもしれん！』

「潜航能力に何か問題が？」

『違う！　拙者《せっしゃ》のレーダーに反応しておるのだが……これは、何だ⁉　信じられん！』

「詳しく状況を説明して」

『少なくとも30ｋｍ以上！』

　何が？　とメフが呟《つぶや》く。八脚馬は叫んだ。

『――生き物だ！　30ｋｍ以上の長さの生き物が、こっちに向かって来とるでござる！』

　ガタンガタンと船内が揺れた。凄《すさ》まじい海流に翻弄されそうになる。

「八脚馬！　速度を上げて！」

　八脚馬が、ごうんと一気に速度を増した。

「30ｋｍ⁉　そんな生き物なんて有り得ない！」

「深海巨大症《アビサル・ジャイギャンテイズム》」

「え？」

「深海では食べ物が無いから、生き物は成熟するのに時間がかかる。その分、ひたすら巨大になりつづけるんです。それが、深海巨大症」

そうは言っても、限度ってものがあるだろう！

「深海には食べ物が無い。――つまり、私達は今格好の的だと言うことです！」

八脚馬のエンジンが悲鳴をあげる。だがどうやら彼我の差は縮まっているようだ。

《■■■■》

――声がした。それは俺の事を呼んでいた。

「メフ！　あっちだ。あっちに、洞窟がある！」

「えっ⁉」

洞窟の方角から、心のベクトルが俺に向けられていた。それは、1つや2つではない。

（なんだコイツら⁉）

それは、数えられない程の数の人間の思念だった。

（何で、こんな海の底に人間が沢山居るんだよ！）

それは感じたことの無いほどに強い感情だ。頭が割れるように痛む。

「ぐぁああッ！」

「言万《ことよろず》クン！」

「お……俺のことは良《い》いから……あっちの方角に、まっすぐ！」

真っ黒な世界を、潜水艇は闇をかき分けるように進む。

巨大な岩壁に、これまた巨大な空洞が広がっていた。

『つぉぉおおおおおおおおおおン』

海が軋《きし》むような音が響く。それはきっと俺たちを追いかけている化け物だろう。

「あの穴に、突入します！」

凄《すさ》まじいエンジン音と共に、俺たちは深海を駆け抜ける。

■

深海20万mの底にある海底洞窟を進んで、既に6時間ほどが経過していた。

「メフ。飯食わないと、持たない。ほら、缶詰開けといたから」

「……どうも、ありがとうございます」

しかし、なんて果てしない洞窟だろう。もう随分と長い間進み続けたが、八脚馬の投光器は、いつまで経《た》ってもその終焉《しゅうえん》を照らしはしない。

「あなたの方こそ、平気なんですか。随分体調が悪そうですが」

洞窟の奥から、おぞましい程に沢山の悲鳴が俺に助けを求めていた。それに当てられ続けた俺は、今にでもゲロを吐いてしまいそうだった。

だけどこんな狭い中で吐くなんて、考えたくもない！

「……メフは、どうして蒼《あお》の学園に？」

何か別のことを考えて気を紛らわせないと。そんな風にひねり出した話題を、彼女は一瞬、真剣に考えて言葉を選んでから。

「私は……父が、医者で、神秘学者だったのです」

「神秘学？」

「ああ。蒼《あお》の学園では、奇跡論と呼ぶのでしたね。所謂《いわゆる》、まじないの類です」

つまり俺みたいな馬鹿にも分かるように言うと――

「魔法使い？」

メフは俺のとんちきな発言を鼻で笑った。

「そんなに良《い》い物ではありません。子供の頃、私はそれを信じていましたが」

「え……なにそれかわいい」

「かわっ」

彼女は切れ長の鋭い目で、俺を睨《にら》んだ。

「言万《ことよろず》くん。あなたのそういう所は良くないですね」

「え。何が」

「だ、だから……可愛《かわい》いとか。思ってもいない事を口にすること」

彼女のその反応で、俺はやってしまった事に気がつく。

「ご、ごめん。気を悪くしたか」

「……ええ、そうですね。まあ、多少はかなり不快でしたが」

「俺昔から、思った事がすぐに口に出ちゃうんだよな」
※他人の心が丸聞こえなため、自分の心を隠すという選択肢が無いだけです。
「みゃっ」

メフは顔を赤くして飛《と》び退《の》いて、狭い潜水艇の中で頭をぶつけていた。

「……みゃぁああ……っ」

「おお、意外とドジっ子。かわいっ」

「ばっまた！　違っ。私はそんな感じじゃないですからっ」

うらめしそうに彼女が俺を睨《にら》む。

《可愛《かわい》いって、また言った！》

《それに、思った事がすぐに口に出ちゃうって》

《なにそれ。どういうこと？　何が言いたいの、このひとは！》

ヤバい。かなり混乱させてしまっているようだ。

(俺の女の子への対応力の低さが出ているか⁉)

人の心が見えるからと言ってコミュ力が高いかと言われたら、また別の話ってわけ。

「と、とにかく……それで私の父は私達に隠れて神秘学者をしていて、酷《ひど》い反現実の災害を起こして、イルミナティによって捕まってしまったわけです」

「波乱万丈の人生だなあ」

「父は数年刑務所に入って釈放。私と兄さんはその間、12地区で保護されていて……それ以来、正式にあの街に住むようになり、蒼《あお》の学園に入学したというわけです」

メフもなかなかボウケンじみた人生のようだ。まあ、そうじゃないと、深海20万mになんか来ないか。俺は少し、笑ってしまった。

「！　計器を見て」

メフが険しい顔をして、数値を指さす。

「なんだ？　あ、R値が……また下がってる！」

「R値0.89。これはもう、私達が居る場所は——現実よりも幻想に近いという事です」

「何が起きるんだ？」

「なんでもが」

宇宙の法則が正常に働かない場所なのだ、と彼女は言う。けれど真っ暗なままの視界で、それを実感するのは難しかった。けれど直《す》ぐに、言葉の意味を知ることになる。

『メフ！　海を抜けるぞ！』

「……なんですって？」

それはおかしい。計器上は、ここは未《ま》だ深い海の筈《はず》なのに。

『見ろ、あれは地上だ！　見ろ、光だ。月の輝きだ！』

ざぱん！　と大きな飛沫《しぶき》。八脚馬は深い海の底から浮上して、地上の空気に晒《さら》される。

「嘘《うそ》。なに、あれ」

八脚馬がハッチを開く。ぬめついた大気が頬を撫《な》でる。

二つの月が交差する、星のない夜空の下。

——巨大な機械の塊が、自棄《やけ》に静かに俯《うつむ》いていた。

第8話『かつて、人間だったもの』

「――ようこそ、幸福の国。××××へ！」


ここは完璧な世界。足りない物のない世界。

沢山の人間が、毎日を楽しく豊かに暮らしている。

まるで、おとぎ話の『めでたしめでたし』の後の物語のように！

「なぜなら！　私達が皆を護《まも》るから」

私達は人間から『機械』と呼ばれている。

私達は人間を護《まも》る。例えこの身を犠牲にしても。

私達は数えられない程の障害を滅ぼしてきた。

「地の底で燃える神の怒りも、遥《はる》か彼方《かなた》から来訪した8人の賢者も、宇宙を喰《く》らう蒼《あお》の巨人さえも！　私達は倒してきた！　私達の人間のために！」

ああ、なんて愛おしい生物だろう、人間と呼ばれる儚《はかな》い命は。

あなた達の為《ため》なら何でもしよう。あなた達を永遠に守り続けよう。

「けれど私達は敗北しました。あの――『灰色の霧』に」

『灰色の霧』。それはどんな化け物よりも恐ろしい存在でした。

煙に巻かれた者は消滅する。煙に巻かれた者を知っている者は消滅する。

煙について知った者は消滅する。煙について考えた者は消滅する。

たった4日で、宇宙の人類の98％は死滅してしまった。

私達機械は、決断しなければならなかった。人間を護《まも》るために。人間を永遠に護《まも》るために。

灰色の霧の届かぬ場所へ。深い海のそのまた奥へ。現実の光も届かぬ場所へ。

私達は守り続けた。大好きな人間たちが、また笑顔で暮らせるようになるために。

だってそう命令されたから。


――だからここで、永久に仮面を編むのです。

■

「――嘘《うそ》だろ？」

そこは、海であり、大地だった。地面とは言うものの、触れると液体のように沈んでいくが歩こうと思えばすんなりと歩ける、妙な感触の真っ黒の地面だ。

「あいつ、前の人類の『守護者』だ」

全長数十ｍの巨大な機械。どこか犬のような細長い顔に、見たことが無いほどに複雑に絡《から》み合《あ》った螺旋《らせん》状の無骨な体。何十本もの腕が忙《せわ》しなく何かの作業をしている。

「……前の人類？　どういう事ですか」

メフが八脚馬からトランシーバーのような機械を引っ張りながら呟《つぶや》く。

「俺たち人類の前、数百億年。……いや、数千億年前に、ここに別の地球があったんだ。そこには俺たちみたいに人類と呼ばれる生物が居たんだ。あの機械は、そいつらを護《まも》ってた」

あの機械は、何度も何度も同じ記憶を反芻《はんすう》していた。何千億年もの孤独を耐えるために、縋《すが》り付《つ》く物が必要だったんだ。その反芻《はんすう》が、妙に整然とした形で俺の心に語りかけていた。

（でも、俺を呼んだ声は、あいつの物じゃないぞ）

深海で聞いたのは、何万人もの人々の思念だった筈《はず》だ。

「何でそんな事をあなたが……いや、今はそれよりも」

メフが巨大な機械を睨《にら》んだ。

「あれが――終末であることは確かです」

彼女は呟《つぶや》いてから、トランシーバーの電源を押した。

「小《こ》柴《しば》？　聞こえてますか」

『……メフ……せんぱ……っ。聞こえて……ます……っ』

「深海底の『異界』に到着。前方に不明の巨大終末を確認。ここから先は極めて危険です。私達の次の連絡で、シャムシールを発動させて下さい」

『りょ……か……！』

メフはトランシーバーを、八脚馬に戻した。

「でもメフ。どうするつもりだ？　あんな巨大な……」

その時、ぎぃぎぃと耳を劈《つんざ》くような甲高い音が響いた。

それは、あの巨大な機械——守護者が緩慢な動作で口を開く音だ。

『……■■め■■て？』

「え？　なんて——」

メフが思わず呆気《あっけ》に取《と》られる。俺は守護者のやろうとしていることが手に取るように分かった。あいつは今、俺たちの会話を聞いている。言語を解析しているんだ。

『——はじめ、まして？』

それはスピーカー越しに聞く、出来の悪い機械音声のような、ホラー映画で聞く安っぽい化け物のような声だった。

『あなたたちは、何ですか？』

大気を震わせるような、巨大な声に、俺たちは一瞬たじろぐ。

「私達は終末停滞委員会から派遣された、蒼《あお》の学園の生徒。メフリーザ・ジェーンベコワと言《こと》万心葉《よろずことは》と申します。突然の来訪を、どうかお許し下さい」

メフは神様にでも言うように、恭《うやうや》しく跪《ひざまず》いた。俺もそれに倣《なら》う。

《マニュアル通り、知能レベルの高い終末には、敬意を持って接する》

《何が目的で、どういう性質があるのか。それを探るのが私達の任務》

守護者は数秒固まってから、それに応えた。

『それは何？　あなた達は誰によって作られたの？』

「私達は生物です。宇宙の法則によって自然発生しました」

『自然発生？　神の思《おぼ》し召《め》しという事？』

それは……とメフは困ったように呟《つぶや》いた。

「私達の住む世界では、それぞれが異なる神を信じています」

『……神を信じる？』

カチカチカチ、と音が響いていた。それは守護者が細い触手を操作する音だ。

『そう。……世界は随分形を変えてしまったのですね』

何千億年も――いや或《ある》いはそれ以上に長い間、深い海の底に佇《たたず》み続けた巨大な重機は、どこか悲しげに呟《つぶや》いた。だがそこに感情は無い。アレにそんな上等な機能は無い。

『こちらへ』

守護者が俺たちを招く。攻撃的な意識は無さそうだ。

八脚馬が水上バイクに形を変えると、俺たちは海面を走り始める。


守護者の足元にまで辿《たど》り着《つ》くと、改めてその複雑さに圧倒された。ただ巨大なだけではない。米粒よりも小さな回路やむき出しのパーツが常に規則的に動作を続けている。

『私は、これをしています』

機械が呟《つぶや》いた。何本もの長い腕が、立方体の箱に付けられたレバーを回し続けていた。

（まるで、オルゴールみたいだ）

子供の頃、母親が似たような物を持っていた。どんな音が鳴るのか気になって、ネジを回してみたは良《い》いものの、何の音も鳴らなくて、勝手に触るなと殴られた事を覚えている。

「これは、どこに繋《つな》がっているんですか？」

巨大なオルゴールの上には、まるで黒いシルクのような布が降り注いでいた。

守護者がレバーを回し続けていると、不意に、ピー、と電子音が響いた。ガコンガコンと何かが叩《たた》きつけられるような音と共に、オルゴールの口が開く。

「これは……泥の仮面？」

オルゴールから出てきた『泥の仮面』を、守護者は生まれたばかりの子犬を抱くように優しく包んで、何本もの腕で握ると、黒い大地の中に優しく押し込んでいった。

『私の仕事は唯一《ただひと》つ。この仮面を編んで、誰かに届くよう祈ること』

仮面は静かにゆっくりと海の流れに飲まれて遠ざかると、すぐに見えなくなってしまう。

「何故《なぜ》、こんな事を？」

メフが尋ねる。だが俺は、ゆっくりと気がつき始めていた。

《[redacted]！》

《×××！》

（上から、声がする）

『私達は、あなた達の言葉で言う所の「終末」の1つ、「灰色の霧」から人類を護《まも》る事が出来ませんでした。だから私達は、代わりにここで仮面を編んでいるのです』

沢山の、沢山の、声が。真上から、俺たちの事を呼んでいた。

「メフ」

俺は思わず、呟《つぶや》いた。

「え？」

——月が、ゆっくりと傾いて、天蓋を照らす。

「これ——人間だ」

天蓋には、何百万、何千万もの、真っ黒の何かが、虫の卵のようにへばり付いていた。

「泥の仮面は——人間を砕いて作られているんだ」

メフが八脚馬をスナイパーライフルに変形させると、天蓋をスコープで覗《のぞ》く。

「……嘘《うそ》でしょ？」

彼女が何を見たのか、俺は彼女の心の形から受け取った。

《[redacted]！》

《××××！》

天蓋をびっしりと埋め尽くすのは、真っ黒のゴム状の物質に包まれた、数えられない程の人間たちだった。いや、それは俺たちの知る『人間』とは多少異なるのだろうが。

【No.228-A『守護者』】

○性質——異なる法《パラレル・ロー》

○来歴——旧人類によって造られた機械生命体。『灰色の霧』から旧人類の生き残りを保護するために深海の底に異界を形成した。旧人類の種を復活させるために、時間凍結した旧人類の肉体を砕いて『泥の仮面』に作り替えている。

　オルゴールから伸びる長い布は、人間の1つを優しく包むと、なめらかな動作で立方体の箱の中に落とす。守護者がレバーを回すと、それはゆっくりと粉砕されていった。

《[redacted]！》

《×××！》

　この叫びは、絶望の叫びだったんだ。永遠のような長い時間、閉じ込められ続けたことへの痛みの叫び。自分の形が粉々にされて、仮面に作り変えられる恐怖への叫び。

（あれ？　でもこの叫びは、上からだけじゃなくて……）

　微《かす》かな疑問が鎌首をもたげるが、今は守護者についての情報を集めるのが先決だろう。

「もう『灰色の霧』なんて物はない。皆を連れて、深海から出てきたら良《い》いじゃないか」

　俺の問いかけに答えるのは守護者じゃない。メフだった。

「それは無理なんですよ」

「……え？」

「か、彼らは私達とは全く別の法則に属した存在です。何の対策も無しに地上に出ては、すぐに宇宙の恒常性によって消滅してしまうでしょう」

恒常性──すなわち、安定し続けようとする性質。

「この、R値が極めて低い空間だから、辛《かろ》うじて存在し続けられているのです。この、魔法のような空間だからこそ、何千億年という時間に耐えられたのです」

この守護者や、天蓋に括《くく》り付《つ》けられた人々は、生のままでは外には出られないのだと──

「だから、彼らを仮面に加工しているのですね」

生身のままでは、宇宙に溶かされてしまうから。巧妙に偽装しているのか。

『この仮面は、魂そのものです。人の魂を砕いて、作り直した物です。これは知的生命体に寄生して、魂を壊し、上書きすることを目的に作られました』

なるほど。ここの人間は生身じゃ生きられないから、一度仮面に加工して、それらが地上の人間の肉体を奪い取る事で『(旧)人類』を繁栄させる事。それがこいつの目的だったんだ。

『教えてください。あなた達は知っていますか？　私達の大切な人間たちの末路を。地上に出ていったこの子達がどうなってしまったのかを、知っていますか？』

「終末停滞委員会では、『泥の仮面』を数百程度保存しています。しかしどれもが動かず、動作不良を起こしているようでした」

『数百kmの現実性の不安定な深海を通って行くのです。仮面のうち、0.02％程は故障してしまうのは計算済みです』

0.02％ほどだって？　じゃあ、あとの99.98％は──

『現状の地上では、50000人程、私達の可愛《かわい》い人類が生息している筈《はず》です。彼らについて、何かの情報をお持ちではないですか？』

地球上に生息する50000人程度の『旧人類』たち。彼らは今、何をしているのか？

「……ほんとに、分からないのかよ」

俺には、天蓋に貼り付けられている何千万の人々の心の声が聞こえるから、分かる。

「そんなモン——全員死んだに決まってる」

『何故《なぜ》ですか？』

「耐えられないんだよ。人間は。何億年って時間に耐えられない。上の連中、こいつら全員、今すぐ死にたくて仕方がないんだ。存在しているのが苦痛なんだ。そんな連中が……」

仮面に加工されて、誰かに寄生することに成功したとしても。

「……生きていられる訳がない。その瞬間、壊れて、終わりさ」

俺にはそれが、本能的にわかった。誰よりも人の心に触れてきたからこそ。

「——同一性の崩壊。あなたは、知らないのですか？」

代わりにメフが守護者に尋ねる。

「どれだけ科学が発展しても、人間の寿命は200年~300年程度だと言われています。その原因には多くの説がありますが、一般的には魂魄《こんぱく》流動体の活動限界だそうです。それはどのような生物であろうとも適用される法則です」

つまり、この守護者のプランは、破綻しているのだと――メフはそう、現実を突きつけた。

『同一性。それは、私達の中でも十分に吟味されたアイデアでした。しかし私達は、それらを議論すべき問題では無いと結論づけました』

「それは……何故《なぜ》？」

『あまりにも宗教的で、ナンセンスなアイデアだったからです！　現に、私は存在に苦痛を感じていません。そもそも、生物が自ら崩壊を選ぶという選択がリアルではありません』

「リアルって……」

『自死は様々な要素が複雑に絡《から》み合《あ》った結果で、カルト的な陰謀論の一つに過ぎません。存在が自ら存在を止めようとするというのは、冒瀆《ぼうとく》的な考えで議論されるべきではありません』

こいつら、信じられないんだ。生き物がいつか死ぬという事実に耐えられないんだ。

（かわいそうに）

こいつは本当に、本当に、本当に、人間が大好きだったんだ。

だからこんな風に、壊れてしまったんだ。

『あなた達にお願いがあります』

無謀過ぎるアイデアで、その主を苦しめ続けている、忠実な機械が告げた。

『私と一緒に、人類の再興を手伝ってくれませんか？』

俺は思わず、言葉を失う。

『あなた達もきっと、素晴らしい種ではあるのでしょう。この深海の底までたどり着けたのですからね。けれど彼ら——本物の人類とは、比べようもありません。彼らはあなた達よりもずっと情け深く、互いを労《いたわ》り、慈愛に満ちた生物でした』

「……」

『美しく、無邪気であり、純粋でした。私達が仕えるにたる唯一の生物でした。あなた達も、彼らを再興させたくて仕方がなくなって来たでしょう?』

俺は、メフの方をちらりと見た。

《この場は協力するフリをするか、真実を告げるか》

《この狂信者に、どう接するべき?》

『どうでしょうか? ——共に、正義を果たしませんか?』

巨大な機械が、少女の泣き声のように告げた。

《これ以上、有益な情報を持ち帰るためには——》

メフが深い思案に沈む。その時だった。

「危ない!」

黒い大地が盛り上がって、幾つもの黒い腕がメフの背中に向かって伸びる。

「きゃっ」

俺は、彼女を突き飛ばした。

「ぐ……っ」

俺は彼女の代わりに、四方から体を拘束される。決して強い力ではないが、どれだけ足掻《あが》いても離れたりはしない。恐らく、天蓋に旧人類を縛り付けている物と同じ素材だろう。

「八脚馬ッ！」

逃れられたメフは、即座に手元に八脚馬を出現させる。大型のドローンになった八脚馬は、すぐさまメフを掴《つか》むと中空に飛び上がった。

「何を……っ！」

叫ぶ俺に、機械は冷静な声色で告げた。

『申し訳ありません。――あなた方の意思は、最初から関係ありませんでした』

「だったら何で一旦、こっちに協力を持ちかけたんだよ!?」

『あなた方が喜んで協力するようなら、それは素晴らしく、尊重すべきだからです。僅かばかりも逡巡《しゅんじゅん》した段階で、あなた達は愚かで劣った醜い生物であると断じただけの話です』

空中のメフが体勢を整えて、左手でドローンを握ったまま、少し小さめのライフルを構えた。

「行け、八脚馬！」

『正義、執行ォ！』

八脚馬が弾丸を吐き出す。正確に黒い手を撃ち抜くが、僅かも衝撃を与えた様子は無い。

『メフ！　こいつの物理耐性はレベル2以上だ。今の拙者《せっしゃ》では撃ち抜けん！　撃ち抜けたとしても、数が多すぎてどうにもならんぞ！』

メフはドローンからトランシーバーを引っ張る。

「小柴《こしば》！」

彼女は必死にトランシーバーに訴えかけ続けるが、返答は無い。

《小柴《こしば》から返事が無い。守護者が、通信の遮断を――》

《いや、思えば当たり前か。こいつは私達より、文明度が高い！》

……つまり何？　俺たちもう、逃げられないって事？　――いや、違うか。

「メフ！」

「なんですか、言万《ことよろず》く――」

「逃げろッ！」

逃げられないのは、俺だけだ。メフは未《ま》だ間に合う。

俺が叫ぶと、彼女の顔が泣きそうに歪《ゆが》むのを感じた。いつも冷静な彼女のその表情を見て、俺はこの子は絶対に俺を助けようとするだろうと気がついてしまった。

（ふむ。となるとなんだ。俺はさっさと死んだ方が良さそうだな）

俺が生きている限り、彼女は俺を助けようとするだろう。だから俺は死ぬべきだ。

笑ってしまう程に恐怖は無かった。悪くない結末だとさえ感じた。

「――はあ。だぁらもー、ゆったンじゃん」

気だるい声。

『なに？』

ぶちん！　ぶちぶちぶち！　何か巨大な物が破ける音が響く。俺は空を見上げる。

『なにをしている？』

「馬鹿をやってる」

天蓋を覆っていた布が、一人の少女によって崩壊させられていた。

彼女は水色のジャージとフリルを揺らしながら、その鋼鉄よりも遥《はる》かに鋭い自らの糸で、拘束された何千人もの人々を解放していた。

『あぁあああああああああああああッッ‼』

巨大な機械が人間のように叫んで、その何十本もある金属の触手を天に伸ばす。

《今なら！》

メフがドローンから手を離す。ドローンとライフルはスライムのような液体状になると、お互いに手を伸ばしてくっつく。巨大な銃器に形を変えた。

「――お前は私の翼。私の弾丸。愛馬よ、風より速く駆け抜けろ」

劈《つんざ》くような銃声が響いて、八脚馬から弾丸が発射された。まるで意思を持っているかのように縦横無尽に空を駆けると、俺を囲んでいた黒い手の全てを正確無比に撃ち抜いた。

「言万《ことよろず》クンっ！」

その瞬間、俺のことを抱きかかえたのは、メイドのお姉さん——Ｌｕｎａさんだった。彼女は俺を片手でぎゅっと抱きしめると、天井に括《くく》り付《つ》けた糸を引っ張って、再度空中に飛び上がる。

「Ｌｕｎａさん……どうして……？」

「あー。……ま、アタシってほら。糸じゃん？　だからさ、ほっそーい糸になって。潜水艇に括《くく》り付けてー。いやー、水圧キツかったマジで。体、細くなっとらん？　ウエストとか」

「いや、俺は『どうやって』じゃなくて、『どうして』って聞いてるんです！」

Ｌｕｎａさんはそっぽを向いて、鼻を掻《か》いた。

「別に。他にやることなかっただけ」

「Ｌｕｎａさん……」

「だからアレだから。ただ気が向いただけだから。わかった？」

彼女は照れ臭いのを隠してるだけだった。そんなの、心を覗《のぞ》かなくたって分かるさ。

「〜〜っ」

俺は感極まって、彼女の体を強く抱きしめてしまった。

「わっぷぷ……わっ。こら、なにしてん、君っ。あ、あのねえっ。こちとら嫁入り前のロボ娘なんだからねえっ。ね、ねえっ。あの……なんか、えっ。何っ？　キモいって！」

「……ありがとうございます、Ｌｕｎａさん」

俺が震える声で呟《つぶや》くと、彼女は少しため息を吐いて、いつものように優しく笑った。

「つかなんなんアタシ。フられた相手に。わー、重ッ。メンヘラかよ、ストーキングかよ、今まで隠れてて急に白馬の王子様ヅラするのヤベーやつだろ。イタタタタ。あーキッツ」

ヘリの翼の音が後方から近づいてくるのを感じた。それはメフの八脚馬の物だろう。Ｌｕｎａさんは手首から出した糸を伸ばすと、流麗な動作で乗り込んだ。

「メフ、ありがとう。助かった！」

「いえ。それより――」

メフが地面を見つめた。堕《お》ちてしまった旧人類の死骸を悼《いた》む、巨大な守護者が踞《うずくま》っていた。

『ああ！　ああ！　我が主！　我が最愛の人々よ！　なんと……なんと嘆かわしい……。酷《ひど》い。こんなの、酷すぎる！　人の心が無いのか！　こんな悲劇、起きてはならない……』

守護者がゆっくりと頭を上げる。その視線に感情は無く、ただ俺たちを見つめていた。

「ここからどうするか考えないと」

メフが呟《つぶや》く。応えたのは、八脚馬だ。

『もう海には戻れんぞ。あの黒い大地は、アイツの思うがままに動くからな！』

Ｌｕｎａさんは少し考えてから。

「――戦うしかなくね？」

「だけど八脚馬の最大出力でも、あれを破壊することは出来ないでしょう」

「アタシの糸も、流石《さすが》に無理かなー。普通にちぎられると思う」

逃げる道は既に無く、象と蟻《あり》ぐらいの戦力差がある。だけど……。

「何か良《い》い手はある？　言万《ことよろず》クン」

俺はずっと違和感を覚えていた。あの巨大な機械。あいつには、意思が無い。いや、まるで有るように振る舞っているけれど、心の大半を占めるのは大きな義務感だ。

「あいつは――命令されてる」

そうだ。これはあの守護者の意思じゃない。あいつに意思なんて無いんだ。あるのは狂気に堕《お》ちた義務感だけなんだ。本当に意思を持ったやつが、どこかに居るんだ。

「あそこだ」

巨大なオルゴールの真下だ。あの下が空洞になっている。意志の反響でそれが分かる！

「あの下、どこかに繋《つな》がっている。あの奥に、誰かが居る！」

「それも、未来予知なんですか――？」

メフが目を丸くして尋ねる。Ｌｕｎａさんが笑った。

「今はもー、信じるっきゃない。……でしょ？」

大地が、ごうと揺れるのを感じた。それは巨大な機械の放つ、叫び声だ。

『お前たちのような奴《やつ》は、居てはいけない！　居てはいけない！　居てはいけない！』

守護者が戦闘体勢を取る。巨大な頭を下げて、金属製の体の奥から現れたのは、ハリネズミの針のように数えようが無い砲塔だった。

『――ぉおおおおおおおおおおッッ！』

無数の砲塔から、白銀色の光線が迸《ほとばし》る。それは辺りをお構いなしに、黒の天蓋さえも巻き込みながら、無差別に世界を切り刻み始めた。そしてそれこそが、あの守護者の本質なのだ。

「八脚馬！」

『応！』

八脚馬はアクロバティックな動きで、籠の目のように張り巡らされた光線を器用に避ける。機体は上下左右に回転して、頭をぶつけそうになった所をＬｕｎａさんに抱きとめられた。

『メフ！　このままじゃジリ貧でござる！』

メフは少しだけ考えてから、ぽつりと呟《つぶや》いた。

「――ここは、私達が時間を稼ぎます」

それしかない、とメフは確信していた。あの巨大な化け物に少しでも時間を稼げるのは、自分だけだと。二手に分かれなければ、共倒れ以外の道はないと。

「……」

ここでさ。優しい主人公だったら、まるで何も分かってないみたいな表情で、そんなの駄目だと伝えるんだろう。でも俺には、彼女の冷徹な覚悟がどこまでも伝わってきてしまった。

そして彼女は、俺から気遣われて良いような弱い人じゃない。

「メフ――あっちは任せろ。だから――ここは任せる」

覚悟を決めたよ。君の戦いの為《ため》に、俺も命を懸けて戦うよ。だから、一緒に勝とう。

「……ふっ」

メフは少しだけ目を丸くしてから、小さく笑う。

「男子も、なかなか見どころあるじゃないですか」

八脚馬のボディが変形する。俺とLunaさんは中空に放り出される。

「ね、言万《ことよろず》くん。帰ったら少し、仲良くなりたい。……良《い》い？」

「ああ！　勿論《もちろん》！　きっとどこかに遊びに行こう」

Lunaさんが俺の体を抱える。八脚馬が小型の恐竜程のライフルになる。

「――お前は私の翼。私の弾丸。愛馬よ、嵐のように吹き荒れろ」

メフは自由落下したままスコープを覗《のぞ》くと、大きなオルゴールの真下目掛けて引き金を引いた。弾丸は、嵐のように地面を深く抉《えぐ》る。何発も何発も、メフは連続して撃ち続けた。

「「壊れろぉおおおおおおおッッ！」」

メフと八脚馬の怒声が重なる。一際《ひときわ》大きな輝きが視界を焼いて、熱で世界が歪《ゆが》む。巨大な恐ろしい速度の弾丸がやっと地面を貫いて、大きな穴を穿《うが》った。

「ホントだ！　あそこ！　穴の先に、空間がある！」

Ｌｕｎａさんが叫んで、手首から糸を伸ばした。

『おぉおおおおおおおッッ！』

守護者は俺たちの意図に気がついたのか、沢山の黒い手を伸ばして、行く手を遮った。

「ノロいんだよ、テメぇら！」

Ｌｕｎａさんが銀色の糸を強く引っ張ると、まるで風のような速さで空中を駆けた。黒い手が必死に追いすがろうとしてくるが、それは間に合わない。

「言万《ことよろず》クン。ちゃんと摑《つか》まって！」

俺たちは、メフの開けた風穴に飛び込んだ。

デザイン：タレメタル

守護者

旧人類を護り、保護していた機械。旧人類は日々の生活や仕事の殆《ほとん》どを守護者に任せており、その肉体や思考レベルはかなり低下していた。

ある日、旧人類は終末『灰色の霧』によって滅んでしまう。『灰色の霧』を開発してしまったのもまた、とある大陸の片隅に居た、守護者の１人だったと言われる。

泥の仮面

とある守護者の開発した、旧人類を現代の環境に適応させるための手段。

現代は彼らが繁栄していた頃と環境が全く異なるため、生身の儘《まま》で存在する事は不可能である。

そのため、旧人類を仮面に加工し、現人類の肉体を簒奪《さんだつ》しようと考えていた。

第9話『草原の騎手』

私はメフリーザ・ジェーンベコワ。17歳。好きな食べ物ははちみつをたっぷり付けたボルソク（揚げパン）。苦手な食べ物は隊長《リーデル》が毎朝食べる納豆。あとは小柴《こしば》が毎日薦めてくる、淡水魚のピクルスも。匂いがキツくて、少しね。

（あの日の炎を、今でも強く覚えている）

燃え盛る草原の夜。母が泣きながら立ち尽くしていた。

『ママ……？』

星々の輝く夜空に向かって、銀色の階段が伸びていた。何万ｍも先にあるその最果ての影すら見えはしない。それは余りにも、魔法然とし過ぎている光景だった。

『無限の図書館』

髑髏《どくろ》の男が呟《つぶや》いた。

『まさかこの上に、本当にあるのか』

確か彼は、父の客人だった筈《はず》だ。色鮮やかな髑髏《どくろ》の仮面——確かアレは、メキシコの『死者の日』の時に付ける仮面だっただろうか？　——を付けた男に、母が言う。

『メフの事をお願いします』

仮面の男が頷《うなず》いた。

『待って。ママ。何する気なの』

母は、天空に続く階段を見つめた。

『あの奥に、パパが取られてしまったの』

父は魔法使いだった。無限の図書館と言う、無限冊数の本がある反現実の場所に、何を犠牲にしてでも行きたかったらしい。その理由を私は知りたいとも思わなかった。

『だからママ、迎えに行ってくるね』

無理だ、と思った。だって無知な子供からしても、余りに異界じみていたから。

『メフ。約束して。これから先、あなたの人生で。これだけを約束して』

仮面の男が、気絶している兄——テルミベック・ジェーンベコワを抱えた。母は兄の額に軽くキスをして、愛おしげに髪を撫《な》でると、全く同じことを私にも続ける。

『どれだけ深い絶望の底に落ちても、星空に手のひらを伸ばし続けるの』

不意に夜空の奥から、地を響かせる程の轟音《ごうおん》が響いた。私は直感的に、生き物の声だ、と思った。それがなぜなのかは、今でも分からない。

『ヌルグル』

仮面の男が、母を呼んだ。

『急ぐんだ、時間がない。次元の狭間《はざま》の化け物が、溢《あふ》れ出《だ》している』

母は頷《うなず》いて、私の体を力強く抱きしめた。

『メフ、良《い》いね。それだけを忘れないで。そうしたら後は、大丈夫だから』

優しい声。優しい仕草。私は目を閉じると、いつだって、母の言葉を思い出す。

『……元気でね。大好きだよ。大好き。私の可愛《かわい》いメフリーザ』

『ママぁ……ぐすっ、やだよぉ、ママぁ……っ』

母の涙が私の頬に伝う感覚を、私は生涯忘れないだろう。

『あなたも、元気で』

ママが仮面の男に笑いかける。仮面の男は小さな声で、『ご武運を』と呟《つぶや》いた。彼は私をおんぶして、バイクに跨《また》がった。バイクは風のような速度で駆け出した。

『良《い》い旅を！』

母が叫んだ。私は振り向く。彼女は天空に伸びる階段に向かって、今一歩を歩き出したところだった。まるで英雄のように勇敢に。武器の1つも持たずに。

『摑《つか》まって！』

仮面の男が叫んだ。気絶したテルを片手で抱きかかえたまま、バイクが駆ける。

『ＯＯＯＯＯＯＯＯＯＯＯＯＯＯＯ――』

背後から沢山の化け物の唸《うな》り声が聞こえた。それは菌糸のような曖昧な物質でぐじゃぐじゃに織られたような、酷《ひど》くスカスカで巨大な、怒りに満ちた生き物だった。

『あれはなに⁉』

『スカベンジャー！　世界の種を喰《く》うために、俺たち全部を殺す化け物だ！』

真っ白のスカベンジャーが、真っ白の翼で空を叩《たた》く。

『来い！　鳥と詩《バン・バード》！』

仮面の男が叫ぶと、手の中に無骨で大きな拳銃が現れた。それはどこまでもシンプルで機能的な、まるでギロチンのような無慈悲な美しさを思わせる武器だ。

『おぉぉぉおおおおおおおッッ！』

近づいてくる化け物に、仮面の男は何発も銃弾を浴びせる。しかしテルを抱えたままなので照準はちっとも定まらず、牽制《けんせい》程度にしか意味は無いようだ。

（このままじゃ、追いつかれる！）

『ひひーん！』

嘶《いなな》きが聞こえた。それは私の母の真っ黒の愛馬、チャルクイルクだ。どうして？　確か馬や羊たちは、叔父たちが一目散に逃がしていたはずなのに。

『ひひーん！』

『！　わかったよ、チャルクイルク』

彼の言葉が分かった気がした。私を子供の頃からずっと見守ってくれていた、年老いた馬。

私は仮面の男の背中を掴《つか》んで立ち上がると、チャルクイルクに向かってジャンプする。

『なっ⁉』

仮面の男が驚いていたが、私からしたらこんな事造作もない。だって私達は馬と共に生きてきたんだもの。勿論《もちろん》優雅にとはいかなかったけど、私はなんとか手綱を握った。

『テルをこっちに！』

仮面の男が頷《うなず》いて、テルを私に預ける。私は彼を馬に跨《また》がらせると、背中から強く抱きしめた。テルは気絶しているくせに、手綱だけはぎゅっと握る。

『OOOOOOOOOOOOOO――！』

化け物が叫ぶ。しかし、鳥と詩の銃口は、寸分違《たが》わずその頭蓋に向けられていた。

『――うるせえ、死ねよ。テメエらなんか』

鳥と詩のマズルフラッシュが、一瞬、夜空を切り裂く。空を飛ぶ白い化け物の頭部に、大鍋ぐらいのサイズの穴が開いていた。まるでそこには最初から何も無かったみたいに。

『ありがとう！　助かった！　このまま、走るぞ！』

それからどれだけ走り続けたのだろう。1時間や2時間にも思えたし、たった10分の事のようにも思えた。私達は化け物を撃ち落としながら、小高い丘の上にたどり着いていた。

『酷《ひど》い有様《ありさま》だな……』

仮面の男が呟《つぶや》く。化け物に襲われた時に仮面が少し割れたのか、大きな傷のある顔が微《かす》かに覗《のぞ》いていた。それからだった。私が何となく、傷のある男性が気になるようになったのは。

『……これから、世界は終わってしまうの？』

夜空に続く階段。その果てしなく高い起点からは、まるで滝のように化け物たちが降り注いでいた。私は、きっと世界は滅びるんだろうな、と何となく思った。

『終わらないよ』

『え？』

『終わらない。そんな事、俺は許さない』

不意にチャルクイルクが嘶《いなな》いて、私を振り落とそうとするみたいに暴れ始めた。優しい老馬だ。そんな事、初めてだ。驚きながらも、私はチャルクイルクから降りた。

『何？　どうしたの？』

彼は私の顔に優しく頰を擦《こす》り付《つ》ける。

『ひひーん！』

誇り高く嘶《いなな》いて、駆け出した。

『待って！　チャルクイルク！　駄目！』

彼が何をしに行くのか、私には痛いぐらいに分かってしまった。

誰よりも忠実で、誰よりも勇気に満ちた彼は、彼の主人を助けに向かったのだ。

彼の主人——すなわち、私の母の元に。

『戻って！　戻りなさいチャルクイルク！　戻って！』

けれどその黒く美しいたてがみを持つ老馬は、風のように走り続けて、夜の闇に溶けていく。

彼もまた、闘いに行ったのだ。どんな勇者よりも勇敢に。武器の1つも持たずに。

『馬鹿！　馬鹿！　馬鹿ぁああああああああッ！』

それから一週間後の事だった。燃え尽きた草原から、父が心神喪失状態で発見されたのは。


——その手には、千切れた手綱を握っていたそうだ。

■

「行こう、八脚馬《チャルクイルク》」

2人が行って、私は守護者を睨《にら》んだ。小型のドローンになった八脚馬にぶら下がりながら。

『応ともさ。だが今の拙者《せっしゃ》たちでは、2分と持たんぞ！』

「せめて、5分」

『……』

「5分、稼ごう」

あの強大な化け物が、どれだけ恐ろしい物なのか、とっくの昔に気がついていた。今は錯乱して、取り乱しているだけだ。本気を出せば、私達みたいなちっぽけな生き物なんて、瞬《また》く間《ま》に殺してしまえるのだろう。

『5分？　あの2人を信用しているのだな』

「信用？　まさか。未《ま》だ出会って数日だもの。そんな素敵な物はありません」

けれど、これはとても単純な話だ。

「やるしかないの。それしかないの。だから闘うと、覚悟を決めたの」

あの日、天空に続く階段を上り続けた母の背中を思い出す。きっと彼女にも勝算なんてちっとも無かった筈《はず》だ。きっと化け物に無惨《むざん》に食われて死ぬと分かってた筈《はず》だ。

けれど、母は闘ったんだ。絶望と。

「――希望を信じて」

その頼りない、蜘蛛《くも》の糸のような輝きを。

『ならば、メフ。本気で行くぞ』

「もちろん。出し惜しみは、無しです」

行こう。あの日に焦がれた、勇者のように。

「私を喰《く》らえ、私の愛馬。共に死の湖を駆け抜けよう！」

瞬間、八脚馬のボディがどろどろに溶けて、私の左腕に巻き付いた。

「ぐっ……くぅあぁあああああああッッ！」

八脚馬が私を喰《く》らう。腕が万力のような力で締め付けられる。これは——咀嚼《そしゃく》だ。私の腕はミンチにされる。何度も何度も嚙《か》み砕《くだ》かれる。骨も、肉も、綯《な》い交《ま》ぜになる。

『気合を入れろよ、メフッ！　ここから先、拙者《せっしゃ》を動かすのはお主の生気。気合でござる！』

八脚馬が私の腕を飲み込んだ。その瞬間、彼の体は爆発的に膨らんで、巨大な2丁のライフルを形成した。1つは私の無くなった腕の代わりとなる、肩と一体化した真っ黒のライフル。2つめは、全く同じ形の無骨なライフル。2つともその長さはゆうに3mを超えている。

「……っ」

背中に痛みが走った。体の筋肉が、無理やり作り変えられている。私は今、八脚馬と一体になったのだ。同じ性質を持つ者になったのだ。

「ぎぃやぁああああああッッ！」

叫ぶ私の背を、巨大な翼が突き破った。酷《ひど》く無骨な、機械の切れ端で固められたような瀟洒《しょうしゃ》さの欠片《かけら》も無い、真っ黒な翼だった。

『拙者《せっしゃ》は、お主の風でござる！』

「うん！」

守護者は地面のオルゴールを引き剝がして、言万《ことよろず》くん達を追おうとしていた。こっちは眼中に無いみたいだ。都合が良《い》い。

「吹き飛べ――」

隊長の光を思い浮かべながら、私は2つの引き金を引く。凄《すさ》まじい衝撃で腕の筋が弾《はじ》け飛ぶが、八脚馬の黒い粘液がすぐにその負傷を修復した。

『頭部に破損を確認。無視出来ない損傷です』

巨大な私達の弾丸は、巨大な機械の頭に風穴を開けていた。しかし直《す》ぐにワイヤー状の金属で補修されて、剝《む》き出《だ》しの瞳がぎろりと睨《にら》む。

『メフ！　攻撃が来るでござる！　回避だ！』

「違う！　突っ込む！」

『何⁉』

守護者が針山のような砲塔を私達に向ける。視界を灼《や》く程の光が迸《ほとばし》った。

「うおぉぉおおおおおおおッッ！」

私は黒い翼を羽ばたいて、光の狭間《はざま》を縫うと、巨大な機械の頭部に肉薄する。

「――うるさいんですよ、死ね。お前らなんか」

ゼロ距離で二丁のライフルを眉間に突きつける。引き金を振り絞る。

「らぁあああああああああああッッ！」

何度も何度も引き金を引く。その度に、私の体が壊れていくのが分かった。私の魂が消費していくのが分かった。けれどそんな事は、何の問題にもならなかった。

『邪魔……だァッ！』

守護者の持つ腕の一本が、横から私達を叩《たた》き落《お》とした。まるで羽虫を扱うように。

「――」

私達は遥《はる》か数百ｍまでぶっ飛ばされて、黒い大地に叩《たた》きつけられた。けれどすぐに翼がはためくと、飛び上がる。

『メフ、大丈夫か？』

「大丈夫……頭蓋骨が割れて、肋骨《ろっこつ》が心臓に刺さってる程度です」

『わはは！　そのぐらいなら、直《す》ぐになんとかするでござる！』

私達の決死の猛攻でも、あの巨大な機械には大したダメージは無いようだった。だが、言《こと》万《よろず》くんたちを追跡する前にこちらを倒すと決めたのか、砲塔は完全に私達に向いている。

『さあ、メフ！　正義執行の続きを始めるぞ！　正義は必ず、勝ーつ！』

その子供のような言葉に、私は笑ってしまう。

でも、そうだよね。

「行こう、八脚馬。——手を伸ばしつづけるんだ。あの星空に！」

私は二丁のライフルを構える。翼は空を切り裂いた。

■

頭上から、轟音《ごうおん》が響き続けていた。

（……メフ。大丈夫かな）

いいや、俺は俺のことに集中するんだ。メフの稼いでくれている時間を、少しも無駄にしないために。Ｌｕｎａさんに摑《つか》まって、黒い竪穴《たてあな》の中を降り続ける。

「この奥に、誰かが居ます。数は……４、５人。距離は１００ｍほど」

「了解。やっぱり便利だね、君の終末」

俺たちは穴の底に辿《たど》り着《つ》いた。幾つかの機械の松明《たいまつ》が僅かな灯《あか》りで照らしている。

「ここは、寺院ですかね？」

抽象的な文様や、神様じみた生き物が刻まれた壁画。壊れた壁の合間から、寺院に入る。

「……造るのに手間がかかってる。そのくせ荒れたい放題」

Ｌｕｎａさんが暗い廊下をキョロキョロと見渡す。

「アタシの経験的に」

彼女はつまらなそうな声で続けた。

「こういう所にあるのは、急所《いへ》だよ。自分でも目を逸《そ》らしたくなるような」

Ｌｕｎａさんって何者なんだろう。闘い慣れているようだったし。少なくとも、ただのメイドさんには見えなかった。

「この奥に、誰か居る。……並んでる？　泣いてる？　分からないけど」

廊下の先には大きな広間。全体的に球体で、オアシスを思わせる装飾が施されていた。

「……慎重に」

広間に入ろうとした俺の肩をＬｕｎａさんが摑《つか》む。彼女は俺の前に出て、ゆっくりと警戒しながら広間に入っていく。

「あれ……は……。おい、マジかよ……」

Ｌｕｎａさんが、息を呑むのが分かった。

《……よくぞ、来てくれました。新しい世代よ》

そこには確かに、５人の人間が居た。

身長は2mから3m程だろうか。俺たちよりも背が高くて、小さな手には指の代わりにモップのような触手が生えている。瞳は大きく、細長い顔の半分ほどの面積を占めていた。全身に毛は無く、剝《む》き出《だ》しの肩には大きな穴が開いている。

彼らは全身から皮を剝がれて、細長い四角い枠に張られていた。

「な――」

獣の皮を剝いで伸ばす時のように皮を木枠にピンと張り付けて、僅かに表面の部分――例えば顔面の皮であったり、胸の皮であったりは、未《いま》だに肉と癒着して、体に接合されている。よく見ると全身が金属のボルトのような物で壁に固定されているようだ。それだけではなく、腕や脚の関節には中空から伸びたワイヤーに引っ張り続けられている。

「新しい世代？　って事は、アンタたちは、前の……」

俺が呟《つぶや》くとLunaさんが不思議そうな顔をした。彼女には彼らの心の声が聞こえていない。

《その通りです。私達は、かつて人間と呼ばれていた者。終末に敗北し、終わった者》

5人の中でも一際《ひときわ》背の高い、優しげな目をした男が応えた。

《お願いします。この物語を終わらせて下さい。私達と、『守護者』たちの》

「守護者……あいつは、何なんです？　あの上にいる、大きな機械は」

《機械？　そんな侮蔑的な意味の言葉は、私達は使いませんでしたが……》
中央の男は痛みと苦しみ、狂気に必死に堪えながらも、説明を続けた。
《あれは世界が終わった後も、使命に忠実であろうとしています。即《すなわ》ち、人間を護《まも》ろうと》
けれど、と続けたのは、背の高い男の隣に居る、小さな少女だった。……いや或《あ》いは、その性別は逆なのかもしれない。或《あ》いは、性別なんて無いのかもしれない。
《あの子は、命令が無ければ動けないの。それが、守護者の性質だから》
《だから私達は、ここで張り付けにされているんです。永遠に命令をさせ続けるために》
命令をさせ続ける？　どういう意味だろう。俺が首を傾《かし》げていると、男が続けた。
《その××××に触れてください》
俺たちの言語に無い単語だったので、××××が正確に何を指すのかは分からなかった。けれど、彼の心のベクトルが、広間の中央の台座に向けられている事に気がついた。
《やめろッ!!》
俺が台座に触れると、今まで沈黙を護《まも》り続けていた、左奥の男が叫んだ。
『――♪　――♪　――♪』
始まったのは、音楽だった。いや……恐らく、音楽だった。
《痛い！　痛い！　痛い！　痛い！》
《やめろ！　俺たちに歌わせるのを、やめろ！》

彼らを吊《つ》り下《さ》げる壁の裏で、大量のワイヤーと金属の棒が動き始める。それは彼らを胸の裏から突き刺して臓器を掻《か》き回《まわ》すと、喉や肺にあたる場所を無理やり動かして、音を奏《かな》でていた。
（これは、人間で作られた――楽器か）
悲鳴のような歌声が、寺院の大広間に響いた。恐らくそれは、生への賛歌だ。生きることがどれだけ美しいか。どれだけ日々を感謝しているかという、夢と希望の詩だった。
《……どうかもう、終わらせてください。これ以上は、耐えられない》
演奏が――或《ある》いは命令が――終わって、絶え絶えな息で旧人類たちは告げる。どれだけ涙を流したくても、もはやその機能さえ残されていない、哀れな体で。
「どうしたら良《い》い？　あんたらを殺したら、守護者は止まるのか？」
《私達の代わりなんて、幾らでも居ます。そしてあの、守護者も》
ならばどうすれば良い？　旧人類は、心のベクトルを大広間の奥にある扉に向けた。
《この扉の奥に、マザーケースと呼ばれる守護者が居ます。それは、この世界の指向性の核となる存在です。あれが破壊されれば、この空間の汎《あら》ゆる存在は維持出来ません》
お誂《あつら》え向《む》きの話だ。世界の大本をぶっ壊せば、全部が大団円で終わる。
俺はＬｕｎａさんに説明すると、早足で歩き始めた。
《待って。ただ1つだけ、教えてください》
振り返ると、磔《はりつけ》にされた男が、泣きそうな顔で俺を見ていた。

《私達の神は、何をなさっているのですか？》
《私達は、死んだら神の元に行けるのですよね？》
俺はその言葉を聞いて理解する。彼らの世界では本当に神様が居て、彼らの事を見守っていたんだ。正しい日々を送っていれば、死んでも神様の近くで幸せに過ごせたんだ。
ああ、この世界に、永遠ってモンは無いんだな。本当に。
俺は、彼の疑問に答えられず、ただ黙って、振り向いた。

第10話『フリルの騎士』

アタシはＬｕｎａ。随分昔に、年齢を数えるのは止《や》めた。

好きな食べ物は、焼いたアミノローチャ。嫌いな食べ物は、宿り星の結晶。きっとこの次元の人々は、誰一人としてそれがどんなものか分からないだろう。

『行かないで、姉さんッ！』

アタシの地元では、人は星に住んでいなかった。沢山の船団で沢山の星を乗り継いで、都度燃料を生産し、宇宙を旅しながら生き延びていた。

『まあ、しゃーないしょ。こーいう日もある、うん』

フリルの騎士。それがアタシの通り名だった。メディアと軍関係者が勝手に盛り上げた名前で、要は担《かつ》がれる神輿《みこし》でもあったわけだ。

『勝ち目が無い。絶対に。こんなの、死にに行くだけだ』

今私達の船『ラォムキナ』は現在、仲の悪い国……まあうちの地元に国って概念は希薄なんだけどさ。仲の悪い船団に襲われてたわけ。しかも計画的に練られた作戦で、あちらサンはこっちを壊滅させる気満々で。

『なに。アンタ、アタシが負けると思ってンの』

『姉さんだって……分かってるくせに……』

可愛《かわい》い私の弟。目元が母さんにそっくりだ。口は父さん似かな。

アタシはそのどちらにも似ていなかった。だって軍人用に工場で生産されたデザイナーズチャイルドだったからね。まあ父さんも母さんも、たっぷり愛してくれたけど。

『姉さん……一緒に、逃げよう……』

だから彼はアタシの手を握ったけれど、それを振りほどかなければいけなかった。

『また後でね。帰ったら夕飯、たっぷり用意しとき』

アタシはアタシの機体『銅のナイフ』に乗り込んで、無限に広がる宇宙に飛び出した。

背後に故郷が遠ざかっていくのを見ながら、アタシの一個師団を展開する。

神経に直接繋《つな》がれた操縦桿《かん》が、何千もの人型の兵器を同時に操る。

『……マジか』

けれどモニターに現れたのは、数千どころじゃない。数万、数十万の軍勢だった。

一体この奇襲にどれだけの予算と人数を投入したのだろう。なんか笑ってしまった。

『ふぅー』

アタシは煙草《たばこ》を肺の奥にたっぷり吸い込んでから、吐き出す。

『かかってこいよ、クソッタレども。全員残らず、叩《たた》きのめしてやる』

こうしてアタシは闘って、死んじまったってわけ。だけどね、故郷の人々はなんとかギリギり生き延びて、まあ何ていうか、アタシは俗に言う英雄って奴《やつ》になったわけだ。

国民から大人気で、本や伝記も沢山出版されたらしい。


『あの戦場の英雄、フリルの騎士を一家に一台！』


——そんな広告が打たれたのは、アタシが死んで半年後の事だった。

アタシは工場で生産された人類で、神経の活動は常にモニターされていた。つまり、アタシと全く同じアタシを簡単に量産出来たってわけ。

(他のアタシは、どんなヤツに買われたンだろ。まあ、酷《ひど》い事もされてるだろうな。幸せになったヤツも居るンだろうか？　ああ、本当に、クソッタレの気分だ)

弟はどうなったんだろうか。今も、元気にしているんだろうか。沢山のアタシが量産される世界を見て、どんな気持ちだったんだろうか。

(あの時、あの子を護《まも》るべきだったんじゃないの)

きっと苦しんだ筈《はず》だ。誰よりも泣いた筈《はず》だ。アタシは、それさえ分からない。

だって、このアタシ——この個体のアタシが目覚めたのは、あの戦争から何千、それか何万？　もっとかもしれないね。そのぐらい先の未来の、別の次元の宇宙の話なんだもん。

境界領域商会。その次元の狭間《はざま》に住む経済的な化け物たちは、売れ残って廃棄されたアタシ達にわけのわからない改造を施して、別の次元の化け物達に安く売りさばいた。
（でも別にいい。どうせアタシには、誰一人だって守れない）
全部がどうでも良くて、さっさと死にたいってそればっかりだったな。

でも最近は、ちょっとだけ。

「Ｌｕｎａさん、あそこ、出口だ！」
傷だらけの男の子が一生懸命走りながら、光に向かって指をさす。
（この子は、幸せになれると良《い》いな）
アタシなんてどうでもいいから。せめて、この子だけは。
（でも、どうせ全部が無駄だね）
——やっぱり結局、どうでもいい。ああ、さっさと死ねるといいのにな。

■

そこは、朽ちたビルの沈む、巨大な蒼《あお》の湖だった。
「Ｌｕｎａさん、音が……」

言万《ことよろず》クンが呟《つぶや》く。ああ、たしかに、さっきまでひっきりなしに聞こえていた砲撃の音が、いつの間にか止《や》んでいた。きっと、メフちゃんは死んじゃったんだろうな。

「……アタシたちはアタシたちのやるべきことを、しよ」

あの黒の通路を抜けた先にあったこの空間は、かつて存在した世界を忠実に再現した世界だ。美しい蒼《あお》の湖に、壊れて倒れた沢山のビル。曇天の空と、無限に広がる空間。

(——明るい。上の階層は夜の海。そして地下の階層は思い出。なるほどね)

ここには『護《まも》りたかった物』が置かれているんだろう。そんな予感がした。アタシみたいに全部を無くしちまったやつには、嫌になるぐらいに分かっちまった。

「あそこに、何か居ます」

湖の浅瀬に、小さな何かが転がっていた。微《かす》かに動いているようだった。

「あれは……犬?」

そのサイズはどちらかと言うと子犬に近い。もふもふの毛を持っているが、機械で作られているのか、歩く度にギーと軋《きし》む。脚は六本で、アタシ達の知る物と少し違うみたい。

『ウォンウォン!』

「こ、こいつ……」

その子犬はアタシ達に気がつくと、威嚇して牙を剝《む》き出《だ》しにする。

「ン? どしたの言万《ことよろず》くん。犬苦手?」

「こいつが……マザーケースです。……――この終末の源だ」

(こんなちっぽけな、弱々しい生き物が？　牙だって、あんなに小さいのに？)

アタシは納得してしまう。この世界が極端で、考え足らずな理由を。恐ろしい程に人間を愛し続けていた理由を。その正体が、この小さな子犬だったんだ。

「うっし。ぶっ壊すか」

アタシが呟《つぶや》くと、犬が一層吠《ほ》える。可哀想《かわいそう》だけど仕方がない。

「Ｌｕｎａさん、下がって！」

「え――」

言万《ことよろず》くんがアタシの腕を引っ張る。その瞬間、犬の周りに巨大な鉄くずが落ちてくる。鉄くずから伸びるワイヤーがお互いを抱きしめあって、機械の肉体を組み上げていく。

『ウオーン！』

出来上がったのは、守護者だった。それは、上層で仮面を編み続けていた奴《やつ》と全く同じ姿の機械だ。或《ある》いはこいつらは、同一シリーズの二体だったのかもしれない。

(どっちにせよ、こいつを倒せなかったら詰みってワケ？)

なんてしょーもない物語。メフちゃんが体張ったのが無駄で、アタシたちがここに来たのも無駄ってわけだ。だってどう考えても、勝ち目なんて欠片《かけら》も無いからね。

(さて、どうしたら簡単に死ねるかな)

考えたその時、言万《ことよろず》くんがぽつりと呟《つぶや》いた。

「あいつ、パーツが足りてない」

「……え？」

「背中の装甲が足りてない。剝《む》き出《だ》しです。あいつ、そこを庇《かば》ってる。それだけじゃない。あいつ、型落ちです。思考が鈍い。あいつなら——勝ち目があります」

驚いた。この子、全然諦めてないんだ。思えば出会った時からそうだった。この子は一度も諦めた事がない。アタシは……この子のそういう所に、強い憧れを抱いていた。

「Ｌｕｎａさん。お願いします」

「なんを？」

「あ、あ、い、あとのこと」

どういう意味なのか、尋ねる必要は無かった。止めないとって、思ったのに。

「水の下に！」

彼は叫んで、走り出した。勇者のように勇敢に。武器の1つも持たずに。

『おぉおおおおおおんッ！』

馬鹿で哀れな巨大な守護者が叫ぶと、その醜い体を不器用に動かして言万《ことよろず》クンの体を叩《たた》き潰す。言万《ことよろず》くんはそれを間一髪で避けて、なおも勇敢に駆け続けた。

「ごっ」

けれどその蛮勇がいつまでも続くことはない。巨大な機械の投げた何十本もの鉄の針が、彼の体を貫いた。赤い血。肉が破れて、骨が砕ける。

（……馬鹿な子）

アタシはそれを、ずっと見ていた。立ち尽くしていた。体は、微《かす》かに震えていた。

『ぉぉぉおおおおおおおおんッ！』

怒り狂った巨大な機械が立ち尽くすアタシに視線を向ける。そいつは馬鹿の1つ覚えみたいに、鉄の針をアタシに投げつける。それはアタシを貫くけれど――そこにアタシは居なかった。


「――くたばりやがれ、クソッタレ」


アタシはアタシの糸を水面下で伸ばして、巨大な機械のその背後に、自分自身の99％を移動させていた。今、アイツが貫いたのは表面だけを糸で繕ったアタシの1％に過ぎない。

「死ね」

アタシの手首から伸びる糸が、銀色のレイピアに形状を変える。言万《ことよろず》クンの言う通り、こいつ、背中は丸出しだ。アタシは機械の隙間を縫うように、正確に急所を突き刺した。

『おおッ』

僅かな苦悶《くもん》。手応えはあった。ゆっくりと機械は崩れ落ちていく。ワイヤーで固められていたくず鉄も、水飛沫《しぶき》を上げて地に落ちた。

「言万《ことよろず》クンっ！」

アタシは息を切らして、彼の元に向かった。

（また、護《まも》れなかった）

この子が走り出してくれなかったら、一瞬の隙を突いて糸を伸ばせなかった。彼は自分がズタボロになることを、最初っから知っていた。

「Ｌｕｎａ……さん……」

口から血を吐き出しながら、倒れた彼は笑う。アタシは彼を、抱きとめた。

「馬鹿だよ！　馬鹿！　馬鹿！　馬鹿！」

彼が笑っているのはアタシに心配をかけまいとするためだろう。なんて、いじらしいんだろ。

「どう？　少しは……口の中の血の味、止まった？」

「……めっちゃしします」

当たり前だ。だって物理的に超出てるからね。

（いや。蒼《あお》の学園の科学力なら、この状態の子を助けられるか？）

そうだ。まだ護《まも》れないと決めつける時じゃない。急いで地上に戻れば、救えるかもしれない。

「待って！　今、止血を――」

「……Ｌｕｎａさん」

言万《ことよろず》くんが、よろよろと立ち上がる。

「馬鹿！　動かないで――」

「ま、だです」

「――え？」

凄《すさ》まじい水飛沫《みずしぶき》が視界を覆う。ダンプカーが突っ込んできたような衝撃。アタシは空中に放り出されていた。

(言万《ことよろず》クンは)

彼もアタシと同様、ぶっ飛ばされていたようだ。アタシは必死に空中で彼の事を抱きしめると、落下の衝撃に備えた。

「がっっ」

地面に強く叩《たた》きつけられる。痛みよりも、言万《ことよろず》クンが平気かどうかが気がかりだった。だってもう、体中穴だらけなのに。アタシの腕の中で、彼はぐったりとしていた。

「――何だよ、お前ら……」

巨大な、犬の守護者が居た。それは1頭や2頭と言った話ではない。

何十頭もの守護者が湖の底から這《は》い出《で》ると、アタシたちを静かに見つめていた。

第11話『囁き屋』

ジジイが死んだのは、小学校の卒業式の日だった。

『今日は特別だ。ナメられないようにしねえとな』

相変わらずの禿頭《とくとう》を照らしながら、ジジイは俺に黒の上品なジャケットを着せた。

『ジジイ。これ、どうしたんだよ？』

『この寺で代々受け継がれて来た服だ』

『嘘《うそ》つけ。タグ付いたままだったぞ』

『はは。これから受け継いでいくのさ』

初めての正装は酷《ひど》く小っ恥ずかしくて、正直今すぐにでも脱ぎたかった。寺のガキ共にもからかわれたしさ。でもジジイの嬉《うれ》しそうな顔を曇らせたくなくて、俺は文句をほざきながらも誇らしい気持ちでポケットに手を突っ込んで歩いてたんだ。

『楽しんでこい』

卒業式なんぞずっと椅子に座ってるだけだ。楽しいわけなんか無いだろ。そう思ったけど、帰ったらジジイに卒業証書は見せてやろうと思った。

『いってきます』

本当はジジイにも来てほしかったんだけど、小さな子供みたいで言い出せなかった。

『卒業証書、授与──』

いつもドッジボールをしている体育館に、大人がずらりと並んでるのって何だか変な感じだ。

厳粛で真面目な雰囲気で、俺は馬鹿みたいに背筋を伸ばしていた。

『心《こと》にぃ〜……うえええええんっ。心《こと》にぃ〜〜っ』

扉の音が体育館に妙に大きく響いて、子供の泣き声が俺を呼んでいた。

『え？』

最初はそれが誰の声なのか分からなかった。

『みっちょん？』

みっちょんは喋《しゃべ》ることが出来ない女の子で、その声を聞いたのは初めてだったから。

『心《こと》にぃっ。おじいちゃんがっ。おじいちゃんがぁっ』

俺は一瞬、恥ずかしいと思ってしまった。こんな真面目な場所で、赤ちゃんみたいに泣いて名前を呼ばれるなんて。俺はその稚児《ちご》じみた情けない羞恥心を一生忘れることがないだろう。

『すぐ行く！』

みっちょんの心はぐじゃぐじゃで、酷《ひど》い悲しみと絶望、混乱に満ちていた。そんな人の心に触れるのは初めてで、俺はすぐにこんな所にいる場合じゃ無いと気がついたんだ。

俺は泣き続けるみっちょんと一緒に体育館を出て、近所の病院に向かった。

『ここでお待ち下さい』

俺たちは看護師さんに言われて、ロビーの緑色の椅子に座った。大学病院は沢山の人でごった返していて、みっちょんの泣き声は人々のざわめきにかき消される。

『君が、言万心葉《ことよろずことは》くんだね』

不意に俺に声をかけたのは、端整な顔立ちのメガネをかけた30代前後の青年だった。

ジジイの息子。確か余り仲は良くないと聞いていたけれど。彼が俺に渡したのは、古いボクシンググローブだった。ボロボロのくせに、よく手入れされている。

『父から聞いている。君に、これをと』

『ジジイは、死ぬのか』

『ああ、多分。これは随分と前から分かっていた事だったんだ』

俺だって知っていたさ。いつも止まらない咳《せき》。段々と痩せ細っていく体。起き上がる度に、酷《ひど》く苦しそうな声で呻《うめ》くこと。俺は全部知っていたんだ。

それなのにジジイは無敵で絶対死なないって、信じていたんだ。

『これから、寺はどうなる』

『別の人が引き継ぐ。君たちの事は、他の色んな大人が助けてくれる』

そうか。やっと分かった。

(ジジイは俺に、拳を託したんだな)

ボロボロのボクシンググローブ。あの年老いたハゲ親父《おやじ》は、きっとこいつで闘い続けて来たんだ。大切な人たちを護《まも》るために。どれだけ体を痛めつけられても。

『……俺が、みんなを護《まも》る』

『君には無理だ。子供で、弱いから』

『うるさい！』

俺はボクシンググローブをぎゅっと抱きしめた。

『俺が、やらないといけないんだ』

ジジイの息子さんは静かな視線で俺を見つめて、ぽつりと呟《つぶや》いた。

『悲しいことだね』

その言葉の正確な意味が分かるほど、俺は大人じゃなかった。今だって、ちゃんと理解出来ていない気がする。でも、少しは分かるよ。それって、悲しいことだよな。

（だって俺は、誰一人護《まも》れなくて）

みっちょんは里親に引き取られた。数ヶ月おきに連絡が来て、いつも無理して笑っているのは分かってたけど、俺には何も出来なかった。他のみんなも、似たようなもんだ。

みんなが今何をしているのか、俺は知らない。

だって俺はメキシコに連れて行かれた。沢山の人を傷つけた。

（俺は、誰も護《まも》れなかった）

だから、思うんだ。これから誰かを護《まも》ることが出来るなら、それって最高だなって。

出来ることなら、何でもしようって。


だって俺はあの日、ボクシンググローブを受け取ったんだから。

■

（……？　なんだろ、この、感触）

白濁化した意識が、辛《かろ》うじて体系化する。俺は短い間、気絶していたみたいだ。

（あれから、何があったんだっけ？　確か、俺たちはマザーケースを破壊して――）

そうだ。犬みたいなデカい機械が何機も現れたんだ。俺とＬｕｎａさんはぶっ飛ばされた。

（なんてこった！　気絶なんてしてる場合じゃないぞ！）

俺は必死に瞼《まぶた》を開こうとした。体中の力が入らなくて、それでも頑張るしかなかった。

「……っ」

辛《かろ》うじて目を開く。視界が光を捉えた。光は、何かに遮られていた。

「……あ。起きたン？　おっはー」

「――え」

光を遮っていたのは、フリフリのフリルとだぼだぼなジャージだった。

「Ｌｕｎａ……さん……」

「ねぼすけだね、君って」

彼女の前髪から一粒の赤い血液が滴《したた》って、俺の頬を濡《ぬ》らす。

「何……してるんですか……」

「……馬鹿やってる？」

俺の周りに結界のように張り巡らされていたのは、彼女の銀色の糸だった。そのどれもがすでにボロボロで、朽ち果てかけている。

俺に覆いかぶさっている少女は血だらけで、視線の焦点も定まっていなかった。

「君の傷、縫合しておいた。輸血もしといた。アタシの血で」

ごう！　と風を叩《たた》き切るような音が響いて、それは恐ろしい程の強さで糸の結界を叩《たた》いた。

ぶちぶちぶち！　と嫌な音がして、Ｌｕｎａさんが痛みに叫びをあげる。

「Ｌｕｎａさん！　退いてください！」

周りに、沢山の巨大な守護者が居た。それは酷《ひど》く緩慢な動作で、不器用に鉄の棒を振り下ろし続ける。千切れた彼女の糸から、真っ赤な血が溢《あふ》れる。

「……はぁー。我ながら、がんばったわ」

「何で……何で、こんな、ことを……」

あの動きの遅い連中から逃げるなんて、Ｌｕｎａさんだったら造作も無かった筈《はず》だ。

（まさかこの人は、俺の治療をするために）

今まで殴られ続けながら、俺の体を縫い続けていたのか。

「ひひ。ごめん、アタシ、ばかだからさ。これ以上、良《い》い手、うかばなくて」

「……嘘《うそ》……でしょ」

「ごめんね。がんばったけど。君のこと」

俺はこの短い生涯の中で、最も美しい物を見た。


「――護《まも》れなくて、ごめんね」


それは、俺だ。

俺の言葉だ。

俺はいつだって誰も護《まも》れなくて。

「俺の……俺のせいで……あ、あなたが……っ」

俺は無理やり脚に力を入れて、立ち上がろうとするが直《す》ぐに転がる。筋肉も骨もぐちゃぐちゃで、もうそういう機能さえ残されていないんだろう。

「ううん。いいの。もう、いいんだよ」

彼女の温《ぬく》もりが次第に失われていくのが分かる。俺は、必死に彼女を抱きしめた。

「ああ……良かった……」

嫌だ。

「本当はね……誰かにこうしてもらったら……。ほんの少しでも優しくしてもらえたら」

彼女の糸が、解けていく。

「アタシね。それだけで、よかったんだよ」

ああ、この人は。何物も持たずに生まれてきた彼女は。必死に一生懸命生きた末に、俺なんかに抱きしめられるだけで本当に幸せそうに死んでしまえるんだ。

(嫌だ!)

嫌だよ。こんな美しい人が最後に辿《たど》り着《つ》く場所がこんなところなんて、嫌だ。

畜生、嫌だ！　絶対に嫌だ！　ふざけんな！　何で！　何でこうなるんだよ！

俺は護《まも》りたいんだよ。大切な人を護《まも》りたいんだ！

だって俺はあの日、ボクシンググローブを受け取ったんだから！

「Ｌｕｎａさん」

「……ン?」

「俺……最後まで諦めなくて、良《い》いですか」

彼女は目をパチクリとさせて、ふにゃりと笑った。

「……しょーがないな。いいよ。君のそーゆートコ、好きだから」

それは大きな代償を伴う賭けだった。

「1つだけ、方法、あるよ」

彼女は怯《おび》えながら笑った。

「アタシが君の魂を燃やして走るの。――アタシ達、おんなじ物になるんだよ」

《怖い。怖いよ。大切な人が出来るのって、怖い》

《だけど、君が望んでくれるなら》

俺は、Ｌｕｎａさんを一層強く抱きしめた。それが答えだと、賢い彼女は分かってくれた。

「うん。わかった。最後のもう一踏ん張り、しよっか」

閃光《せんこう》が走った。それは、Ｌｕｎａさんの糸が放つ黄金色の光だ。

黄金色の糸は俺を優しく包むと、一層その光を強くする。

「でも今更、逃げるのは無しだよ。アタシ、メンヘラだから。死ぬ時は一緒ね」

感情クソデカメンヘラメイドのお姉さんは笑って、俺のことを抱きしめた。

「――君に、アタシの全部をあげる。だから君も、全部ちょうだい」

彼女の黄金の糸が、俺を包む。それは命の最後の光だ。

「行こう、Ｌｕｎａさん」

「うん、ご主人さま、、、♪」

黄金の光が、一際《ひときわ》強く輝いて、世界の全ての影を掻《か》き消《け》した。

『ユーザー契約が完了しました』

光に灼《や》かれた世界に、彼女の無機質な声だけが響いた。

『機体愛称「鋼鉄の花嫁《メタリック・ブライド》」――再起動します』

全身に、強い熱が覆うのを感じた。

第12話『鋼鉄の花嫁』

かつて守護者と呼ばれていた巨大な機械は、最後の命の炎を燃やしていた。
《マザーケースは破壊されてしまった》
《この世界は、直《じき》に崩壊を始める！》
《だけど、最後まで諦めてなるものか！》
足掻《あが》かなければならない。人間と呼ばれる酷《ひど》く美しい生き物たちのために。そのためすでに耐久年数を超えたボロの機体を持ち出して、死にかけた少年少女に止めを刺そうとしていた。
《なんだ、この光は――》
あの2人は崩れかけていた筈《はず》だ。死と絶望に抗《あらが》えず、倒れていた筈《はず》だ。
それなのに、この黄金色の光はなんだ？
《なにか来る》
守護者は歴戦の感覚で、それが並大抵の存在では無い事に気がついていた。
《あれは……――黄金色の、獅子《しし》？》
かつて守護者の世界に存在した肉食獣。彼らは6本の脚があったけれど。
『おぉおおおおおおおおおおおおおッッッ！』

黄金色の獅子《しし》の咆哮《ほうこう》が、壊れかけの世界を揺らした。

それは酷《ひど》くボロボロの姿だ。

糸で織られた鋼鉄製の体は汎ゆる場所が欠け、その内側が剝《む》き出《だ》しになっている。

どこまでも攻撃的な鋭いフォルム。猫科の生物のようにしなやかな関節。

そして酷《ひど》く巨大な腕と、牙。それは——鋼鉄製の獅子《しし》だった。

『お前たちに……』

少年と少女の声が混ざった言葉の羅列。

『お前たちに、これ以上、奪われて、たまるかぁあああああッッ‼』

獅子《しし》の姿が、守護者達の視界から消える。

《どこだ——》

視界を探すよりも早く、信号が捉えた。

《4号機破損！　再起動は不可能！》

早い。いや違う。速度自体は大した事がない。しかしあの黄金の光が視界を晦《くら》ませ、その有機的な動きで視界に映らないように動き続けている。

——まるで、心でも読まれているかのように。

【No.8288『黄金の獅子《しし》』】
○性質——異なる法《パラレル・ロー》
○来歴——『鋼鉄の花嫁』（Ｌｕｎａ）がユーザーを主人であると認める事で、彼女の持つ本来の指向性を１００％解放した終末。言万心葉《ことよろずことは》の『魂魄《こんぱく》流動体』を異常に高い変換率で利用している。狂気的と言える程の滅私と願いが創った極小の世界であり、奇跡そのもの。
○詳細——極めて狭い範囲の基底法則を書き換える、基本的な反現実の性質を持つ。現状は、その殆《ほとん》どを途切れかけた生命の継続に用いている。

《奪われてたまるか、だと⁉》
どの口がそんな事を、ほざいてやがる。
《奪われてたのは、ぼくたちだ》
《全てをなくしたのは、ぼくたちだ》
《絶望に立ち向かっているのは、ぼくたちだ！》
この守護者と呼ばれた小さな生き物は、毎日のように昔幸せだった時を想《おも》う。
大好きな家族に囲まれ、沢山遊んでもらって、ごはんもおやつも沢山もらった。

可愛《かわい》いね、と言われながら頭を撫《な》でてもらうのが好きだった。

一緒に外の世界を探検して、へとへとになるまで走り続けるのが好きだった。

その全部が、なくなった。

《ぼくたちは、あの日常を取り戻す》

黄金の獅子《しし》がやり手の暗殺者のように流麗な手口で5号機と3号機を破壊する。だがその一瞬の隙を、この小さくて壊れた忠実な化け物たちは逃さなかった。

《潰れろ——！》

7号機が巨大な腕を黄金の獅子《しし》目掛けて振りかぶっていた。完璧なタイミング。逃れられない。凄《すさ》まじい轟音《ごうおん》。湖は大きな水柱を立て、黄金の獅子《しし》を押し潰す。

『おぉおおおおッ——！』

巨大な腕を受け止めるのは、何万本もの細い黄金色の糸だった。だが単純な力比べでは、守護者達に分があるようだ。徐々に地面に押し込まれながらも、黄金の獅子《しし》は拳を構えた。

『シッ』

教科書通りのアップライトスタイル。ジャブで距離を測った後に繰り出される——

『オラァ！』

——お手本のような、右ストレート。

《7号機の腕部破損！》

《関係ない！　畳みかけろ！》
瞬間、爆発的な速度で駆けた獅子《しし》を正確に撃ち抜くのは6号機の投げた鉄の針だ。それらは獅子《しし》の頭部を強く弾くが、致命傷には至らない。
大きく吹き飛ばされ、地面を滑りながら、獅子《しし》は体勢を整えてまた駆ける。
《スピード上げて、ご主人さま！　アタシ達、長い間は動けない！》
《ああ、行こう。命の灯《あか》りを、燃やし尽くして――》
少年と少女に、息を合わせる必要さえなかった。2人は今、1つの鋼鉄の化け物だ。
《全機、結合を開始。迎え撃とう！》
守護者たちが崩れかけた自分たちの体をワイヤーで繋《つな》げて、巨大な人型の形態を取る。そこに合理性は無い。ただ生き物が体を大きく見せかけて、威嚇をしているような話で――
『おぉぉおおおおおおおおおおおッッ――！』
黄金の獅子《しし》の拳を、真っ青の炎が包む。鋼鉄の少年少女は浅瀬の湖を光のようにまっすぐ走って、巨大な壊れかけた機械の化け物と真っ向から対峙《たいじ》した。
《――来い！》
『行くぞ――ッ！』
巨大な守護者は、その全身から数千本もの鉄針を射出した。
それは黄金の獅子《しし》を何度も貫くが、彼らの疾走を妨げることは出来ない。

ボロボロになりながら、血だらけになりながら、獅子《しし》は光のように駆け抜ける。
『――もっともっと、巨大な力で！』
黄金の獅子《しし》は拳を振りかぶる。それと全く同時――拳は、巨大に、膨らんだ。
《俺が》
《アタシが》
『君を護《まも》る！』
巨大な拳は、巨大な守護者の胸に、酷《ひど》く巨大な風穴を開けた。
《え？》
『死』という概念をまともに理解することさえも出来ていなかった哀れな子犬の怪物は、自分の体が徐々に動かなくなっている理由にさえ気がつけないでいた。
《これが――終末《おわり》？》
青い炎が、守護者の体を焼き尽くす。どこまでも念入りに。

《そんなの、いやだ》

黄金の獅子《しし》は力尽きて、地面に倒れた。

■

私、——メフリーザ・ジェーンベコワが生きていたのは、奇跡と言う他に無い。

「……八脚馬……八脚馬……？」

愛馬から返事はない。壊れた夜空を眺めながら、私は自分の状態を確認する。

（そう。あの子が、護《まも》ってくれたのね）

致死寸前の私を、八脚馬が介抱してくれた。あの子が自分の意識を保てなくなるほどに。

「……ィっ」

けれど致命傷以外は全然修復は終わっていなくて、私は立ち上がる事も出来ない程だ。

不意に、地面が脈動を始める。

「これは——世界が崩壊を始めている？」

世界が曖昧になっている。世界が形を保てなくなっている。これはその、震動だ。

「……だとしたら、あの2人は——勝ったんだ」

嬉《うれ》しくて、泣きそうになった。けれど涙が溜《た》まる前に、それを視界に入れてしまった。

「……嘘《うそ》でしょ？」

暗黒の夜空に張り付いて。空に括《くく》られた沢山の人々を。咀嚼《そしゃく》している生物が居た。

「あれは――あの、守護者……？　何で。全然。形が、違う」

巨大な守護者は必死の形相で、暗黒の天蓋を啜《すす》る。恐ろしい速度で嚙《か》み砕《くだ》く。旧人間がその不格好な歯に押し潰される度に、緑色の血が滴《したた》る。

『ごめんなさい、ごめんなさい、ごめんなさい、ごめんなさい』

巨大な機械が、泣きながら咀嚼《そしゃく》していた。

最も愛していた者たちを。かつて人間だった者たちを。何千万人もの毀《こわ》れた命を。

『もうこの世界はおしまいです！　もう私達は終わりです！　ごめんなさい！　私達が弱くてごめんなさい！　私達が愚かでごめんなさい！　だから――』

機械は、暗黒の天蓋をエネルギーに変えて、巨大に膨らむ。

『私が、全てを終わらせます』

巨大な機械は、旧人類の死骸を喰《く》らって、更に恐ろしく大きな化け物に形を変えた。

【No.228-B『死体仕掛けの神《デウス・エクス・カターヴイレ》』】

○性質――異なる法《パラレル・ロー》・儀礼災害

○詳細――旧人類によって造られた機械生命体『守護者』が己の展開した異界・己の護《まも》りたかった遺骸を喰《く》らって手に入れた形態。亡《な》くす。破壊する。終わらせる事のみに特化している。

世界に終末を齎《もたら》す事が目的。多くの叶《かな》わなかった願いが迎える、ありきたりな終着点。

『赦《ゆる》さない。あの醜い穢《きたな》らしい生き物たちだけは、絶対に、赦《ゆる》さない――』

数十万の人間の死体を喰《く》らい終えた化け物は余りに巨大で、私の視界にも入らないほどだ。

『――私が、終わり、だ』

死体仕掛《じか》けの神は、放たれた矢のような速度で黒の大地に潜航した。凄《すさ》まじい振動が起きるが、水飛沫《みずしぶき》は無い。きっと深海を超えて、現実世界を目指したのだろう。

「……」

巨大な化け物が居なくなったこの世界は酷《ひど》く静かだ。まるで空っぽのおもちゃ箱だ。私は一人で呆気《あっけ》にとられて、――微《かす》かな気配に気がついた。

「……メフ……ちゃ……ん」

――Lunaさんの声。本当にボロ雑巾のようにズタボロになった彼女が、それよりも一層酷《ひど》い姿の心葉《ことは》くんを肩に担《かつ》いで、瓦礫《がれき》の間から這《は》い出《で》ていた。

「Lunaさん！　大丈夫ですか……？」

私は走って駆け寄ろうとするが……残念ながらこっちも酷《ひど》い有様《ありさま》だ。緩慢な動作でゆっくりと近づいて、傷だらけの言万《ことよろず》くんを受け取ると、彼女はその場に倒れた。

「あー……ひどかった。本当に、最悪だった。……死ぬかと思った」

そう呟《つぶや》く彼女はどこか憑《つ》き物《もの》が落ちたようで、晴れ晴れとしていた。何か良《い》い事でもあったのかな、と思った。そんなワケ無いのに、と少しだけ一人で笑ってしまう。

「ね……メフちゃん。何かこっち、来なかった？　アタシ達が闘ってた守護者って連中、ある程度ボコしたら逃げちゃって、この辺に居ると思ったんだけど」

とりあえず、私は今見た光景を、彼女に説明する。

「恐らくですが——地上を滅亡させに行ったのでしょう」

「……地上に？」

「現実性の低い存在は、現実では長く存在出来ません。そのため、ここで保全していた人間や、別の守護者たちを喰《く》らうことで、エネルギーを確保したんだと思います」

Ｌｕｎａさんは酷《ひど》く狼狽《ろうばい》した顔で、歯を噛《か》み締《し》めた。

「だったら、追いかけないと」

「え？」

「みんなが……はぁ、居なくなったら……この子の……居場所、無くなっちゃう……」

Ｌｕｎａさんが、ちらりと言万《ことよろず》くんを見た。私は少しだけ、嘘《うそ》つき。と思った。あなたは、彼を護《まも》れないって言ってたくせに。

「……逆にメフちゃんは、何でそんな落ち着いてンの」

その疑問は正しい。恐ろしい巨大な化け物が異界を吸収して更にバカでかく成長して、私達の護《まも》るべき現実世界に向かっている。本来だったら落ち着いている暇は無い。

「大丈夫です。あの人は、無敵ですから」

――ね。あなたがそう言ったんですよ、隊長。

私は子供のように、それを心から信じているんですよ。

■

『おぉぉぉおおおおおおおおおおぉォォオ――――！』

かつて子犬のように可愛《かわい》らしかったその生き物は、今や山のように巨大で、真っ黒の襤褸《ぼろ》をまとった粘液状の化け物になってしまった。

『赦《ゆる》さない、赦《ゆる》さない、赦《ゆる》さない――――ッ！』

深海数万mの水圧をものともせずに、ひたすら愚直に天を目指す。現実に近づいてきた深海に、死体仕掛《じか》けの神の肉体はゆっくりと溶けていく。きっともう長くは無いだろう。

『それより早く！　全部を台無しにしてやる――――ッ！』

暗黒の深海に、一条の光が差した。あれが現実の世界だ！　穢《きたな》らしい害虫共の住む世界だ！

愛する者を全て失った狂気の獣が、美しい海を切り裂いて、輝く太陽の光を浴びた。

（……なんて、綺麗《きれい》な場所なんだろう）

何億年かぶりに外の空気を吸った化け物は、素直にそう感じた。

（ぼくたちが居た頃と、ぜんぜん違う。でも、綺麗《きれい》だ）

ほんの少しだけ、感動した。けれどそれより遥《はる》かに、怒りが勝った。

『お前たち全部、ぶっ壊れろ――』

狂気の獣は上空千mの位置まで飛び上がると、最も近い陸地に向けてその巨大な数百本の砲塔を向けた。その威力は、一撃で国1つを一瞬で焼き尽くす程の物だった。

「――あら。随分、無作法な田舎者が居るじゃない」

声がした。どうでも良かった。

狂気の獣は砲塔に白い死のエネルギーを貯《た》める。凄《すさ》まじい勢いでそれを放つ。

ギャン！　音がした。それは世界が爆発する音ではない。

「行くわよ。私のギター。——桜の残影《チエリーレッドのピストル》」

【桜の残影《チエリーレッドのピストル》】［銃痕］
『[redacted]する』銃痕。その詳細は不明。フルクトゥスで群を抜いた威力を持つが、それが何故《なぜ》かを誰も知らない。恋兎《こいと》ひかりが頑《かたく》なに調査を拒否しており、彼女に強制力を持つ機関が存在しないためである。通常の銃痕とは全く異なる因果の波長を持つため、一部からは『銃痕の天使』から受け取った物では無いのではと言われている。

「ライト！　カメラ！　アクション!!」

ふざけた少女が居た。真っ青の空、空飛ぶギターを足場にして、スケボーの大技みたいな動きで死の光線をぶっ潰す、悪夢のような存在だった。

『何者だ』

死体仕掛《じか》けの神がその疑問を口にしたのは、余りに自然な事だった。

「——私？　私は恋兎《こいと》ひかり。ただでもないしどこにでも居ない、スーパー美少女」

まさか、人間か。こいつが？　人間？　人間だって？　人間が今、生身であの攻撃を受け止めたのか？　そんなことは有り得ない。

（そうか。この世界には、死の力を無力化する技術があるのか）

死体仕掛《じか》けの神はそう断ずると、その余りにも巨大な体からハリネズミのように砲塔を形成して、何万本もの鉄の針を射出した。

「ひゅう！　良《い》いね。私、弾幕ゲーは結構好き！　これでもハードシューターなんだから」

恋兎《こいと》ひかりは空飛ぶギターをアクロバティックに操って、その鉄針をくるくると全て避けると、死体仕掛《じか》けの神まで肉薄した。

「――4番バッター、恋兎《こいと》ひかり！　いきます！」

『なっ』

ギターを振りかぶった少女は、自分の何百倍も大きな神様をぶん殴る。その衝撃は千m下の海面にまで轟《とどろ》くほどで、死体仕掛《じか》けの神の肉体の、実に半分を粉微塵《みじん》にした。

『な……ん、だと』

恋兎《こいと》ひかりは、トップアイドルのように綺麗《きれい》に笑う。

「ね、あなた。私の可愛《かわい》い後輩たち、見かけなかった？」

『お前は、何者だ』

「帰りが遅くて心配してるのだわ」

『有り得ない。こんな力、存在してはいけない』

「まさかとは思うんだけどさ」

「あの子達を――イジメたりなんて、してないわよね？」

『お前は――お前こそが、終末だ！　宇宙の、異常だ！』


聞き飽きたジョークを聞き流すように、桜色の少女は鼻で笑った。

「あんまりお喋《しゃべ》りしてる暇はないの。この後、好きなアニメの再放送があるから」

ギターを掻《か》き鳴《な》らす。その瞬間、彼女の目前に現れたのは桜色の輝きだった。恐ろしい程の質量の、エネルギーの塊そのものだ。きっとあと幾らか密度を上げれば、ビッグバンが起きてしまうと錯覚してしまう程の。

『やめろ！　やめろ！　こんな事をして何の価値がある⁉　今生きる人間達を、世界を護《まも》って、何の意味があるんだ⁉　あんな無意味で惨《みじ》めったらしい、愚かで穢《けが》れた醜い生き物、居なくなった方がマシだろう！　生きている事が罪だ！　人間の世界なんてさっさと滅ぶべきだ！』

死体仕掛《じか》けの神は叫んで、恋兎《こいと》は静かにそれを聞いていた。

「はは。90年代の敵キャラみたい。馬鹿丸出しね」

彼女の纏《まと》う桜色の輝きが、より一層その強さを増した。

「この世界には美しい私が居る。はい論破」

真夏の甲子園球児のように爽やかに、恋兎《こいと》は笑う。

『やめ――』

「――ぶっ壊れろ。星屑《ほしくず》みたいに」

ギャン！　とギターが一際《ひときわ》高く鳴いた。そのあまりのエネルギー量に、一瞬だけ重力が歪《ゆが》む。

彼女は美しい声で叫びながら、ギターを振り下ろす。

『――』

哀れで巨大な子犬の化け物が最期に見たのは、どんな宝石よりも美しい桜の光だ。

それはとてもじゃないが現実離れしていて、まるで小さな頃に見た花火のようだった。

鋼鉄の花嫁

かつてフリルの騎士と呼ばれた英雄——Luna が、
境界領域商会によって量産化されてしまった姿。

その肉体は基底現実に存在しない金属の糸で織られ、
『主人』の願いを叶えるために存在している。
それは汎《あら》ゆる『機械』と呼ばれる者の中道《ちゅうどう》な存在意義《そんざいいぎ》。

Luna はその肉体の性質と、それ以上に自らの渇望から、一度愛した者を永遠に護り続ける。

例え彼が、悪鬼羅刹《あっきらせつ》に堕ちたとしても。

黄金の獅子《しし》

『黄金』は希望と不変の象徴。
それは同時に、深い絶望と渾沌を暗示している。

『獅子』は戦い抜く者の象徴。
その闘争は義務であり、逃げる事は赦《ゆる》されない。
彼らが逃げる事は、その存在の放棄を意味する。

全ての『絶望に堕ち、希望を目指す』少年少女へ。
——好きに生きて、好きに死ね。

桜の残影《チェリーレッドのピストル》

『桜』は守護と慈愛《じあい》の象徴。
それは同時に、永遠の亡失と逃れ得ぬ悲劇を暗示する。

『兎』は信じる者の象徴。
その妄念は義務であり、正気に戻る事は赦されない。
彼らの渇望は、いつか宇宙だって毀《こわ》してみせる。

どうか、信じ続けてください。
——明日はきっと、良い日になる。

This is the End Stagnation Committee.

エピローグ──a『笑って、行くのだ』

俺の目が醒《さ》めたのは、それから3日後の事のようだった。

「もぐもぐ」

初めに感覚が捉えたのは、しゃくしゃくと果物を咀嚼《そしゃく》する音だ。

「……ん」

「わにゃっ」

目を開くと霞《かす》んだ視界の中にベージュ色の髪をした、体の小さな女の子が居て、こそこそと剝《む》かれたりんごを食べていた。彼女の名前は……──小柴《こしば》ニャオだ。

「言万《ことよろず》さん！　起きたんですね」

「う……ここは」

「りんごをつまみ食いしてたのは、先輩方にはナイショでお願いします」

いや、そんな事を話している場合じゃ無しに。

「ていうかこれメフ先輩が用意したやつですしね。すごかったんですよーあの人。もー朝から晩までここに居て。ずーっと言万《ことよろず》さんの面倒を見続けて──あぎゃんっ」

彼女の脳天にチョップをかましたのは、背の高い褐色の……少し頰を赤くした女の子だった。

「小柴《こしば》。病人相手に捲《まく》し立《た》てすぎです」

「でもでも！　ちゃんとここで恩を売っておかないと。どれだけメフ先輩が言万《ことよろず》さんの心配をして、まるで新婚さんみたいに甲斐甲斐《かいがい》しくお世話してたかって——あぎゃんっ」

「ほんとうるさい。ほんとうるさい小柴《こしば》。ほんとうるさい」

「みゃー！　何度もチョップしないでくださいよー！」

どうやらここは、病室のようだった。白いカーテンに、白い個室。ああそうだ。最初にフルクトゥスにやってきた時と、おんなじ部屋だ。

上体を起こすと、「まだ無理はしないで」とメフが背中を支えてくれた。

「メフ……よ、良かった……無事、で……っ」

俺は思わず感極まって、彼女の事を抱きしめていた。

「ぴゃんっ」

「ほんと……本当に良かった……お、俺……ありがとう……本当にありがとう……」

「わ、わかりましたからっ。そのっ、だっこするのはっ。あのっ。人の目があるのでっ」

顔を真っ赤にしているメフを見て、小柴《こしば》が呟《つぶや》く。

「なんかちょっと満更じゃ無さそうだな」

「ほんとうるさい！」

俺は正気を取り戻して、彼女から離れた。

「……うお」

ふらりとめまいが襲って、俺はベッドに倒れてしまう。

「当たり前なのだわ？」

不意に声がして、窓の方向を見ると恋兎《こいと》先輩が外をふわふわと浮かんでいた。

「あなたねえ。全身ボロボロで酷《ひど》かったんだからね。まだ寝てなさい」

恋兎《こいと》先輩は窓から病室に入ると（メフにちょっと怒られていた）、俺の額を軽く撫《な》でて、優しく笑った。細く冷たい指に撫でられると、妙に胸の苦しさがすーっと溶けていく。

（なんだっけ……いつか、誰かにこうしてもらったような）

不思議な、懐《なつ》かしくなるような、泣きたくなるような感触だった。

「もう安心しなさい。怖い物は、きっちり私が成敗したから」

そうか。あの終末は、恋兎《こいと》先輩が倒してくれたんだな。ああ、良かった。

「……すんません、俺が余計なこと言わなかったら」

「え？　なに？」

「潜水艇に乗るの。俺じゃなくて、恋兎《こいと》先輩だったら、最初からこんな事には……」

呟《つぶや》くと、まず初めに小柴《こしば》が爆笑した。

「あはは！　ないない。報告書読みましたけど、たいちょが行ってたら、先《ま》ず深海で終わってましたよ。終末の根本に辿《たど》り着《つ》く事無かったですね。この人、道中、役に立たないし」

「それに、隊長《リーデル》の火力では異空間ごと破壊してしまいますしね。逆に絶対付いてこさせたら駄目でしたこの人。本当にいつも雑で使い勝手悪いんだから」

「ねえ！　なんか可愛《かわい》い後輩たちが辛辣なんですけど！」

これだけ軽口を叩《たた》かれているのは、それだけ信頼されている証拠だろう。俺は何だか、少しだけ嬉《うれ》しくなってしまった。恋兎《こいと》先輩は優しい視線のままで続けた。

「——ありがとう。あなたのお陰で、世界の寿命がちょっぴり伸びたのだわ」

恋兎《こいと》先輩が、俺の額を優しく撫《な》でる。心地の良さに思考を絡《から》め取られた。

俺が退院出来たのは、それから更に1週間後の事だった。
色んな手続きをしたり、事務作業や挨拶を経て、蒼《あお》の学園を出る頃には夜になっていた。
(この街の星空って、笑えないぐらいに綺麗《きれい》だ)
上空数千mの位置にあるこの雲の上の都市には、星々を遮る物が何もない。子供の頃にテレビで見た、砂漠から見上げる星空のように、無責任に美しかった。

「おつかれーっす」

声がした。それは俺がこの一週間、聞きたくて仕方がない声だった。

「……Ｌｕｎａさん。一回もお見舞い来てくれなかったですね」

「ン。ま、別に良くね？　つって。お客さん、よー来てたみたいだし」

そりゃあ確かに、色んな人が代わる代わる来てくれた。

テル先輩は暇つぶし用のゲームを持ってきてくれた。フォン先輩からのめちゃめちゃ事務的なお見舞いセットと一緒に。

エリフ会長は白い花束を持ってお見舞いに来てくれた。散々お喋《しゃべ》りしてから、実は仕事から逃げてきたらしく、怒る生徒会のメンバーに連れ戻されていた。

小柴《こしば》は暇さえあれば果物をつまみ食いしに来ていた。メフは毎日顔を見せに来ては、あれこれと世話を焼いてくれて助かった。恋兎《こいと》先輩は面会時間が終わった後に窓から忍び込んで来て、一緒に古い日本のアニメを見た。

「でも俺が一番会いたかったのは、Ｌｕｎａさんなんですけどね」

「うっ……何でそう、イチイチ素直かな……はー、はっず」

彼女が無事なのは、初めから分かっていた。きっと俺たちは深く繋《つな》がり合ってしまったからだ。お互いが何をしているのか、どこに居るのか、なんとなく分かるんだ。

「……どんな顔したらいーか、わかんなかったんだもん」

だもんと来た。しかも彼女の頬は若干朱色に染まっていて、俺と視線を合わせてさえくれなかった。それはきっと、俺が彼女の『ユーザー』になったからだろう。

「今更何言ってんすか。俺たちこの前、1つになったってのに」

「うるさい！　だぁらゆってんじゃん、アタシけっこー乙女なの！　少女漫画とかガチ勢なのこんなナリでも！　――あ？　誰が外見マイルドヤンキーの内側雑魚《ざこ》だ。はっ倒すぞガキ」

「情緒不安定になるのは止《や》めてください」

Ｌｕｎａさんにとって、それはとっても大切な事だったんだ。まあ、今思えば結構な告白してたもんな。『一緒に死んで』とか『全部をアタシにちょうだい』とか。

「え？　何でキミ、半笑いなの。なんかアタシの『爆笑！　メンヘラ狂い咲きシーン！』を脳内でリフレインしてない？　え、出るトコ出そうかな。スレッジハンマーとか」

「ちょ……何でわかったんですか⁉」

どうやら俺たち、本当に一心同体になってしまったみたいだ。ああ、たしかにそれって凄《すご》く恐ろしい事だな。でも何だか、Ｌｕｎａさんとなら別に良《い》いかな、とも思ってしまう。

「ほら。……ンなことより、行くよ」

「え？」

「寮。今、恋兎《こいと》班の皆が、君の退院祝《いわ》いの準備してンの。アタシはそのお迎え」

寮の皆が、退院祝《いわ》いだってさ。なんだよそれ。

「……キミ、そのニヤケ面晒《さら》しちゃ駄目だよ。変質者だと思われっからね」

「うっ……出てました？」

「くすくす。めっちゃね」

だってさ、仕方がないじゃん。寮の皆が退院祝《いわ》いだってよ。そんなの、すげー青春って感じじゃん。すごく、ライトノベルみたいじゃない？　思わず、顔がにやけてしまう。

「それと、アタシも今日からあの寮に泊まるから」

「え？　そうなんすか？」

「いや……そりゃそうでしょ……アタシのご主人さ……ご主人ちゃんが居るンだから」

Ｌｕｎａさんは恥ずかしそうにそっぽを向いた。

心を読みたくないなと思った。ただ、今この瞬間を味わっていたかった。

「てか今までどこに住んでたんすか」

「え？　普通に。その辺のパイプの中とか。地面の隙間とか」

「……小型の爬《は》虫類《ちゆうるい》ですか」

でも、そうだよな。この人は根本的に、もう誰かを信用することが出来ないんだ。だから寮に泊まってなかったし、俺から距離を置こうとしていた。それでも、最終的には、俺と歩むことを選んでくれたんだ。

「さあ、帰ろう――ご主人ちゃん」

彼女が俺の袖を引っ張って、歩き始めた。

(きっとこれから、もっと恐ろしい大冒険をするんだろう)

でも、この人と一緒なら最後には笑っていられるような気がした。

「てか、そのご主人ちゃんって何すか」

「キミみたいなガキに『様』は早い。『ちゃん』で十分！」

彼女はぷいと視線を逸《そ》らす。俺は何だか笑ってしまった。

「え、じゃあ俺もLunaちゃんって呼ぼうかな」

「……は？　キモ。……え？　キモ。ガチ無い」

ひどい。

「あ、でも……Lunaって呼び捨てなら……」

「マジで言ってます？」

「じょ、冗談に決まってンじゃん！　ガキに呼び捨てされるとか有り得ん。ちょっとユーザーになったからって亭主関白面するのやめてね。だからご主人ちゃんなんだよ、はーもー」

「亭主……」

「あっ？　いや違っ。バカ。――あ、グーが出ます。アタシの本気のグーが今出ます」

これから近い未来、世界は滅んでしまうだろう。
けれど例え、この場所が、どれほど昏《くら》い絶望の底でも。
俺たちはいつまでだって、あの美しい星空に、手を伸ばす。
馬鹿みたいに笑え。それが終末に刃を向ける戦士の作法だ。
沢山笑って、永久《とわ》の運命《さだめ》を、打ち負かそう。

——最高に楽しいボウケンの、始まりだ！

エピローグ—b『たった一人で、立っていた』

黒の魔王が、夜の海で、一人。歌うように呟《つぶや》いた。

「また1つ、終わりが終わったんだね。また1つ、世界が終わったんだね。また1つ」

彼女を見つめるのは、幾百億の星と、霞《かすみ》がかった三日月だった。

「——また1つ。願いが息を引き取ったんだね」

それは喜ぶべきことで、そして悼《いた》むべきことだった。

「急がないとね。急いで、世界を滅ぼさないとね」

満天の夜に現れたのは、黄金色の巨大な満月だった。——2つ目の、月。

「急いで滅ばさないと、滅ぼされるよ」

黄金の満月から現れるのは、星空を覆い尽くす程に沢山の、真っ白な化け物。

菌糸のようにスカスカな、全てを殺し尽くす事しか考えていない、間抜けな化け物。

「来て。——砂と風」

海が山のように盛り上がる。そこから現れたのは、影の巨人だ。蒼《あお》く光る幾何学状の文様が刻まれた、不死の巨人だ。『砂と風』は黒の魔王を掌《てのひら》に乗せると、空を睨《にら》む。

「お前たちはお呼びじゃない。お前たちみたいな下らなくて退屈な連中に、私の大好きで最高な世界を滅ぼさせたりしない。お前たちなんかに、なに1つだってやるもんか」

黒の魔王は魔王じみた笑顔を浮かべて腕を振る。

夜の水平線に、何百、何千もの影の巨人が現れた。

小さい物や、大きい物も、飛んでる物や、消えゆく物も。

「私、世界を滅ぼしたいの」

小さな少女は、たった一人で立っていた。

「最高な願いで、世界を滅ぼしてほしいの。それは私の中には無いの。お前たちの中にも無いの。どこにあるかも分からないの。かつて誰も見たことがないの」

世界を愛し、たった一人で戦い続ける、真っ黒な目をした、魔王は笑う。


「――ハッピーエンドがきっとある。私はそれを信じているの」


少女は、たった一人で戦い続けるのだ。

もうすぐ終わる世界を終わらせるために。

ハッピーエンドで、終わらせるために。

――この果てしない旅路を、どこまでも行くのだ。

愛と勇気の鎧《よろい》と盾で。

夢と希望の銃と剣で。

たとえ、宇宙が滅んでも。

解説

岬鷺宮《みさきさぎのみや》

ウェルメイド、という言葉がある。わたしが最も嫌う評価である。

物語は破綻があってこそ面白い。

好きなものを夢中で書いた粗さ、情熱先行で技術がついてきていない未熟。全く逆に、徹底的に市場に迎合したが故の軽さも大好きだ。作者の精神的な上下が意図せず反映している作品を見たときなどは、喜びに声を漏らすことさえある。

整然と、冷静に、上質にコントロールされきった作品など退屈でしょうがない。

破綻を！　もっと人間の不完全さを！

それがわたしの作家としてのポリシーであり、読み手としての願いである。

さて、今作。『こちら、終末停滞委員会。』である。不思議な印象を覚えた作品だった。

まず上手《うま》い。技術的な点で、ちょっと焦《あせ》りを覚えちゃうほどに上手《うま》い。

キャラ描写、ストーリー展開、設定、文体。どこを取ってもハイレベルだ。読んでいて小気味良い。

個人的には、ジャージメイドメンヘラお姉さん、Ｌｕｎａさんが非常に好みであった。気だるげな口調に擦れた内面。そのうえで捨てきれない願い。そういう要素が高い独自性と、シンプルな魅力を両立しながら描かれている。

え、作者の人、商業小説は二作目なの？　マジ？　これ相当長くプロやってる人の筆致でしょ……（調べてみたところ、実際ゲームシナリオを長く書かれている方であるようだ）。

ただ、その技術量に不似合いな熱と勢いがある。

惜しみなく咲き乱れるキャラの魅力、交わされる会話の軽妙さ。

予想外に転がっていく展開と、爆速で披露される見事な設定。

話運びもスピーディだ。船に乗せられていたと思ったら海に投げ出され、転生の女神の前にいると思ったら天空の学園にいて。その後もバザールにバルセロナに研究所に深海にと、縦横無尽である。

いや、普通こんなんやらんのよ。一個ずつの要素がちゃんと作られてるんだから、もったいぶって出すのよ普通。わたしだったら二冊かける。この量の情報を提示したいなら、二冊くらいの尺を取る。いや三冊かも。

では、今作は失敗作であるのか。詰め込みすぎで面白くないのか。

そうではない。この部分は断言する。

今作においてはその密度が、作品を明白に特別なものに押し上げている。

現在、小説は概《おおむ》ねローコストであることが求められている。小説だけではない、動画も漫画も音楽もゲームも、経済性をどのように計画するかが重要だ。

これは価格だけの話ではない。得られる面白さ、快感に対して、受け手の負担をどのようにデザインするか。それが全ての大前提になっている。そして実際のところで言えば、とにかく負担を減らしたいと考える制作者が多いだろう。

同時に、作り手側も制作にコストをかけすぎないことが必要になる場面が多いように思う。例えば、ネットで小説を連載するなら。ランキングで上位を取りたいなら、継続的に作品をアップしていくことが求められる。重要なのは速度で、それを実現するためにはペース配分が必要だ。自らのコストも、適切に管理しなければならない。

もちろん、これは何ら悪いことではない。伝統的な配慮であるとすら思う。

例えば、新聞小説はネット小説と同じく毎日掲載されるものだった。当然、作家側のコスト管理も必要となる。大切なのは、その環境下で何を作り出すか。どのような価値を作品に含ませられるかである。

話がずれた。本題に戻ろう。

小説にコスト意識が求められる。するとどうなるか。

設定量が限られる。キャラ人数も適正量に収められる。

会話もテンポよく読めることが重視され、展開も市場が示す最適解に近いものになる。

それはそれで素晴らしい。一つの洗練であり円熟だ。制限の先に咲く花もある。

しかし今作は、多くの点でその逆を行った。

結果として、逆説的に不思議な現代性を帯びた作品になったように感じる。

具体的に言えば、作家側のコスパは完全無視。

読者側が、罪悪感を覚えそうな程に贅沢《ぜいたく》な情報摂取をできる構造になっている。

快感の波状攻撃が、短いスパンで最初から最後まで浴びせられ続ける。じっくり読んでも流し見しても、それに適した面白さが提供される。読者側のコスパとタイパが極めて良いわけだ。

つまるところ――今作は、あきらかに「商業作品」として「原価割れ」を恐れていない。

これはもう、面白さの、かわいさの、感動の不当廉売行為《ダンピング》だ。

近い構造は、一部の流行音楽や漫画作品、動画で見ることが出来る。ただ小説業界では、少なくともライトノベル業界では、昨今あまり見かけないように思う。

そして、こんな構造が成立している理由なんて、一つしか思い付かない。

作者が、純粋に「好きでやってる」。つまり、意識的にビジネス性を破綻させているのだ。

批判しているのではない、うらやましいのだ。今作を世に放てる逢縁奇演《あいえんきえん》氏が心底うらやましい。なんせ、わたし自身そういう作品を書きたいと常々願っているのだから。

最後に、一つ意地悪を言わせてもらえれば、この作品が巻数を重ねるとどうなるか。

こんな「赤字覚悟」をいつまで続けられるのか、そしてそれがどんな光景を見せてくれるのか、それを見届けたいと思うのです。

本書に対するご意見、ご感想をお寄せください。

ファンレターあて先
〒 102-8177　東京都千代田区富士見 2-13-3
電撃文庫編集部
「逢縁奇演先生」係
「荻ｐｏｔｅ先生」係

本書は、「電撃ノベコミ+」に掲載された『こちら、終末停滞委員会。』を加筆・修正したものです。

電撃文庫

こちら、終末停滞委員会《しゅうまつていたいいいんかい》。

逢縁奇演《あいえんきえん》

2024年7月10日　初版発行

発行者　山下直久
発行　株式会社KADOKAWA
〒102-8177　東京都千代田区富士見2-13-3
0570-002-301（ナビダイヤル）
装丁者　荻窪裕司（META＋MANIERA）
印刷　株式会社暁印刷
製本　株式会社暁印刷

ISBN978-4-04-915800-7　C0193　Printed in Japan

電撃文庫　https://dengekibunko.jp/